Voler un Baiser

Les Audacieuses – Livre 2

Par Emma V. Leech

Traduit de l'anglais par Lucie Reymbaut

****

Publié par Emma V. Leech.

Copyright (c) Emma V. Leech 2019

Illustration: Victoria Cooper

ASIN No.:

ISBN No. : 978-2-492133-50-3

Table des Matières

Membres du Club de Lecture des Demoiselles Surprenantes

Prunella Adolphus, duchesse de Lorny– première Demoiselle Surprenante, elle est secrètement miss Terry, l'auteure de La Sombre Histoire d'un Duc Maudit.

Alice Dowding –trop timide pour adresser la parole à qui que ce soit en public, et souvent trop petite pour être remarquée.

Lucia de Feria – une beauté venue d'ailleurs.

Kitty Connolly – silencieuse et attentive…jusqu'à ce qu'elle ouvre la bouche.

Harriet Stanhope – sérieuse, studieuse, intelligente. Protocolaire. Elle porte des lunettes

Bonnie Campbell – trop franche. Elle se retrouve toujours dans le pétrin.

Ruth Stone – héritière et fille d'un riche marchand.

Minerva Butler – la cousine de Prue. Pas aussi vaine ni aussi frivole qu'on pourrait le croire à première vue. Rêve d'amour.

Jemima Fernside – mignonne et sans le sou.

Matilda Hunt –charmante blonde dont la réputation a été souillée par un scandale dont elle a injustement fait les frais.

Chapitre 1

— *Extrait d'une lettre de miss Alice Dowding à Prunella Adolphus, duchesse de Lorny.*

13 juin 1814, Londres.

— Ils ont l'air terriblement heureux, n'est-ce pas ? déclara Alice avec un soupir rêveur, tandis qu'elles étaient bercées par le son de la calèche qui leur faisait traverser Londres.

Alice rentrait chez elle en compagnie de Matilda après le mariage de leur très chère amie Prue, qui avait épousé le duc de Lorny. Le fait que Prue soit à présent duchesse était si incroyable, et tellement contraire au caractère de son amie, qu'elle ne pouvait pas s'empêcher de sourire. Quelle jeune femme intrépide elle était. Elle ne ferait pas une duchesse ordinaire, c'était certain.

Alice tourna la tête pour contempler son amie, qui regardait par la fenêtre en fronçant les sourcils.

— Quoi ?

Matilda regarda autour d'elle et se redressa, comme si l'on venait de l'arracher de ses rêves.

— Oh ! Oui, répondit-elle, à présent souriante. Oui, parfaitement. Ils ont l'air très heureux. Je pense que leur mariage sera une réussite. Prue a de la chance.

Alice acquiesça avec un soupir d'envie. Elle n'était pas jalouse. Pas vraiment. Cela serait indigne d'elle. Prue méritait d'être heureuse, et Alice était entièrement, du fond du cœur, transportée de joie pour elle.

Bon sang.

Eh bien, peut-être un tout petit peu envieuse alors.

— Ne faites pas cette tête, Alice. Votre tour viendra.

La voix de Matilda était douce, son expression, affectueuse. Elle ferait une bonne mère, pensa Alice. La jeune femme s'était en effet montrée très maternelle avec les Demoiselles Surprenantes, en prenant tout le monde sous son aile. Surtout Alice.

Alice poussa un grognement qui indiquait son scepticisme quant à la probabilité qu'une telle chose arrive.

— Oh oui, c'est certain, répondit-elle, surprise d'entendre tant d'amertume dans sa voix. Sous la forme de l'Honorable Mr Edgar Bindley.

Alice ne prit pas la peine de dissimuler à quel point cette perspective l'accablait. Matilda était devenue l'une de ses amies les plus proches au cours de ces dernières semaines, et c'était une alliée dans la bataille pour contrecarrer les projets de ses parents. Son père et sa mère étaient des arrivistes de première, et comptaient bien utiliser leur fille comme appât pour leur propre bénéfice, et cela, sans lui demander son avis.

Alice avait tapé dans l'œil de l'*honorable* Edgar Bindley, le plus jeune fils du comte d'Ulceby ; et ses parents souhaitaient vivement qu'elle fasse un mariage avantageux. Non seulement Alice le trouvait physiquement répugnant, mais en plus, elle n'avait rien de bien à dire à son sujet ; mais cela, ils s'en moquaient. Il était froid, il semblait manquer quelque chose chez lui, et Alice n'avait aucune envie de découvrir ce que c'était.

Matilda grimaça en secouant la tête.

— Non, non. Nous ne baisserons pas les bras tout de suite, Alice. Ils vous ont donné jusqu'à la fin de la saison.

Alice soupira en secouant la tête.

— Nous sommes à la mi-juin, Tilda.

Elle y pensait tous les soirs lorsqu'elle rayait une case du calendrier.

— Le temps presse. Je n'ai même pas le cran d'adresser la parole à un homme en public, alors ne parlons même pas de le séduire pour réussir mon défi. Quelles sont mes chances d'y arriver ?

— Ne jouez pas les timorées, la réprimanda Matilda en agitant l'index dans sa direction.

Parmi les membres du Club de Lecture des Demoiselles Surprenantes, où se regroupaient les timides, les bizarres, celles que l'on mettait à l'écart, et les inépousables — Alice avait été l'une des premières à se porter volontaire pour réaliser l'un des défis scandaleux qui avaient été proposés. Non pas qu'elle l'eût déjà réussi, non ; elle l'avait simplement pioché du chapeau dans un inhabituel accès de courage, ou peut-être de folie.

Cet acte avait autant choqué Alice que les autres membres du groupe. Alice était timide. Si timide qu'elle avait le plus grand mal à parler aux gens qui ne faisaient pas partie de sa famille proche ou de ses amis sans bégayer, rougir, ou se ridiculiser. Qu'elle eût été la seconde à se proposer pour piocher un défi, elle n'arrivait toujours pas à se l'expliquer. Pourtant, elle était désespérée : désespérée de transformer sa vie, de transformer sa personnalité, de *vivre*.

Le défi de Prue — danser dans un jardin à minuit — s'était soldé par son mariage avec le duc de Lorny, l'homme avec lequel elle avait dansé. Aussi bête que cela puisse paraître, Alice s'accrochait à l'espoir qu'un destin aussi romantique puisse l'attendre.

Le défi d'Alice était d'embrasser un homme au clair de lune. Une idée qui aurait pu être charmante, si elle avait connu un seul homme, en dehors du révoltant Mr Bindley, prêt à accepter. Comme elle pouvait difficilement accoster un homme au milieu d'une salle de bal pour lui demander de l'aide — même si elle avait une once du courage que requérait une telle prouesse — elle était dans une impasse.

— Pensiez-vous réellement ce que vous avez dit ? demanda Matilda.

Cette question fit sortir Alice de ses sombres pensées.

— C'est-à-dire ? demanda Alice en fronçant les sourcils.

Elle essaya de se remémorer la discussion, puis une onde d'angoisse la traversa lorsqu'elle se souvint de sa déclaration spontanée, un peu plus tôt, au mariage de Prue.

— Vous avez dit que vous ne resteriez pas assise à attendre en retrait, mais que vous alliez agir et vous battre pour trouver le bonheur.

La pensée d'agir, au lieu de rester assise à attendre que son destin change tout seul, éveillait une sourde angoisse en Alice, mais il lui restait si peu de temps. Ses parents avaient décidé qu'elle épouserait Mr Bindley si elle ne recevait pas de proposition plus intéressante avant début septembre. À peine plus de six semaines. Il fallait agir.

— Je-je, balbutia-t-elle, avant de prendre une grande inspiration. Oui, dit-elle tout en hésitant à faire stopper le carrosse ; elle se sentait malade.

— Excellent, déclara Matilda avec un grand sourire.

Il y avait quelque chose dans les yeux de son amie qu'Alice n'était pas sûre d'apprécier. Une lueur déterminée.

— Êtes-vous prête à réaliser votre défi ?

Alice déglutit avec difficulté. Elle se sentait surtout prête à fuir et se cacher, mais elle se garda bien de le dire à Matilda, de peur qu'elle ne la prenne pour une chiffe molle. C'*était* une chiffe molle. Et pour être tout à fait honnête, se disait-elle, les chiffes molles étaient bien plus intéressantes qu'on le croyait.

— Eh bien ?

Fait-le. Fait-le. Fait-le, chantonnait une petite voix dans sa tête, en rythme avec les battements précipités de son cœur.

Matilda s'était proposé de l'aider avec ce défi il y a des semaines de cela, mais Alice avait eu trop peur pour accepter. L'idée que Matilda fasse en sorte qu'un homme l'embrasse… un parfait inconnu…

Elle frissonna.

Ce n'était pas qu'elle n'avait pas confiance en Matilda. Elle lui faisait confiance. Elle savait que la jolie jeune femme avait bon cœur, et qu'elle ne lui proposerait jamais un rendez-vous avec un homme désagréable, ou dangereux, ou avec quelqu'un qui profiterait d'elle, mais… mais Matilda avait une réputation *scandaleuse.*

Elle était riche, belle et venait d'une famille respectable, mais la disgrâce de son père, la notoriété de son frère, et sa propre réputation rendaient impossible tout mariage avec un homme respectable. La famille avait connu des temps difficiles après les excès de leur père, et son frère avait monté un club de jeux à la réputation discutable pour pouvoir récupérer leur fortune. Il avait réussi, et pas à moitié. Cependant, ce n'était pas une occupation respectable pour un gentleman, et puis… l'on avait surpris Matilda seule en compagnie d'un homme.

Elle n'y était pour rien, ce n'était pas de sa faute, mais tout de même, était-ce vraiment la personne en laquelle Alice devait placer sa confiance pour ce genre de défi ?

— Kitty ne vous a donné que jusqu'à la prochaine pleine lune pour réaliser votre défi, Alice, prévint Matilda. Vous avez déjà eu deux mois. Vous étiez censée avoir deux semaines.

— Je sais, je sais ! gémit Alice en se tordant les mains. Je voudrais bien…

Je voudrais bien n'avoir jamais accepté ce stupide défi.

Non.

Pour l'amour du ciel, Alice, un peu de courage, bon sang.

Faites quelque chose.

N'importe quoi.

Parce que si elle ne faisait rien, elle ferait tout aussi bien de se résigner à devenir Mrs Edgar Bindley.

Alice trembla.

— Oui ! couina-t-elle en se dépêchant de répondre avant que la raison ne lui rappelle à quel point cette idée était mauvaise, ridicule, et dangereuse.

Pourtant, Prue s'était montrée courageuse, et elle avait eu tout ce dont elle avait toujours rêvé. Sans doute Alice pourrait, elle aussi, y arriver ?

Matilda lui sourit et glissa sur la banquette pour se rapprocher d'elle. Elle lui prit la main.

– Formidable. Bravo, Alice. Bon, irez-vous au bal des Ransom ?

Alice hocha la tête. Elle se sentait un peu étourdie et elle était moite. Peut-être avait-elle attrapé quelque chose. Quelque chose qui l'obligerait à garder le lit jusqu'à ce que la pleine lune soit passée, avec un peu de chance. Son délai serait alors écoulé, elle ne pourrait plus accomplir son défi, mais ce ne serait pas de sa faute. Il n'y aurait aucune honte à avoir.

Et malgré tout, elle se sentait envahie par la honte. Alice n'était pas une idiote. Elle savait qu'embrasser un étranger au clair de lune ne changerait pas son destin. Mais c'était devenu presque symbolique. Si Alice pouvait faire cette unique chose téméraire, si elle osait faire preuve d'autant d'audace, cela signifierait qu'elle était beaucoup plus capable qu'elle ne le croyait. Une fille insignifiante et désespérément timide n'oserait jamais faire une chose aussi terrible, donc si *elle* le faisait… elle ne serait plus une fille insignifiante et désespérément timide. N'est-ce pas ?

En tout cas, cela lui semblait logique.

— Ce sera le moment idéal, déclara Matilda en serrant la main d'Alice. La lune sera pleine, le domaine des Ransom est gigantesque, rempli de balcons et de jardins romantiques. Ne vous inquiétez de rien. Je m'occupe de tout.

Alice sentit son estomac se tordre et ressentit une envie de rire, ou peut-être de pleurer, à l'idée qu'elle pouvait arrêter de s'inquiéter. Il lui serait impossible de penser à autre chose d'ici là. Elle s'en rendrait malade, ne trouverait pas le sommeil, aurait les yeux rouges et le visage bouffi d'ici la soirée du bal. Une perspective délicieuse pour n'importe quel jeune homme. Elle ravala un gémissement désespéré, et, Matilda ayant lâché sa main, elle appuya sur son estomac qui menaçait de répandre son contenu.

— Q-Qui ?

Elle ne put pas formuler de question plus longue, craignant d'éclater en sanglots, de vomir, ou de faire autre chose d'aussi peu ragoutant si elle s'y essayait.

Matilda lui sourit d'un air rassurant et se pencha pour jouer avec l'une des boucles rousses de son amie.

— Une personne en qui j'ai confiance, très chère. Quelqu'un de gentil et de respectueux. Je vous en donne ma parole.

Alice acquiesça : c'était la seule réponse qu'elle pouvait donner, tant elle redoutait de régurgiter dans la calèche.

— Regardez-vous, déclara Matilda en fronçant les sourcils et en secouant la tête. Comment est-il possible qu'aucun gentleman ne se soit déjà emparé de vous ? Vous êtes tout à fait ravissante.

Alice jeta un coup d'œil en direction de Matilda, et constata la sincérité de son regard.

— Vous ressemblez à une charmante poupée de porcelaine, fragile et parfaite.

Alice fit la grimace. Son père avait souvent utilisé cette comparaison pour la décrire, en pensant que c'était un grand compliment, tout comme Matilda semblait également le croire. Mais Alice ne voulait pas être fragile et brisable. Tout le monde croyait qu'elle avait besoin d'être protégée, et d'avoir un bouclier pour la préserver de la dure réalité de la vie. Si un gentleman l'approchait, c'était cela qui l'attirait chez elle. Elle était petite, mince et frêle : une description qu'elle avait entendue bien trop souvent. Cependant, face à son incapacité à s'adresser aux inconnus, surtout aux hommes, et à l'ennui qu'elle affichait à être traitée comme une enfant, ils se désintéressaient vite d'elle pour partir en quête d'une compagnie plus joviale.

Personne ne s'était rendu compte du feu qui brûlait en elle, attisé par la frustration et l'envie de plus, même quand sa satanée timidité l'empêchait de s'exprimer. Elle avait hérité des cheveux roux de sa grand-mère, une femme passionnée et déterminée. Pourquoi Alice n'avait reçu d'elle que ses boucles de feu ? Pourquoi n'avait-elle pas pu hériter de la flamme qui animait cette femme, qui avait fait d'elle une créature plutôt scandaleuse, connue pour sa langue bien pendue et son penchant pour les amants plus jeunes ? Alice aurait aimé la connaître, mais elle était morte alors qu'elle n'était qu'un bébé.

L'idée qu'une telle description puisse s'adresser à elle la fit ricaner. Il ne faisait aucun doute qu'elle finirait comme sa grand-tante Agatha. Une créature éteinte, qui ne parlait qu'en murmures, véhiculait une forte odeur de menthe poivrée, et était toujours à la recherche de son mouchoir.

Seigneur, s'il vous plaît, pas ça.

La mère d'Alice avait toujours refusé de parler de sa scandaleuse parente, ses lèvres s'étiraient en une fine ligne tandis que son regard lançait des éclairs lorsque le sujet était évoqué. Mrs Dowding était très à cheval sur les convenances, et avait instillé en sa fille une peur maladive de transgresser les règles. Cependant, un portrait de sa grand-mère était accroché dans l'une des chambres d'amis les moins utilisées ; il y prenait la poussière, et Alice allait souvent le contempler… dans l'espoir, peut-être, que la femme lui prête un peu de son courage.

— Venez chez moi, dit Matilda avec un sourire complice. Nous discuterons de nos tenues pour le bal. J'ai une idée de coiffure pour vous. Ces petites boucles serrées vous donnent l'air d'avoir douze ans. Nous allons demander à ma bonne de vous coiffer, et vous me direz ce que vous en pensez.

Alice accepta avec un petit rire. Cela ne changerait rien. Peu importe les efforts pour changer son apparence, cela ne lui donnerait jamais le courage de parler, ni de se faire entendre, mais il était inutile de contredire Matilda lorsqu'elle avait une idée en tête ; elle avait un caractère bien trempé. Donc elle se contenta de hocher la tête, et son amie indiqua au cocher la nouvelle destination : la maison de Matilda.

Chapitre 2

Pensez-vous qu'Alice aura le cran d'aller jusqu'au bout ? J'espère que oui. S'il y a bien une fille qui mérite d'avoir sa confiance en elle ragaillardie par un admirateur…

Mon maudit frère a intérêt à accepter.

— Extrait d'une lettre de miss Matilda Hunt à señorita Lucia de Feria.

Le soir du 13 juin 1814. Half Moon Street, Mayfair, Londres.

Après le départ d'Alice, Matilda contempla l'âtre vide en regrettant qu'aucun feu n'y brulât. C'était plus facile de se concentrer lorsqu'on pouvait contempler des flammes joyeuses. Mais on était au beau milieu de l'été, et ce n'était pas la meilleure période pour allumer un feu dans la pièce où il faisait déjà une chaleur étouffante. La maison de son frère était un endroit élégant, toute la demeure était décorée avec soin, à la pointe de la mode : l'on n'avait reculé devant aucune dépense. Matilda y avait veillé.

Les murs de la pièce étaient d'une délicate teinte bleu-vert, et de lourds rideaux de soie gris bleuté encadraient somptueusement les larges fenêtres qui donnaient sur une rue élégante et moderne. Un tapis richement décoré dans des tons dorés recouvrait le sol de bois poli : ses couleurs chaudes adoucissaient les teintes bleues, plus froides, et faisaient ressortir les encadrements dorés des nombreux tableaux qui ornaient les murs. Les meubles les plus modernes, conçus par les artisans les plus demandés, étaient disposés dans cette pièce élégante.

Au-dessus de la cheminée trônait une impressionnante horloge française bronze et noir. Sur son socle en marbre, se trouvait un *putto* avec un oiseau dans le creux de la main. Elle sonnait à la fois l'heure et la demi-heure, et Matilda la détestait chaque jour un peu plus. Elle avait l'impression que le chérubin au visage angélique faisait le décompte de sa vie à coups de carillon. Peut-être la remplacerait-elle. Nate n'en aurait rien à faire, en dépit du fait que cette chose avait coûté une petite fortune.

Son frère l'encourageait sans cesse à dépenser son argent, à acheter de nouvelles robes, des bijoux, tout ce qu'elle désirait. Ils savaient tous les deux pourquoi, mais Matilda le laissait faire sans rien dire. Elle n'abusait pas de sa générosité, mais elle n'avait pas non plus de scrupules à dépenser son argent lorsqu'elle en avait envie. Il lui devait bien ça.

Il lui était même sacrément redevable.

Elle alla jusqu'à la fenêtre, tourna les loquets et l'entrouvrit pour laisser pénétrer une brise bienvenue dans la pièce. Un mouvement au loin attira son attention, et elle vit la calèche rutilante de son frère descendre la rue.

Dieu merci.

Propriétaire d'un des établissements de jeux les plus exclusifs et les plus notoires de la ville, Nathaniel Hunt avait des horaires peu communs. La plupart du temps, il travaillait la nuit et il passait la majeure partie de la journée à dormir. Il avait dit qu'il rentrerait tôt ce soir, mais il y avait parfois une différence entre ce que Nate disait et ce que Nate faisait.

Elle avait des projets pour son frère, néanmoins, et elle s'assurerait qu'il accepte de les accomplir. Peu importe ce qu'il dirait. S'il fallait en venir au chantage pour le convaincre… soit.

Pauvre, douce Alice. Elle était si timide. Si elle n'y prenait pas garde, elle finirait mariée à l'odieux Mr Bindley. Alice le lui avait montré du doigt quelques semaines plus tôt, et le cœur de Matilda s'était serré. Elle avait un sixième sens en ce qui concernait les hommes, et son instinct lui criait que Bindley était un rat pleurnichard qui n'hésitait pas à abuser de son pouvoir pour écraser les autres.

La pauvre Alice n'aurait aucune chance contre lui.

Son propre futur avait beau être en miettes, c'était hors de question qu'elle laisse son amie faire un mauvais mariage. Elle avait juste besoin d'un peu de confiance en elle, voilà tout. Le genre de confiance qu'elle pourrait obtenir en entendant un homme lui dire qu'elle était charmante, désirable, qu'elle le faisait vibrer de désir. Un homme comme le frère de Matilda, par exemple. Parce qu'Alice était *réellement* charmante, et elle ne réalisait pas le pouvoir qu'elle aurait si elle avait un peu plus d'assurance.

Matilda ne se faisait aucune illusion. Nate allait dire non. L'idée le ferait enrager, il serait furieux, et alors Matilda lui rappellerait ce qu'il lui devait, et il capitulerait. Il se sentait extrêmement coupable, c'est pourquoi elle ne s'était jamais servie de cet argument.

C'était un coup bas de faire cela, elle le savait bien, mais elle n'avait jamais utilisé ce moyen de pression, et elle ne l'aurait jamais fait si ce problème ne lui tenait pas tant à cœur. Pourquoi, cela, elle l'ignorait. Elle savait juste que le bonheur d'Alice lui importait. Le bonheur de toutes ses amies lui importait. Les Demoiselles Surprenantes étaient devenues son refuge, un but sur lequel se concentrer dans sa vie qui semblait déjà tellement remplie de regrets. Et elle ne souhaitait pas cela pour ses amies. Elles méritaient mieux. Et elle ferait en sorte qu'elles l'obtiennent. Elle les guiderait, les encouragerait et les conseillerait du mieux qu'elle pouvait. Elle assisterait à leur mariage et verrait leur bonheur, et peut-être sa vie lui semblerait alors moins vide.

En plus de cela, Nate avait besoin d'une femme.

Un sourire naquit sur les lèvres de Matilda alors qu'elle songeait à Nate et Alice. Il ne le verrait pas venir. Pas au début. C'était possible qu'elle se trompe, bien sûr, mais…

Quelque chose lui disait que le caractère d'Alice renfermait une profondeur insoupçonnée. De temps en temps, elle voyait briller une étincelle de quelque chose dans ses yeux, quelque chose de brûlant et de féroce, tout comme ses cheveux roux qu'elle ramenait toujours en arrière dans une coiffure peu seyante et enfantine. Il lui fallait maintenant le courage de laisser cette crinière de feu s'embraser.

Un séduisant jeune homme tel que le frère de Matilda, eh bien… peut-être pourrait-il produire l'étincelle nécessaire ? Même si Nate aurait préféré mourir plutôt que de l'admettre, son mode de vie actuel n'était pas celui dont il rêvait. Avant que leur monde ne s'écroule, Nate voulait épouser une gentille fille, s'installer, et avoir une famille, Matilda le savait. Il était fait pour cela, et, à l'inverse de beaucoup de ses amis, ne s'en était jamais caché. Il aurait accueilli avec joie cette destinée.

Puis leur père avait dilapidé leur fortune, détruisant leur avenir, et tout avait changé. Nate avait changé. Il était devenu plus dur, plus froid, il avait enfoui ses sentiments dans un endroit où ils ne pourraient pas venir le déranger. Du moins, pas trop. Il était devenu l'incarnation du séduisant jeune vaurien, et beaucoup de ses semblables faisaient de leur mieux pour imiter sa grâce nonchalante et son attitude désinvolte. Malgré tout, Matilda était certaine que le Nate qu'elle avait connu était toujours là, tout comme son désir d'avoir une maison, une femme et des enfants. Si seulement il le reconnaissait !

Ce genre de vie lui conviendrait largement mieux que celle qu'il vivait à présent, cela ne faisait aucun doute. En plus, elle ne s'était jamais essayée à jouer les cupidons auparavant, et si elle voulait s'assurer que toutes ses amies fassent de beaux mariages, autant commencer par son frère. Elle ne connaîtrait pas ce genre d'amour, après tout, donc elle pouvait au moins s'octroyer le plaisir d'aider les autres à atteindre ce bonheur-là.

Matilda leva la tête lorsque l'homme en question pénétra dans la pièce.

— 'Soir Tilda.

Il la salua avec un sourire en coin avant de se diriger vers la carafe qui avait été préparée spécialement pour lui.

— Pour l'amour du ciel, Nate, dit-elle avec un soupir de reproches. Ne pouvez-vous pas attendre d'avoir franchi le seuil de la porte avant de vous servir un verre ?

— C'est le cas ! s'exclama-t-il en désignant la pièce. Ou peut-être me suis-je fourvoyé ? Sommes-nous dans le jardin ? Il fait un peu frais.

Il désigna la fenêtre ouverte d'un signe de tête et Matilda leva les yeux au ciel.

— L'on étouffe dans cette pièce, comme vous le savez. La chaleur est étouffante dans toute la ville, soupira-t-elle en agitant un éventail délicat peint à la main.

Elle le remuait plus fort et de façon beaucoup moins distinguée que d'habitude. Mais ce n'était que son frère, après tout. Matilda jeta un regard à la pièce décorée avec goût— tout était parfaitement à sa place, immaculé — et elle fut frappée de nostalgie au souvenir de sa maison d'enfance à la campagne. Elle chassa cette pensée. Ce n'était pas la peine de pleurer à ce sujet. Il y avait bien longtemps que l'on avait vendu cet endroit pour rembourser les dettes de leur père.

— Ah, voilà qui explique ma soif inextinguible, répondit son frère.

Il leva son verre dans sa direction, avant de le porter à sa bouche et de prendre une bonne gorgée du liquide. Soupirant de satisfaction, il traversa la pièce pour la rejoindre près de la fenêtre et l'embrassa sur la joue.

— Qu'est-ce qui vous tracasse, sœurette ? demanda-t-il après lui avoir jeté un coup d'œil perspicace.

Il la connaissait trop bien.

Matilda haussa les épaules en faisant mine d'être agacée. C'était cela, le problème avec Nate. Il était difficile de rester fâchée avec lui. Grand, blond, les épaules larges, deux yeux bleus pétillants : il avait de l'allure. Ajoutez à cela un charme fou et un sourire diabolique, et toutes les femmes qu'il désirait lui mangeaient dans le creux de la main en un claquement de doigts. Matilda était immunisée contre son charme, puisqu'elle était sa sœur et connaissait ses pires défauts, mais quand même, ce n'était pas évident de le sermonner lorsqu'il se montrait si adorable.

— Vous buvez trop, vous ne dormez pas assez, et vous avez de mauvaises fréquentations, dit-elle en croisant les bras.

Elle avait l'impression d'être une horrible rabat-joie, mais il fallait que quelqu'un le lui dise.

— Ah, la vie d'un propriétaire d'établissement de jeux, répondit-il avec un haussement d'épaules désinvolte.

Matilda soupira en secouant la tête. Cela ne servait à rien de lui faire des remontrances. Cela ne changeait rien, et il avait raison. Quel autre genre de vie aurait-il pu mener dans de telles circonstances ? Il fallait d'abord que les circonstances changent avant que son frère ne le puisse, ce qui la ramenait à ce dont elle voulait lui parler.

— Nate, je voudrais que vous fassiez quelque chose pour moi.

C'était toujours mieux d'attaquer Nate de front. Il était trop direct pour être abordé avec subtilité, et il méprisait les subterfuges.

— Bien sûr, Tilda. Dites-moi.

Il s'installa à côté de la cheminée. Il fronça les yeux en regardant l'âtre.

— Ce n'est pas la même chose, lorsqu'il n'y a pas de feu, n'est-ce pas ? C'est loin d'être aussi accueillant.

Matilda leva les yeux au ciel.

— Nous sommes au beau milieu du mois de juin, rétorqua-t-elle, même si elle s'était fait la même réflexion.

— De quoi avez-vous besoin ? demanda-t-il en revenant à leur conversation. D'une nouvelle robe ? Un chapeau ? Ou s'agit-il de la décoration ? Vous avez probablement déjà décoré toutes les pièces de la maison, non ? Oui, deux fois, en fait.

Au souvenir de ce désastre, Matilda sentit une pointe de remords, qui se transforma rapidement en irritation ; il la cherchait.

— Vous avez pertinemment qu'il n'y a qu'une seule pièce que j'ai décorée deux fois, et c'était par ce que je n'avais pas reçu les rideaux de la bonne couleur. J'ai dû refaire toute la pièce en prenant en compte la nouvelle teinte. C'était très irritant.

Nate poussa un grognement discret qui aurait pu signifier soit son scepticisme, soit son amusement. Matilda choisit de l'ignorer.

– Très bien. Ni robe, ni parure, ni décoration. Un cheval ? suggéra-t-il.

— Oh, arrêtez cela, Nate. Je suis sérieuse ; je dois vous parler.

Elle s'assit face à lui alors qu'il serrait les lèvres.

— Les chevaux sont une affaire très sérieuse, Tilda, déclara-t-il en la grondant gentiment. Ne songez pas à en acheter un avant que je puisse l'examiner au préalable. Je ne veux pas que l'on vous vende un canasson défraichi. J'ai une réputation à tenir.

— Moins nous parlerons de votre réputation, mieux ce sera, répliqua Matilda qui regretta instantanément la sécheresse de sa réponse en voyant la culpabilité traverser le regard de son frère.

Elle soupira.

— Je n'ai pas besoin que vous m'achetiez quoi que ce soit, Nate. J'ai simplement besoin que vous me rendiez un service. Cela ne vous prendra qu'un peu de votre temps, et c'est très important pour moi.

Les yeux de Nate se rétrécirent et il l'examina en faisant tourner dans un sens, puis dans l'autre, le verre dans ses mains.

— Une faveur, alors, déclara-t-il.

Elle pouvait entendre la méfiance dans sa voix.

Autant aller droit au but.

— Oui, une faveur. Vous rappelez-vous cette discussion à propos de mes amies et des défis qu'elles ont acceptés ?

Nate grogna en secouant la tête. Matilda se renfrogna.

— Vous souvenez-vous de ce que je vous ai dit sur Alice ? C'est une fille très gentille, jolie comme une poupée, mais terriblement timide. Et son délai est presque à terme, et… oh, je voudrais qu'elle réussisse. Je sais que c'est idiot, mais je pense que cela lui donnerait la confiance en elle dont elle a amplement besoin, et que cela mettrait plus de feu dans son tempérament.

Le regard de son frère s'assombrit, et Matilda vit le personnage dont tout le monde parlait, mais qu'elle voyait rarement. Nathaniel Hunt était un homme d'affaires sans pitié, refusant de prêter aux ducs et aux comtes s'il avait le plus léger soupçon qu'ils ne puissent pas rembourser. Il ne supportait pas les baratineurs, et n'était pas homme à se faire piéger… sauf peut-être par sa sœur.

— En quoi diable cela me concerne-t-il ?

— Vous allez l'aider, répondit Matilda en levant le menton.

Elle soutint son regard. Les yeux d'un bleu cristallin de son frère brillaient de rage.

— Vous pouvez toujours courir ! s'exclama-t-il en bondissant sur ses pieds. Un très bon moyen de me forcer à l'épouser, cela.

Matilda soupira. Elle connaissait les réticences de Nate à ce sujet. Elles ressemblaient à celles qu'il entretenait sur se lever avant midi, avoir la gueule de bois, ou manger des tripes. Ou en tout cas, c'était l'image qu'il renvoyait, comme tout libertin qui se respecte. Mais elle était sa sœur, et elle était sûre qu'au fond, il n'était pas comme ça. Elle croisait les doigts pour ne pas se tromper.

— Elle ne projette pas de vous épouser, je peux vous l'assurer. Elle est quasiment fiancée à Mr Bindley, en grande partie contre son gré. Il est répugnant et… oh, bon sang, Nate. Je ne la laisserai pas entre les mains de Bindley sans lui avoir au moins permis de réussir ce défi. Quelle importance pour vous ? Ce n'est qu'un simple baiser.

Nate grogna en lui lançant un regard noir.

— Ce n'est jamais qu'un *simple* baiser.

— Comment pourrais-je le savoir ? rétorqua Matilda.

Elle regretta le ton acerbe qu'elle avait employé sans réfléchir. Son frère tressaillit, et un silence gêné s'installa.

— Bindley ? dit-il en fronçant légèrement les sourcils.

— Vous le connaissez ? demanda Matilda, pleine d'espoir.

Nate était devenu un homme très influent, et pas parce que beaucoup d'hommes illustres de l'aristocratie lui devaient de l'argent, mais à cause de toutes les rumeurs et les informations qui circulaient dans son club. S'il savait quelque chose sur Bindley, quelque chose qui rendrait sa proposition de mariage moins attirante aux yeux des parents d'Alice…

Nate secoua la tête.

— Non. Son nom me dit quelque chose, c'est tout.

— C'est le plus jeune fils du comte d'Ulceby.

— Ulceby ? répéta-t-il en fronçant le nez. Seigneur, s'il ressemble à son père, je plains la pauvre fille.

— Moi aussi ! s'exclama Matilda, frustrée. C'est pourquoi vous m'accompagnerez au bal des Ransom demain soir. Vous retrouverez Alice sur une terrasse éclairée de lune, prononcerez quelques jolis mots, et l'embrasserez.

— Certainement pas ! explosa Nate.

Il alla se servir un autre verre.

— Vous êtes tombée sur la tête si vous avez cru que j'allais accepter.

— Oh, pour l'amour du ciel, aboya Matilda, exaspérée. Je ne vous demande pas de vous planter des aiguilles dans les yeux. Ce n'est pas comme si elle était laide. Il se trouve qu'elle est très jolie. Il est fort probable que cela se révèle être un exercice très agréable pour vous, à moins que vous ne vous intéressiez plus aux femmes ? Mais si l'on en croit votre réputation, ce n'est pas le cas.

Nate la foudroya du regard.

— Je ne me balade pas sur les balcons à la recherche de jeunes filles innocentes à embrasser, Tilda. Je ne sais pas quelle est l'opinion que vous avez de moi, mais —

Matilda le coupa, et dit d'un ton légèrement moqueur :

— Oh, oui, ce qu'il vous reste d'affection est réservé aux chanteuses d'opéra, ou était-ce une danseuse cette semaine ? J'ai oublié.

— Matilda, commença Nate sur un ton d'avertissement.

— Non *Nathaniel.* Je ne vous demande jamais rien, et vous le savez, mais je vous demande ceci.

Ses mots étaient empreints de colère.

— Je comprends que vous trouviez cela idiot, mais cela ne change rien au fait que ce soit important pour moi. Je veux qu'Alice soit heureuse, ou du moins… qu'elle ait le moins de regrets possible.

Nate se figea, et elle comprit qu'elle le tenait.

Pas comme moi. Elle ne l'avait pas dit tout haut. Elle n'en avait pas besoin.

Matilda soupira.

— Je vous en prie, Nate, dit-elle doucement en se rapprochant de lui.

Elle posa la main sur son bras.

— Cela ne durera que quelques instants. Usez de votre charme habituel, faites-la se sentir belle, désirée, rendez cela romantique. Juste un baiser, c'est tout. Je monterai la garde pour être sûre que personne ne vous surprenne ; il n'y aura aucun danger.

Elle sentit les muscles de son bras se raidir. Il détestait cela, il était furieux de se sentir acculé de la sorte. Peut-être aurait-elle dû se sentir coupable de le manipuler ainsi, mais, elle aussi avait changé ces dernières années. Elle aussi, s'était endurcie.

— Et si elle me reconnaît, demanda-t-il avec une irritation flagrante. Ne va-t-elle pas se sentir ridicule si elle découvre que c'est votre frère, que vous avez forcé à l'embrasser ?

Matilda secoua la tête.

— Elle ne vous a jamais vu, et vous serez seulement éclairés par la lune. Avec vos horaires, il y a vraiment peu de chances que vous vous croisez à nouveau prochainement. De plus, ajouta-t-elle en souriant, si jamais elle le découvre, je lui dirai que je n'ai pas eu besoin d'insister. En fait, vous avez sauté sur l'occasion. Ce ne serait pas si difficile à croire, n'est-ce pas ?

— Naturellement, répondit Nate.

Il y eut un éclair dans ses yeux, quelque chose de brut et douloureux. Il s'éloigna d'elle.

Avec un peu de retard, un sentiment de culpabilité la frappa de plein fouet pour avoir osé manipuler son frère de la sorte, mais il était le seul à qui elle pouvait demander cela.

— Je veux juste qu'elle soit heureuse, Nate. C'est tout.

Il y avait eu plus d'émotion dans ces mots qu'elle n'avait voulu en laisser transparaître. Ce n'est pas parce qu'elle était forcée de lui faire du chantage qu'elle voulait l'accabler de son malheur. En réalité, elle faisait beaucoup d'efforts pour paraître heureuse et enjouée, comme elle l'était avant… avant que son père, son frère, et le marquis de Montagu ne lui volent son avenir.

— Je sais, Tilda, répondit Nate en se tournant pour la regarder, puis un léger sourire étira ses lèvres. C'est d'accord, soupira-t-il, mécontent, mais résigné. Votre Alice aura son baiser au clair de lune, vous avez ma parole, mais vous avez intérêt à garder l'œil ouvert, parce que je ne compte pas me retrouver pris au piège d'un mariage. Pas même pour vous.

Matilda tint sa langue, sachant qu'il ne détruirait jamais la réputation d'Alice comme la sienne avait été détruite, peu importe à quel point il trouvait l'idée repoussante. À la place, elle éclata de rire en hochant la tête.

— C'est d'accord.

Elle s'approcha de lui et lui embrassa la joue.

— Ô, meilleur des grands frères.

Nate s'étouffa de rire.

— C'est trop ? demanda-t-elle avec un léger sourire.

— Beaucoup, *beaucoup* trop, acquiesça-t-il.

Chapitre 3

J'ai vu votre frère, Matilda. Si jamais Alice ne peut pas aller au rendez-vous, je pourrais éventuellement me laisser convaincre de prendre sa place. Quel beau gredin il fait. Si un baiser pouvait posséder le pouvoir de transformer la vie d'une femme, ce serait bien le sien.

— Extrait d'une lettre de señorita Lucia de Feria à miss Matilda Hunt.

Le soir du 13 juin 1814. Half Moon Street, Mayfair, Londres.

Nate regarda sa sœur quitter la pièce, et soupira. Serait-ce toujours ainsi ? Serait-il toujours prisonnier de sa culpabilité ?

Oui.

Dans tous les cas, c'était une question idiote. Il ne méritait pas d'en être libéré. Il ne le mériterait jamais.

Nate se frotta les yeux, rouges et irrités à cause du manque de sommeil et de l'atmosphère enfumée du club. Le poids des regrets pesait lourd sur ses épaules. Il y avait tant de raisons à cela. Il s'affala de nouveau sur l'élégante chaise rembourrée à côté de la cheminée, et ses pensées s'envolèrent vers le souvenir de cette nuit fatidique. La nuit où son père était mort.

Le plus âgé des Hunt était alité et déclinait, lentement mais sûrement. Le docteur avait diagnostiqué une pneumonie. Pendant sa maladie, son père lui avait avoué qu'il avait une légère dette. Ignorant complètement l'ampleur des dépenses de son père, Nate lui avait joyeusement répondu de ne pas s'inquiéter, qu'il s'occuperait cela. La bonne blague.

Très vite, il s'aperçut que son père n'avait pas une *légère dette*, mais qu'ils étaient complètement ruinés. Des sommes, aux montants si astronomiques que Nate avait peine à les imaginer, étaient dues à gauche, à droite, et au centre. Les huissiers tambourinaient à leur porte nuit et jour. Il avait fallu tout vendre. Toutes leurs terres, leurs propriétés — enfin, celles qui n'étaient pas déjà hypothéquées au maximum — les œuvres d'art, les meubles, et jusqu'au moindre bijou que leur mère avait laissé à Matilda. À la fin, ils leur restaient à peine de quoi s'habiller.

En plus de cela, ce parent irresponsable n'avait même pas eu la décence de mourir vite, cela avait pris des semaines, ajoutant des frais médicaux à une liste de dettes qui n'en finissait pas.

En colère et le cœur rongé, terrifié de ce qui allait advenir d'eux, Nate était parti noyer son chagrin.

Et là, il avait très envie de recommencer. Il se leva pour aller remplir son verre, puis alla près de la fenêtre que Matilda avait laissée ouverte. Il s'y appuya, posant son front sur la surface fraîche du verre, et profita de la brise ébouriffant ses cheveux alors qu'il regardait la rue plus bas, qui s'assombrissait peu à peu.

Matilda était venue le chercher cette nuit-là. Son père était enfin en train de mourir, et l'avait fait demander pour implorer son pardon. Ils n'avaient déjà plus de domestiques, à part une bonne qui venait seulement quelques heures par jour. À cette heure de la nuit, sa sœur était seule à jouer les infirmières au chevet d'un homme mourant. Le vieux bouc avait fait preuve d'un égoïsme monstrueux en lui demandant d'aller chercher Nate, et ce d'une façon si pitoyable qu'elle était partie dans la nuit. Seule.

Matilda avait décidé d'aller au club de gentlemen dans lequel Nate avait toujours été membre. À l'inverse de son père, il n'avait pas de dettes, et son adhésion avait été payée pour toute l'année. Il avait bien l'intention d'en profiter, et d'y rester jusqu'à ce qu'ils l'en chassent le 31 décembre à minuit.

Il ne savait toujours pas comment elle y était parvenue, mais Matilda avait supplié le propriétaire de la laisser entrer, et ce dernier l'avait conduite dans une pièce privée pour patienter pendant que l'on partait à la recherche de Nate.

Sauf que la pièce n'était pas aussi vide ni aussi privée qu'ils l'avaient supposé.

Nate poussa un grognement. Il y avait tant de choses qu'il regrettait à propos de cette nuit-là. Il regrettait d'avoir refusé de la rejoindre, juste après avoir eu son message. Il haïssait son père à un point tel, qu'il aurait préféré mourir que de permettre à ce salaud, qui avait condamné ses deux enfants à la misère, de mourir en paix. Cela aussi, il le regrettait. Son père avait été un inconscient et un dépensier, mais Nate l'aimait, et il regrettait de ne pas l'avoir dit à ce vieux bougre.

Il était trop tard, maintenant. Beaucoup, beaucoup trop tard.

Donc, à présent, il essayait de se racheter. Cette nuit-là, Matilda avait non seulement perdu son père, mais aussi son avenir, et même s'il ne partageait pas les péchés de son père, il aurait pu sauver la réputation de sa sœur. Si seulement il n'était pas sorti cette nuit-là, si seulement il l'avait rejointe dès qu'il avait le message… si seulement le marquis de Montagu n'était pas un tel salaud, bien trop puissant, intouchable.

À la place, Nate avait gâté sa sœur, lui offrant tout ce dont elle pouvait rêver, tout ce qui pouvait apaiser la culpabilité qu'il ressentait à l'idée de lui avoir ravi son avenir. Elle aurait déjà dû faire un mariage admirable, beauté qu'elle était. Elle aurait dû être mariée et entourée d'enfants, la seule chose que Matilda eût jamais désirée.

Au lieu de cela, il l'avait condamnée à une existence où jamais aucun homme respectable ne poserait les yeux sur elle, ou du moins, pas avec l'idée d'en faire sa femme. Elle ne lui avait jamais dit combien d'hommes lui avaient fait des propositions indécentes, mais il savait qu'elle en recevait. Dès qu'elle le pouvait, elle sortait se mêler à ceux qui l'évitaient, la tête haute, les mettant au défi d'oser lui dire en face ce qu'ils racontaient sur elle. Seigneur, qu'il admirait son courage, même si cela lui brisait le cœur.

Donc, à présent, elle souhaitait qu'il joue les idiots énamourés pour son amie timide comme une petite souris qui était incapable de se trouver un homme elle-même. Eh bien, si c'est ce que Tilda désirait, il pouvait difficilement refuser. Il priait juste pour que la fille ne soit pas trop insipide ; il n'était pas très bon comédien.

En fronçant les sourcils, Nate secoua la tête, et finit son verre.

14 juin 1814. Le bal des Ransom. Londres.

Alice tenait son verre de ratafia avec tant de force que c'était un miracle qu'il n'eût pas encore explosé, même s'il y avait plus de chances qu'elle le fît tomber, tant ses paumes étaient moites. Cela serait sans doute moins spectaculaire, mais tout aussi embarrassant, et cela lui ressemblait plus.

— Cessez de vous tracasser, Alice, murmura Matilda, juste assez fort pour qu'elle soit la seule à l'entendre. Il n'y a aucune raison de vous inquiéter. Ce sera merveilleux.

— Qui est-ce ?

Alice avait finalement rassemblé assez de courage pour oser poser la question qui la taraudait depuis qu'elle avait accepté de prendre part à cette folie. Qu'elle eût en elle assez de courage pour entendre la réponse, cela, c'était un autre problème. S'échapper de cette pièce, de cette bâtisse, et peut-être de Londres semblait être une perspective bien plus attrayante.

Où pourrait-elle aller pour se cacher ? Grimsby, peut-être ? Elle n'y était jamais allée, mais cela lui paraissait sinistre et affreux, le genre d'endroit qui avalerait une petite fleur timide comme elle, et qui la ferait disparaître aux yeux du monde. Elle sentit son cœur s'emplir de tendresse pour cette ville.

Elle devenait folle.

— Une personne en qui j'ai confiance, répondit Matilda avec un regard rassurant. Un homme bien, et en plus, séduisant. Évitez simplement de tomber amoureuse de lui, la taquina-t-elle.

Bouche ouverte, Alice contempla Matilda d'un air ébahi.

— J'ai plus peur de bégayer, de m'évanouir, ou éventuellement de me jeter du balcon, trois solutions tout à fait possibles, marmonna-t-elle. De tous les plans idiots et inconscients —

— Bonjour, Alice, Matilda.

Les deux femmes se retournèrent alors que Kitty Connolly les saluait. C'était une jolie fille avec d'épais cheveux noirs et des yeux rieurs ; elle avait rejoint le clan des filles délaissées par la société par le simple fait d'être irlandaise. Il n'y avait point de beauté ou de richesses suffisantes pour corriger ce crime inacceptable aux yeux de l'aristocratie.

— Est-il vrai que vous allez réaliser votre défi ce soir ? demanda Kitty en s'agrippant au bras d'Alice.

— B-Bien —, balbutia Alice tout en se demandant si c'était l'occasion pour elle d'échapper à son sort.

— Oui, l'interrompit Matilda en lui lançant un regard sévère. Oui, en effet.

— C'est tellement excitant ! s'exclama Kitty. Dites-moi tout, qui est… ?

Sa voix s'éteignit et ses yeux s'écarquillèrent alors qu'elle fixait quelque chose, ou quelqu'un à travers la salle. Alice crut voir un éclair de cheveux roux au milieu de la foule.

— Kitty ? demanda Matilda, alors que toute la couleur disparaissait du visage de Kitty, remplacée par deux taches rouges sur les pommettes. Est-ce que tout va bien ?

— Je – Je, bégaya Kitty en respirant fort. J'ai cru voir quelqu'un… je…

Elle partit sans dire un mot de plus, traversant la salle à toute vitesse en bousculant les gens qui se trouvaient sur son passage, sourde à leurs protestations et à leurs jurons.

— Mais que vient-il de se passer ? demanda Alice alors qu'elles la regardaient partir.

— Je n'en ai pas la moindre idée, et puis, avec Kitty, tout est possible, déclara Matilda en secouant la tête. Elle est celle que j'ai l'impression de moins bien connaître dans le groupe.

Alice acquiesça en fronçant les sourcils en direction de la jeune femme brune qui disparut dans la foule. Kitty était un mystère, mais Alice savait une chose sur elle : elle était brave. Aux yeux d'Alice, elle semblait n'avoir peur de rien. Elle n'hésiterait sûrement pas une seule seconde à rencontrer un inconnu sur un balcon. Alors qu'Alice… hésiter était la *seule* chose qu'elle avait faite, la seule chose qu'elle avait toujours faite. Elle ne pouvait tout simplement pas faire cela.

— Matilda, dit-elle, poussée par l'anxiété et le désespoir. Je ne peux pas… je —

Matilda mit un doigt sur ses lèvres en secouant la tête.

— Suivez-moi, Alice. Je pense que nous devons discuter.

Entraînée par une volonté plus forte que la sienne — comme d'habitude —, Alice se précipita dans le sillage de son amie qui cherchait un coin tranquille. Elles le trouvèrent sous la forme d'une longue galerie de tableaux. Des lampes éclairaient la grande pièce, et, entre les peintures, se trouvaient des alcôves peu éclairées, au sein desquelles étaient exposées d'autres œuvres d'art, telles que des vases et des statues.

— Oh, regardez celui-là, s'exclama Alice en pénétrant dans une alcôve pour examiner un magnifique vase chinois.

Elle était prête à tout pour retarder l'inévitable.

Matilda patienta dans le couloir, le regard fixé sur une peinture que son amie avait instinctivement évitée, car elle représentait une Vénus allongée. Le bref coup d'œil qu'Alice lui avait jeté lui avait permis de distinguer une belle femme nue qui se regardait dans un miroir, ce qui faisait de ce personnage un voyeur, à l'instar des spectateurs qui la regardaient.

Alice se détourna du vase pour se diriger vers Matilda, qui contemplait l'œuvre, fascinée. En cet instant, Alice se dit que c'était Matilda, et non Vénus, la plus belle œuvre d'art de la salle. Ses cheveux blonds, gracieusement arrangés, laissaient retomber des boucles lâches qui encadraient un visage si beau que n'importe quel peintre aurait donné sa vie pour avoir la chance de le capturer. Nul n'avait jamais peint bouche plus sensuelle, douce et rose ; elle avait les lèvres légèrement entrouvertes, et ses yeux bleus étaient comme envoûtés, et avaient une lueur de… de quoi ? Alice n'était pas sûre, elle était seulement consciente qu'elle ne devait pas la déranger. Elle retourna dans l'alcôve, et sursauta lorsqu'une voix masculine brisa le silence presque révérencieux.

— Seule, miss Hunt ? Et devant une peinture aussi scandaleuse. Est-ce bien sage ?

La posture de Matilda se raidit aussitôt, et son regard vola vers celui d'Alice. Alice, dissimulée dans l'alcôve, s'avança pour montrer à l'homme que non, Matilda n'était pas seule, mais Matilda secoua la tête. C'était un mouvement très léger, presque imperceptible, mais Alice figea, perplexe. Matilda maintint son regard sur elle quelques secondes, comme si elle confirmait qu'Alice devait rester cachée, puis se retourna lentement.

La tête haute, les épaules en arrière, c'est avec la fierté d'une reine qu'elle fit face à l'individu qui s'était adressé à elle.

Alice riva son regard sur une vitrine de l'autre côté de la galerie, sur laquelle se réfléchissait la silhouette de l'homme, et elle s'arrêta de respirer. L'image était floue, mais c'était impossible de se tromper. Le marquis de Montagu. Celui qui avait détruit la réputation de Matilda se tenait devant elle, en personne.

Matilda le fixa d'un regard glacial chargé de haine. Contrairement à ce qu'exigeait l'étiquette en présence d'un homme d'un aussi haut rang, elle ne fit ni révérence ni salutations.

— En me privant de toutes les choses auxquelles j'avais droit, vous m'avez donné la liberté d'agir à ma guise. Je n'ai besoin de la permission de personne, et encore moins de la vôtre. Vous avez déjà piétiné ma réputation. Je n'ai pas grand-chose d'autre à perdre.

Il y eut un silence, puis il parla de nouveau, d'une voix aussi froide que l'était l'expression de Matilda.

— Je ne suis pas sûr que cela soit vrai.

De sa cachette, Alice ne pouvait distinguer que le profil de Matilda, mais elle vit son amie arquer un sourcil élégant, et une expression moqueuse se peindre sur son visage.

— Oh, vous êtes sûr que ce n'est pas vrai, cracha Matilda. Vous savez qu'il ne s'est rien passé entre nous cette nuit-là. Grâce à vous, tout le monde pense le contraire, donc, quelle importance ? Vous avez détruit ma vie, et vous méprenez gravement si vous croyez un seul instant que je vais vous remercier de me faire des remarques sur la façon dont je décide de la vivre, compte tenu des circonstances.

— Je n'ai rien fait de la sorte, répliqua le marquis d'un ton qui semblait, au mieux, ennuyé. Je ne vous ai pas invitée dans cette pièce, et, comme vous l'avez dit vous-même, je ne vous ai pas touchée. Vous étiez là de votre plein gré.

— Mon père était mourant. Je cherchais mon frère. C'était là son dernier souhait : lui parler une dernière fois, riposta Matilda d'un ton sec, les mots empreints de fureur.

— Donc vous avez laissé un homme mourant seul, au lieu d'envoyer un domestique ?

Alice ouvrit la bouche en entendant cette question si cruelle, et vit Matilda tressaillir, juste un peu.

— Nous n'avions plus les moyens de nous offrir les services de domestiques à ce moment-là, je suis sûre que vous le savez parfaitement. Notre père avait perdu notre héritage dans les paris, et ne nous avait rien laissé d'autre que des dettes. C'est la raison pour laquelle il désirait voir mon frère : pour lui demander pardon.

Même dans le reflet, Alice pouvait voir le rictus du marquis, même si son mépris fut encore plus flagrant au son de sa voix.

— Ah oui, comme c'est commode. Qui peut refuser les dernières volontés d'un homme qui se meurt ? Même d'un homme ayant mené sa famille à la faillite ? C'est dans un geste de repentance, donc, qu'il a envoyé sa fille dehors au beau milieu de la nuit. Quel saint.

Avec une exclamation choquée, Matilda posa la main sur sa gorge.

— Vous n'êtes qu'un immonde salopard froid et sans cœur, déclara-t-elle.

Alice dut mettre les mains devant sa bouche pour camoufler son propre hoquet de surprise. Où Matilda trouvait-elle le courage de tenir tête à cette créature méprisable — et de l'insulter avec une telle aisance —, Alice l'ignorait, mais elle ne s'était jamais sentie aussi fière.

Le marquis accueillit les paroles de Matilda d'un grognement amusé.

— Je ne suis *pas* un bâtard, dit-il d'une voix traînante en s'excusant presque. Le reste, par contre, je le mérite. En revanche, je vaux toujours mieux que votre père.

— Comment osez-vous —, commença Matilda, mais la silhouette dans le reflet l'interrompit d'un geste de la main.

— Ma famille — mon nom, leur héritage — vaut plus que tout, dit-il, et l'arrogance stupéfiante derrière ses paroles n'était atténuée que parce qu'Alice savait qu'elles étaient vraies. Montagu est l'un des plus anciens et des plus puissants noms de ce pays. Tout ce que je fais, je le fais pour ma famille. Je ne serais jamais une source de honte ou de manque de respect, je ne salirai jamais le nom des Montagu. Et je n'épouserai certainement pas une fille sans nom, une péronnelle sans le sou qui a l'audace d'entrer dans un club réservé aux hommes aux petites heures du jour, juste parce qu'elle est suffisamment écervelée pour aller dans une pièce dans laquelle je me trouve déjà.

— Je n'ai jamais demandé cela, riposta Matilda. Mon Dieu, je préfère mille fois ma situation actuelle, que de me retrouver mariée à un homme plus mort que vivant.

Un silence spectaculaire s'ensuivit, et Alice sentit ses poils se dresser tellement la tension faisait crépiter l'atmosphère.

— Eh bien quoi alors ? demanda-t-il.

Pour la première fois, son flegme glacial semblait un peu ébranlé, et derrière ses mots transparaissait une légère irritation.

— Vous auriez pu m'aider.

La rage enflammée de Matilda brûlait suffisamment fort pour consumer toutes les peintures de la pièce, et semblait même assez ardente pour faire fondre un peu de la froideur du marquis et révéler chez lui l'éclat d'une colère chauffée à blanc. Elle poursuivit :

— Vous auriez pu faire taire ces hommes, réfuter ces histoires. Si vous êtes aussi puissant que vous semblez le croire, vous auriez au moins pu prendre ma défense, atténuer ma honte, mais vous ne l'avez pas fait. Vous êtes resté là, sans rien faire, sans rien dire, rien *du tout*. Un jour, vous paierez pour cela. Je m'en assurerai.

— Mais que vous êtes naïve, répondit-il, d'une voix si froide et dédaigneuse Alice en eut la chair de poule. Si j'avais fait la moindre des choses que vous suggérez, cela aurait été bien pire pour vous. Les gens se seraient dit que cela avait de l'importance pour moi. Que j'agissais par culpabilité ou par sens du devoir. Là, au moins, quelques personnes sont convaincues de votre innocence. Si j'avais essayé de vous défendre de quelque manière que ce soit — ce que vous prétendez vouloir —, ils auraient alors tous été persuadés que nous étions amants.

— Permettez-moi d'en douter, riposta Matilda. Je doute que quiconque vous pense capable d'un acte aussi humain. Je veux bien croire que vous payez vos maîtresses pour qu'elles chantent vos prouesses, parce que rien en vous ne pourrait jamais ressentir *quoi que ce soit*. Êtes-vous frigide, monsieur ? demanda-t-elle d'un ton délibérément moqueur. Je n'aurais aucun mal à le croire. Toucher quelqu'un d'autre doit probablement vous écœurer. Finalement, il a bien fallu que vous montriez un peu d'émotion. Toutes ces histoires à votre sujet, à propos de vos liaisons et de vos exploits…

Elle émit un petit grognement méprisant.

— … Je n'y crois pas.

— Oh oui, vous y croyez, répliqua-t-il d'une voix à peine audible en s'approchant d'un pas. Et, reprit-il après un court silence, vous vous mentez à vous-même avec ce numéro de martyre. Si j'avais proposé de vous épouser cette nuit-là, vous auriez accepté sans hésiter. J'ai vu votre regard lorsque vous vous êtes aperçue que nous étions seuls tous les deux, et, père mourant ou pas, il y avait dedans autre chose que de la peur du mépris.

— Mon Dieu, murmura Matilda.

Elle respirait fort en le dévisageant.

— Je ne crois pas qu'homme plus méprisable ait un jour foulé cette terre. J'aimerais vous souhaiter d'être heureux, avec votre nom, votre pouvoir et votre fortune, mais je sais que vous n'y parviendrez jamais. Chaque bouchée que vous prenez a-t-elle le goût de cendre ? Chaque journée s'étirant devant vous est-elle semblable à un paysage sans fin, dénué de toute couleur et d'espoir ?

Alice observa Matilda hocher la tête en le regardant, avant de continuer :

— C'est le cas, n'est-ce pas ?

Elle avait dit cela d'un ton surpris, comme si une révélation venait de lui être faite.

— J'ai changé d'avis. Je ne vous déteste plus. J'ai pitié de vous, et, pour votre information, je ne suis pas seule. J'ai des amis. Beaucoup d'amis, et l'une d'entre elles est ici.

Matilda se tourna vers Alice avec un sourire chaleureux. Ses yeux brillaient, ses joues étaient rougies par la confrontation, mais elle avait l'air calme à présent, sereine. Elle tendit la main vers Alice.

— Venez, ma chère, dit-elle presque en souriant. Trouvons-nous un autre endroit pour notre petite conversation. Le marquis souhaite rester seul.

Matilda jeta un regard en direction de ce dernier, et Alice l'imita. Elle poursuivit :

— J'aimerais lui accorder ce souhait. Je pense que c'en est un avec lequel il devra vivre toute sa vie.

Avec toute la dignité et la prestance d'une impératrice, Matilda tourna le dos au marquis et partit à grandes enjambées. Alice jeta un dernier coup d'œil à l'homme dont le visage semblait avoir été taillé dans du granite tant il avait l'air chaleureux. Il était grand et fin, il avait les épaules larges et des yeux gris ; et il semblait incroyablement froid. Alice frissonna et se dépêcha de rejoindre Matilda, s'éloignant de cette présence toxique.

Chapitre 4

Alice ! J'ai entendu dire que vous avez réussi votre défi lorsque vous étiez au bal des Ransom ! Je suis bien fâchée de n'avoir pas pu y aller. Est-ce vrai ? Était-ce romantique à en mourir ? Racontez-moi tout !

— Extrait d'une lettre de miss Bonnie Campbell à miss Alice Dowding.

14 juin 1814. Bal des Ransom, Londres.

Dès qu'elles ne furent plus dans le champ de vision du marquis, Matilda releva ses jupons et courut, laissant à Alice le soin de la suivre. Elles trouvèrent une pièce tranquille, aux meubles recouverts de toile hollandaise, et Matilda referma la porte derrière elles. Essoufflée, elle s'y appuya, les paumes à plat contre le bois. Puis, au plus grand étonnement d'Alice, elle éclata en sanglots.

Les épaules secouées par les pleurs, elle tremblait en serrant ses bras contre sa poitrine comme si plus jamais elle ne se réchaufferait.

— Matilda ! s'écria Alice en se dépêchant de rejoindre son amie.

Elle l'entoura de ses bras, et la guida vers un fauteuil drapé de tissu. Elle la fit s'asseoir, s'agenouilla devant elle, lui saisit les mains et les frotta pour les réchauffer, car elles étaient aussi froides que des glaçons. Avec un air sérieux, elle déclara d'une voix emplie d'une fierté féroce :

— Matilda Hunt, c'était, sans l'ombre d'un doute, la plus incroyable, impressionnante, et la plus glorieuse scène à laquelle j'ai eu le privilège d'assister.

Matilda hoqueta de rire, et tenta d'essuyer ses yeux avec sa manche.

— Tenez, dit Alice en sortant un mouchoir de sa poche.

— Merci, répondit Matilda d'une voix épaisse. Je ne suis pas sûre de me sentir incroyable. J'ai l'impression d'être petite, ridicule et effrayée. Mon Dieu, Alice, c'est un marquis. Et s'il se vengeait ? Mais qu'est-ce qui m'a pris ?

— Vous n'avez pas réfléchi, vous avez simplement réagi, dit Alice en la contemplant d'un air songeur. Je ne réagis jamais, Tilda, je ne fais que réfléchir. Je réfléchis, je réfléchis et je réfléchis sur ce que je veux dire, sur ce que je veux faire, et finalement, je ne dis ou ne fais jamais *rien*.

Elle pressa la main de Matilda en levant les yeux vers elle.

— Il l'a mérité. Il a mérité tout ce que vous lui avez dit, cet homme odieux et épouvantable, et je ne me suis jamais sentie aussi fière. Ciel, avez-vous vu sa tête lorsque vous lui avez dit que vous préféreriez mille fois être dans votre situation, que d'épouser un homme plus mort que vivant ? L'on aurait dit que vous veniez de le gifler.

Matilda acquiesça en clignant des yeux pour empêcher ses larmes de couler.

— J'ai vu, murmura-t-elle.

— N'étiez-vous pas effrayée ? demanda Alice, si envieuse du courage de Matilda qu'elle voulait par-dessus tout en percer le secret, afin de pouvoir l'imiter.

— Terrifiée, admis Matilda avec un faible sourire. J'ai bien cru que j'allais être malade. Vous n'imaginez pas à quel point c'était difficile de rester, et de lui faire face. Je voulais fuir, je voulais pleurer, mais plutôt mourir que de le laisser voir cela. Il m'a fait assez de mal. Je ne lui donnerai pas ce plaisir.

Alice la dévisageait, stupéfaite et intriguée.

— Vraiment ?

— Vraiment.

Elle pouvait voir la vérité sur le visage de Matilda. Maintenant qu'elles étaient seules, elle pouvait lire la peur et le désespoir dans ses yeux, mais elle n'avait pas montré ses craintes au marquis. Elle avait trouvé le moyen d'enterrer ces sentiments-là, de les ignorer, et avait rassemblé son courage. Alice pouvait-elle faire cela ? Pouvait-elle, rien qu'un peu, repousser ses peurs dans un coin, hors de sa vue ? Ne serait-ce que pendant un court instant ?

— À quelle heure suis-je censée être sur ce balcon ? demanda Alice, d'une voix presque ferme.

Matilda se tourna vers elle et sourit en essuyant ses larmes avec le mouchoir que lui avait prêté Alice.

— Minuit, bien sûr.

— Bien sûr, répéta Alice. Bon. Venez, impératrice Matilda. Vous devez me conduire à ce rendez-vous interdit.

Matilda renifla.

— Impératrice ?

Tout en aidant son amie à se lever, Alice acquiesça.

— Vous ressembliez à cela, avec le marquis. On aurait dit une impératrice, et croyez-moi quand je vous dis que lui aussi, l'a remarqué.

Matilda eut un rire sans joie.

— Non, chère Alice. En posant les yeux sur moi, le marquis voit une chose insignifiante, quelque chose à écraser avec sa chaussure, parce que je suis sans importance pour lui. Pour un homme comme cela, je ne vaux rien, je peux vous l'assurer.

Alice secoua la tête et saisit la main de son amie.

— Vous valez mille fois mieux que lui, Tilda. C'est sûrement pour cela qu'il est si méchant : lui aussi, le sait.

— Derrière cette porte, Alice.

Matilda lui désigna une pièce plongée dans la pénombre, que l'on distinguait à travers une porte entrouverte. La brise chaude faisait flotter les rideaux de tissu fin, les ondulations semblaient l'inviter à entrer.

– Les portes vitrées mènent à un balcon qui donne sur le côté de la maison. Personne ne peut vous voir des jardins, les arbres bloquent la vue. J'irai au bout du couloir. Je peux voir les escaliers de là, alors si jamais quelqu'un arrive, je suis sûre de le voir.

Alice acquiesça… ou, du moins, elle eut l'impression de le faire. Son corps lui semblait comme engourdi, un peu lent à obéir à ses demandes. Alors qu'elle se déplaçait, un pied devant l'autre, ses membres lui parurent maladroits et lourds, comme si elle avait oublié comment marcher. Son cœur martelait ses côtes, qu'il tambourinait comme un singe essayant de s'échapper de sa cage.

Respirez profondément. Respirez profondément. N'oubliez pas de respirer, Alice, s'ordonna-t-elle. Elle se glissa derrière la porte, la ferma derrière elle. Était-il déjà là ? L'attendait-il ? Qui était-il, cet homme sans nom et sans visage qui lui allait donner son premier baiser ?

Lorsqu'elle était plus jeune, Alice avait imaginé ce premier baiser. C'était toujours une scène douce et romantique, plutôt chaste en vérité. Ce ne serait certainement pas le cas ici. Quel romantisme y avait-il à embrasser un homme que l'on rencontrait pour la première fois ? Aucun, elle le savait, et elle le regrettait, mais ce n'était pas le problème. Plus maintenant.

Alice ne connaîtrait jamais l'amour si elle continuait à se cacher. Si elle n'apprenait pas à révéler son visage, son cœur, et son âme à une autre personne, comment quelqu'un pourrait-il alors tomber amoureux d'elle ?

Matilda l'avait fait. Elle avait montré sa force de caractère en se dressant contre un homme qui l'effrayait, et en tenant bon. Pour Alice, c'était en partie à cela que ça se résumait. Un exercice de courage, rien de plus. Un acte insensé, mais téméraire, qui stimulerait une créature peureuse qui avait beaucoup trop tendance à se laisser secouer par tout le monde.

C'est terminé.

C'est. Terminé.

Elle s'aventura sur le balcon et poussa un soupir de soulagement en s'apercevant qu'elle se trouvait seule. Cela lui laissait au moins un petit sursis. C'était une nuit charmante, un soupçon de la chaleur estivale demeurait dans la brise qui faisait voleter ses jupons et rafraichissait ses joues brûlantes.

Alice posa ses mains sur la balustrade, enroulant ses doigts autour du fer forgé peint. Elle ferma les yeux et prit une profonde, profonde inspiration, en essayant de calmer les battements de son cœur. *Respire Alice.* Lentement et régulièrement, elle inspira l'air nocturne en tâchant ensuite d'exhaler l'air de ses poumons jusqu'à se sentir molle et légèrement étourdie.

Quelque chose changea et Alice s'immobilisa. Elle n'avait pas entendu le moindre bruit — rien n'avait trahi sa présence —, mais il se trouvait là, derrière elle. Alice pouvait sentir le changement dans l'atmosphère.

— Bonsoir, dit-elle.

C'est avec surprise qu'elle constata que sa voix était ferme. Tous ces exercices de respiration avaient eu un impact : elle se sentait légère et étourdie, et elle avait presque l'impression d'être ivre.

— Bonsoir.

Des frissons parcoururent sa peau au son de sa voix. Elle était profonde et chaude, et elle se demanda comment il arrivait à rendre ce simple mot aussi séduisant, ou peut-être était-ce le fruit de son imagination ? Peut-être l'avait-il prononcé de la même façon que celle qu'elle avait entendue des centaines de fois auparavant ; simplement, là, seule sur ce balcon, sous le clair de lune, cela sonnait différemment.

Alice fit un mouvement, elle s'apprêtait à se retourner pour lui faire face, mais l'homme parla :

— Attendez. Ne vous retournez pas.

— Avez-vous peur de voir mon visage ? Je ne suis pas si laide que cela, répondit Alice, surprise par le ton tranchant de sa voix.

Grand Dieu ! D'où cela pouvait-il bien venir ? Elle paniqua aussitôt, à deux doigts de s'excuser. Bien sûr qu'il pouvait la juger laide. Elle n'avait rien de spécial comparé à Matilda, mais —

Il s'esclaffa et son rire enveloppa Alice, glissant sur sa peau comme une caresse.

— Cela, je m'en suis rendu compte d'ici, déclara-t-il.

Alice fut rassurée. Ce n'était pas pour cette raison. Elle avait envie de lui demander pourquoi il lui avait demandé cela, mais son dernier éclat résonnait encore à ses oreilles, et ses nerfs étaient en ébullition.

— N'êtes-vous pas curieuse de connaître la raison de ma requête ? demanda-t-il, lisant dans ses pensées.

Oh, seigneur, cette voix ! Elle n'avait jamais entendu une voix comme celle-ci. Elle possédait un pouvoir qui lui était propre, comme dans un conte de fées, où la victime est bercée et envoûtée, séduite par mots et charmes. Il souriait, elle le savait ; elle pouvait distinguer la chaleur de ce sourire dans ses mots, entendre la courbe que formaient ses lèvres. C'est avec inquiétude qu'elle s'aperçut qu'elle tremblait, et son anxiété grandit en réalisant que ce n'était pas dû à la peur. Même pas un peu.

— Pourquoi ? se força-t-elle à demander, déterminée à comprendre.

— Parce que c'est excitant, que vous ne sachiez pas qui je suis.

Il avait soufflé ces mots plus qu'il ne les avait prononcés, et ce doux murmure contre sa nuque lui donna la chair de poule.

— Vous ignorez si nous nous connaissons, ou si je suis un parfait inconnu.

— Oh si, vous êtes un inconnu, dit-elle en riant, d'une voix qui ne lui semblait plus aussi ferme.

— Ah ?

Il se rapprocha ; même si elle ne pouvait pas le voir, même s'il ne l'avait pas touchée, elle le sentait. Elle sentait contre son dos sa chaleur, qui irradiait à travers sa robe, flamboyait sur sa peau, et la réchauffait.

— Comment pouvez-vous en être certaine ?

Alice faillit lever les yeux au ciel.

— Parce que je ne connais aucun homme comme vous.

Encore ce rire, qui faisait frissonner sa peau et avait une action étrange sur son cœur qui battait déjà de façon erratique.

— Nous sommes ici pour réaliser un défi.

Il lui avait parlé près de l'oreille, doucement, et pourtant, avec la tension présente dans l'atmosphère, ce fut aussi intense que s'il avait posé les mains sur elle.

Alice acquiesça. Cette sensation enivrante était de retour, la laissant légèrement étourdie. Était-ce ce que l'on ressentait lorsque l'on était ivre, cette impression d'être dans un rêve, cette envie de prendre des risques sans réfléchir ? De faire ce qu'habituellement l'on n'oserait jamais faire.

— Je n'ai pas entendu votre réponse.

Mortifiée, elle prit conscience qu'il ne la laisserait pas rester passive, en se contentant de petits hochements de tête. Eh bien, elle tenait à prouver son courage.

— Oui, répondit-elle.

Elle aurait aimé que l'anxiété ne transparaisse pas dans sa voix, mais elle était quand même soulagée d'avoir répondu de façon audible.

Elle entendit un petit grognement d'approbation, et il se rapprocha un peu plus.

—— Dites-moi de quoi il s'agit. Expliquez-moi en quoi consiste ce défi que vous avez accepté de relever.

Fichtre. Il fallait qu'il demande cela.

— Vous savez de quoi il s'agit, répondit-elle avec un peu plus d'agressivité qu'elle ne l'avait imaginé ; mais il valait mieux se montrer sèche, que d'avoir à expliquer le défi à voix haute.

— En effet, admit-il.

Il avait répondu d'un ton légèrement suffisant, et avait l'air satisfait ; mais elle ne décela aucune malice dans sa réponse, simplement de la taquinerie. Il reprit :

— Mais je veux en être sûr, voyez-vous. Je veux être certain de respecter ma part du contrat.

Il prononça ces mots de façon si intime et si suggestive que des frissons d'anxiété et d'excitation la parcoururent. Il ajouta :

— Je détesterais vous décevoir.

Alice s'agrippa plus fort à la balustrade. Pourquoi ses mots semblaient si… si… ? Elle ne pouvait pas le décrire, mais elle la ressentait jusque dans ses orteils, cette étrange chaleur qui semblait déferler dans son ventre à chaque mot qu'il prononçait.

— Est-ce dans vos habitudes, de décevoir les femmes ?

Elle avait posé la question avec légèreté, en essayant de paraître sophistiquée, mais elle devint écarlate en réalisant que ce n'était peut-être pas le genre de question qu'elle aurait dû poser.

— Non, répondit-il, avec une pointe d'arrogance amusée. C'est pourquoi vous devez me dire précisément en quoi consiste ce défi, afin que je puisse accomplir mon rôle avec le degré de diligence approprié.

La bouche d'Alice s'ouvrit toute grande. Il était des plus difficile de ne pas se retourner pour le regarder, mais elle avait les joues en feu… et peut-être était-il préférable de continuer à regarder la lune. L'astre lumineux brillait sur eux, immaculé, imperturbable, indifférent, et certainement pas choqué pour un sou. Rien de ce qu'Alice puisse faire ne pourrait choquer la lune, qui avait déjà tout vu, et continuait de regarder la terre, immuable. Et quelque part, c'était réconfortant.

— Embrasser un homme au clair de lune, dit-elle à la hâte, en faisant s'enchainer les mots si rapidement qu'ils s'entrechoquèrent.

— Ah, oui.

Elle imagina plus qu'elle ne vit son hochement de tête.

— Eh bien, nous avons la lune, et l'homme. Qu'allez-vous faire d'eux à présent ?

— *Moi* ? s'écria-t-elle.

Elle faillit se retourner, mais s'immobilisa lorsque les bras de l'inconnu l'encerclèrent. Il posa ses paumes sur la balustrade, de part et d'autre de ses mains, qui paraissaient minuscules en comparaison. Mais il ne la touchait toujours pas, conservant une distance qui était à la fois rassurante, et incroyablement frustrante.

— Qui d'autre, si ce n'est vous ?

— Vous, s'exclama-t-elle, déstabilisée. C'est le but de votre présence ici.

— Ah, mais non. Le défi est d'*embrasser un homme* au clair de lune. Pas…*se faire embrasser*. Tout repose sur vous, Alice.

La respiration d'Alice devint erratique, mais était-ce parce qu'il avait raison, ou était-ce dû à la façon dont il avait prononcé son nom de sa voix diabolique ? Quel genre d'homme possédait une telle voix ? Elle évoquait les nuits noires, les péchés, et… et des choses dont elle n'avait pas la moindre idée, même si elle brûlait d'envie de les découvrir.

— Êtes-vous sûre que c'est ce que vous désirez ? demanda-t-il plus doucement, d'une voix caressante qui apaisa ses nerfs agités. Je peux partir si ce n'est pas le cas.

— Est-ce là ce que *vous* désirez ? s'écria-t-elle, en réalisant soudainement qu'il cherchait peut-être un moyen d'échapper à ceci ; son estomac se tordit de honte à cette idée.

— Seigneur Dieu, non.

Il avait répondu si vite qu'Alice fut convaincue qu'il ne mentait pas. Son cœur s'accéléra, ce qui était étonnant ; elle croyait qu'il ne fallait plus rien attendre de lui. Peut-être était-il sur le point de lâcher.

S'il vous plaît, pas avant le baiser.

— Je… Je ne sais pas si —

— Si vous avez assez de courage ? devina-t-il.

Alice hocha la tête, les yeux toujours rivés sur la lune. Serait-elle encore capable de la voir, après cette nuit-là ? La lumière éblouissante était déjà gravée dans ses yeux pour toujours, en guise de souvenir éternel de cette soirée.

— Vous êtes assez courageuse, déclara-t-il, sûr de lui, sûr d'elle, bien qu'elle ne comprît pas pourquoi.

Il se doutait sûrement qu'elle avait besoin de cela. Il ajouta :

—Vous êtes venue, n'est-ce pas ?

Ses paroles rassurantes et chaleureuses la calmèrent.

— Mais… mais je n'ai jamais —

— Je sais.

Elle pensait qu'il se moquerait d'elle, mais elle s'était trompée, il n'y avait aucune malice dans sa voix.

—Voudriez-vous que je vous aide ?

Elle acquiesça de nouveau, et se gronda intérieurement pour cela.

— Oui, déclara-t-elle, en s'obligeant à avoir l'air sûre d'elle, à *être* sûre d'elle. Oui, je vous prie.

—Puis-je vous toucher ?

Tout l'air s'échappa violemment de ses poumons.

— Je ne le ferai pas, à moins que vous ne me donniez votre permission, dit-il. Et j'arrêterai à la minute où vous me le demanderez.

Tout à coup, c'était insupportable, d'avoir cet homme diabolique et envoûtant à la fois trop près et trop loin d'elle.

— Oui, murmura-t-elle. Oui, répéta-t-elle une fois de plus pour faire bonne mesure, juste au cas où il n'ait pas entendu le premier.

Elle se figea, ne sachant pas à quoi s'attendre. Elle sursauta lorsqu'il fit bouger le pouce de sa main droite. Il avait conservé la distance qui séparait leurs deux mains sur la balustrade, mais son pouce lui caressait le dos de la main.

Alice craignit que ses genoux ne lâchent.

Seigneur. Ressaisissez-vous, dame ! Il vous a touché avec son pouce.

Juste son pouce !

Un éclat de rire hystérique menaçait de s'échapper de ses lèvres, mais il se rapprocha. Elle sentit son torse toucher son dos alors qu'il se penchait pour lui murmurer à l'oreille :

— Vous sentez le sucre d'orge.

Tout le corps d'Alice fut parcouru de frissons au contact de sa peau contre la sienne.

— J'en ai dans ma poche, répondit-elle.

Elle blâmait son cerveau embrouillé de lui avoir fait dire quelque chose d'aussi idiot dans un moment pareil.

— Vraiment ? demanda-t-il, et elle entendit au son de sa voix qu'il était amusé.

Alice ferma les yeux en souhaitant qu'ils fussent dans le jardin ; alors il lui serait possible de creuser un trou pour s'y enterrer.

— C'est impossible d'accéder aux boissons dans de tels événements, dit-elle, légèrement sur la défensive. Surtout pour quelqu'un de ma taille. Je finis toujours piétinée par la foule. Donc j'amène toujours du sucre d'orge, au cas où. C'est mieux que rien…

Elle s'interrompit, la honte cuisant ses joues et sa gorge, puis elle gémit lorsqu'il lui mordilla le lobe.

— Je ne suis pas d'accord, déclara-t-il d'un ton très sérieux. Je trouve que c'est mieux que tout. Si… si sucré. J'aimerais beaucoup le goûter aussi.

Pendant un instant, un instant critique, elle faillit lui proposer un maudit bonbon, avant que son estomac ne fasse un bond lorsqu'elle comprit ce qu'il voulait dire.

Seigneur.

—V-Vous aimeriez ?

Les mains de l'homme quittèrent la balustrade pour se poser sur les siennes. Elles étaient chaudes, et ce contact provoqua une vague de chaleur en elle. Elle les regarda, hypnotisée, remonter le long de ses bras. Elle ferma les yeux lorsqu'elles redescendirent en empruntant un autre chemin, longeant ses flancs jusqu'à se poser sur sa taille.

— Retournez-vous, Alice.

Chapitre 5

**Minuit. Un balcon au clair de lune. 14 juin 1814. Au bal des
Ransom, Londres.**

Le souffle coupé, Alice n'arrivait pas à se retourner, de la
même manière qu'elle était incapable de s'éloigner. Elle n'était
que sensations et anticipation. Il laissa ses mains glisser sur la taille
tandis qu'elle se retournait lentement, puis il raffermit sa prise
lorsqu'elle lui fit enfin face.

Sous le clair de lune, son visage était d'ombre et d'argent, et
Alice inspira brusquement.

Oh, merci, merci, Matilda.

Il était… magnifique.

C'était difficile d'en être sûr, mais ses cheveux semblaient blonds ; en tout cas, ils étaient clairs et scintillaient sous la lumière de la lune.

— Bonsoir, Alice.

Alice frissonna et un sourire étira les lèvres de l'homme. Il avait une jolie bouche, avec une lèvre inférieure pleine. Sa lèvre supérieure, étonnamment féminine, avait un creux bien dessiné. C'était la seule chose délicate chez lui. Son menton carré et sa mâchoire solide indiquaient une nature entêtée, et ses yeux… ses yeux. Alice soupira. Elle fut incapable de s'en empêcher. Ils scintillaient sous la lune, sombres, mystérieux et pleins de promesses. Mais elle n'arrivait pas à discerner leur couleur. Dommage.

Une des larges mains qu'il avait posées sur sa taille se déplaça, et il l'approcha de son visage, caressant l'une des boucles larges qui l'encadraient. C'était l'idée de Matilda. Elle avait déclaré que le style sévère des petites boucles serrées d'Alice lui donnait l'air d'une enfant. Alice n'avait pas eu de mal à la croire, puisque c'était ainsi que la plupart des gens la traitaient.

Mais elle n'était plus une enfant. Elle avait vingt-deux ans, et serait bientôt mariée. Que ce soit à l'odieux Mr Bindley, ou un autre homme, un homme qu'elle aurait choisi, un homme comme

—

— Eh bien Alice ? C'est à vous de faire le premier pas.

Alice cligna des yeux, brutalement éjectée de sa rêverie par ces mots. S'attendait-il réellement à ce qu'elle l'embrasse ? À en juger par la lueur amusée qui brillait au fond de ses yeux, oui.

— Pou-pourriez vous m'embrasser d'abord ?

Elle avait à peine réussi à sortir ces mots, tant sa respiration était saccadée. Et voilà, Alice Dowding, seule sur un balcon baigné de lune, en compagnie d'un parfait inconnu, demandant à être embrassée. C'était le monde à l'envers, où peut-être était-ce elle qui était tombée sur la tête. Cela aurait pu expliquer tout ceci.

—Simplement pour que je puisse me faire une idée de la chose, ajouta-t-elle, pleine d'espoir. Et ensuite, je vous embrasserai, m-mais vous d'abord.

Il secoua la tête, un lent mouvement de gauche à droite, en souriant de plus belle.

Alice soupira.

— Ce n'est pas très galant, dit-elle avec un petit reniflement. Êtes-vous sûr d'avoir envie de m'embrasser, au moins ?

Sa voix un peu trop chevrotante révélait sa vulnérabilité.

Il lui caressa la joue du dos de la main, si tendrement que le cœur d'Alice se serra d'envie. Si seulement il ne faisait pas semblant. Si seulement tout ceci n'était pas qu'une simple faveur qu'il faisait à une timide demoiselle.

— Je vous embrasserai en retour, lui promit-il, et sa voix était si grave et si solennelle, qu'elle sentit ses genoux trembler légèrement.

Elle agrippa la chemise de l'inconnu pour rester debout. Il la tint plus fermement par la taille en la rapprochant de lui, ce qui eut pour effet de faire partir précipitamment l'air des poumons d'Alice.

— J'en ai très envie, ajouta-t-il en ponctuant sa remarque d'un sourire en coin, avec sa bouche si tentante. Plus que vous ne pouvez l'imaginer, mais je ne peux rien faire tant que vous ne m'embrassez pas la première.

Fichtre.

—Je ne le dirai à personne, s'écria Alice.

Cela le fit rire, et ce son si charmant et spontané la fit sourire en retour.

— Et un gentleman comme vous n'irait probablement pas me dénoncer ? ajouta-t-elle avec l'espoir de le faire rire à nouveau.

Sa remarque eut l'effet escompté.

Elle l'avait fait rire. Elle n'avait jamais fait rire un homme avant, ou du moins, pas comme ça. Il n'avait pas ri à ses dépens, mais avait été amusé par sa remarque.

Tant de fois, l'on avait ri d'elle, les hommes la gratifiant d'une pichenette au menton, ou lui tapotant la tête en s'amusant de l'audace de cette petite fille devant eux, qui faisait semblant d'être une femme.

Seigneur, elle en avait assez d'être cette petite fille. Elle voulait être la femme qui vibrait en elle, celle qui se battait pour s'exprimer.

Eh bien, c'est pour cela que vous êtes ici, Alice. Alors, allez-y !

Soudainement envahie d'une farouche détermination, elle leva les mains vers le visage de l'inconnu, le rapprocha du sien, et pressa ses lèvres contre les siennes.

Pendant un instant, il sembla comme figé de surprise, choqué par cet élan inattendu. Alice souhaitait qu'il revienne rapidement à lui, car elle était de plus en plus convaincue qu'embrasser ne se résumait pas à appuyer sa bouche contre celle d'un autre. Il fallait qu'il l'aiguille, vite. Elle redoutait de décoller les lèvres de sa bouche, incertaine qu'il tienne sa promesse de l'embrasser en retour. Mais elle ne pouvait pas passer toute la nuit à attendre, engluée à sa bouche. Non pas que cela fut désagréable, mais…

Il posa la main sur son visage, sa paume était chaude contre sa joue. Il recula un petit peu.

Oh.

La déception l'envahit. Sauf qu'à peine quelques secondes plus tard, elle sentit de nouveau ses lèvres contre sa bouche, dans une pression plus douce que celle qu'elle avait exercée un peu plus tôt. Elles s'éloignèrent une seconde fois, avant de revenir frôler les siennes. Alice soupira.

Il fit glisser sa main vers sa nuque, posa la deuxième dans son dos, la rapprochant de lui alors qu'il continuait à l'embrasser légèrement.

Alice frissonna de plaisir et soupira encore, et cette fois, elle sentit la chaleur de sa langue caresser l'entrée de sa bouche entrouverte ; il la fit glisser sur sa lèvre supérieure, puis mordilla gentiment sa lèvre inférieure, la faisant gémir et soupirer de nouveau, puis il fit pénétrer sa langue plus profondément dans sa bouche. Alice ne s'attendait pas à cela, mais… mais elle ne s'en plaignait pas.

Elle voulait avoir plus d'assurance après ceci ; elle voulait sortir transformée de cette nuit, que sa vie ne soit plus la même : elle voulait la vivre, au lieu de laisser les autres la diriger à sa place. En cet instant, elle était vivante, bien plus vivante et éveillée qu'elle ne l'avait jamais été. Pourquoi cet homme était-il là, elle l'ignorait. Ce que Matilda avait dû faire pour le convaincre de venir, elle n'en avait pas la moindre idée. Et elle ne voulait pas le savoir, mais elle se disait que sûrement, sûrement ne pouvait-il pas l'embrasser ainsi sans la trouver un tant soit peu attirante.

Il laissa échapper un son grave, comme un grognement, et Alice s'arrêta un instant de respirer alors que son cœur bondissait dans sa poitrine. C'était pour elle. Elle avait provoqué ce son en lui. Enhardie, elle mit une main dans ses cheveux, et cette fois, lorsque la langue de l'homme titilla ses lèvres pour les inciter à s'ouvrir plus, elle obtempéra. Alice se rapprocha davantage, enivrée par ce baiser de plus en plus passionné. Elle glissa sa main sous son manteau tout en souhaitant pouvoir sentir sa peau sous ses doigts, à la place de la soie chaude de son gilet. Cependant, elle arrivait à percevoir les contours d'un corps puissant, ainsi que ses muscles en mouvement lorsqu'il lui caressait le dos.

Il s'interrompit d'un seul coup. Prise au dépourvu, elle déclara :

— Ne vous arrêtez pas.

Les mots lui avaient échappé sans qu'elle n'ait eu le temps d'y réfléchir ; les yeux de l'inconnu s'écarquillèrent de plaisir, et un petit sourire, qui fit virevolter le cœur d'Alice, se dessina sur son visage.

— Je n'en avais pas l'intention. Mais j'ai le cou plié en deux, j'ai besoin que vous soyez plus proche de moi.

Alice fronça les sourcils. Il était vrai qu'il devait pas mal se pencher pour atteindre sa bouche. Mais comment avait-il l'intention de remédier à cela ? Perplexe, elle l'observa s'éloigner. Sur la partie la plus lointaine du balcon se trouvaient une table, deux chaises, ainsi qu'un élégant petit tabouret en fer forgé surmonté d'un coussin. Il jeta le coussin puis revint vers elle, posa les mains sur sa taille, la souleva comme si elle ne pesait guère plus qu'une plume, et alla la déposer sur le tabouret.

— Voilà, déclara-t-il d'un air suffisant. C'est beaucoup mieux.

— En effet, constata-t-elle alors que leurs visages étaient au même niveau.

— Recommencez, Alice, proposa-t-il, avec un air de défi qu'elle ne pouvait pas manquer. Vous avez votre homme au clair de lune. Faites-en bon usage.

Votre homme.

Les mots firent écho en elle. Ce n'était pas ce qu'il avait voulu dire, bien sûr. Elle n'était pas complètement sotte. Ces mots ne signifiaient pas cela, mais tout de même, là, maintenant, il était sien.

Alice le regardait.

Vous n'aurez jamais d'autre chance, Alice, pensa-t-elle. Aucune autre nuit de votre existence ne sera semblable à celle-ci. Pour l'amour du ciel — vivez-la pleinement.

De ses mains tremblantes, Alice lui caressa le visage, suivant le contour puissant de sa mâchoire, la courbe de sa lèvre inférieure. Il l'observait sans bouger, les yeux fixés sur elle alors qu'elle répertoriait tous les éléments qui composaient cet homme séduisant et intrigant.

— À présent, avec vos lèvres, dit-il.

La respiration d'Alice s'accéléra alors que le désir allumait quelque chose en elle. *Oui*, pensa-t-elle, oui, elle voulait cela. Cela, et bien plus encore.

 Elle se pencha en tremblant, mais cette fois avec la certitude que c'était d'excitation ; elle ressentait le besoin d'exécuter ce qu'il lui avait demandé. Tendrement, elle lui embrassa la joue, la mâchoire, le coin de la bouche. Elle comptait dompter cette bouche, petit à petit, à mesure que sa confiance grandirait ; mais il tourna la tête, ne voulant pas attendre, et cette fois, lorsque leurs bouches se rencontrèrent, ce fut… vertigineux.

La petite étincelle qu'il avait fait naître un peu plus tôt en elle se déchaîna en un raz-de-marée de flammes incontrôlables. Alice gémit contre sa bouche, écartant ses lèvres alors qu'il la tirait vers lui. Elle se laissa faire, plus que consentante, et se serra contre lui, se délectant de son affection, de sa chaleur, de cette grande et puissante silhouette masculine contre sa petite stature. Une masculinité qu'il exprimait ouvertement alors que sa main glissait vers ses fesses, les pétrissant légèrement tandis qu'il la pressait contre lui.

Même si elle était innocente, Alice avait des amies qui étaient mieux informées qu'elle, et elle n'avait jamais hésité à en tirer parti. Prue lisait énormément, et des choses bien plus osées que les lectures d'Alice ; elle lui avait révélé pas mal de choses sur les curiosités des formes masculines. Alice n'avait qu'une très vague idée sur l'exact déroulement des choses, mais elle savait que lorsqu'un homme était prêt à… à procréer, une partie de lui bien particulière changeait, s'allongeait et se durcissait.

Cela ne faisait aucun doute, le corps résolument masculin qui était si intimement collé au sien était excité, il était impossible de se tromper sur la nature de la rigidité qu'elle sentait se presser contre elle. Intriguée, elle se serra encore plus fort contre lui, et il émit un son qui résonna en elle, un grognement rauque, primitif et sauvagement excitant.

C'était elle qui avait provoqué cela, se disait Alice avec une pointe de fierté.

Au même moment, il rompit le baiser et recula maladroitement, à bout de souffle.

— Il faut arrêter là, dit-il d'une voix rauque. Ce n'est pas ce que vous vouliez, ce dont vous aviez besoin. C'était censé être un simple baiser, rien de plus. Vous avez réussi votre défi.

Non. Oh, non, pas encore, et pour qui diable se prenait-il, à lui dire ce dont elle avait envie ? Elle sentit l'indignation et la frustration grandir en elle. Après une vie entière à écouter les autres lui dire ce dont elle avait envie, et ce dont elle avait besoin, c'était la goutte de trop. Le barrage se fissura, et les flots s'échappèrent, détruisant tout sur leur passage, ses peurs, son bon sens, son instinct de survie, et, Dieu la protège, le moindre soupçon de modestie.

— Voilà ce que je veux, et ce dont j'ai besoin, dit-elle, et je n'ai pas envie d'arrêter.

Elle agrippa son col d'une main, posa l'autre sur sa nuque et le tira vers elle, avant de l'embrasser en enfouissant sa main dans ses cheveux. Il grogna, et elle sentit ses mains l'explorer à nouveau, l'une d'entre elles entoura son sein et le pétrit.

— Oh, Seigneur, murmura-t-il en l'embrassant dans le cou.

Alice inclina la tête pour lui offrir un meilleur accès.

— Oh, Alice, vous êtes si douce. Je n'aurais jamais imaginé cela. Je veux… je veux —

— Dites-moi ce que vous voulez, murmura-t-elle en sachant qu'elle le lui donnerait, à lui, cet homme sans nom qui lui avait apporté tant de joie, tant de plaisir.

— Nate ?

Il bondit en s'éloignant d'elle comme s'il avait reçu une gifle alors que le murmure de Matilda résonnait dans la nuit. Il semblait venir de loin, peut-être de la pièce qu'ils avaient dû traverser pour accéder au balcon.

— Alice ? fit à nouveau la voix douce, ce qui brisa l'enchantement.

— Bon sang, dit-il.

Il recula en titubant, le regard fixé sur Alice, sous le choc. Il avait le souffle court, et il passa la main dans ses cheveux, les yeux toujours rivés sur Alice. Il avait l'air un peu troublé.

— Je… il faut que j'y aille, grogna-t-il.

Cela semblait beaucoup lui déplaire.

Alice fronça les sourcils, mécontente et frustrée, mais elle savait qu'il avait raison. Leur petite aventure était finie, elle n'aurait plus jamais lieu, mais… quelle aventure !

— Oh, déclara-t-elle en soupirant, dépitée. J'aurais aimé que vous puissiez rester plus longtemps, mais… merci, pour tout.

Ses yeux s'agrandirent légèrement, puis il déclara, après un petit rire maladroit :

— Tout le plaisir a été pour moi.

Il tendit la main pour l'aider à descendre du tabouret, et Alice la saisit, tout en souhaitant pouvoir s'y accrocher et le faire rester.

— Au revoir, Alice, déclara-t-il.

Il lui souleva la main pour y déposer un baiser.

— Au revoir… Nate.

— Nate !

La voix de Matilda résonna à nouveau, irritée et suspicieuse.

Alice soupira en regardant son amant de clair de lune lui presser sa main avant de disparaître.

Chapitre 6

J'espère que je n'ai pas fait une terrible erreur. Nate a un comportement très étrange. Je suis sûre qu'il est arrivé quelque chose cette nuit-là. Quelque chose qu'il refuse de me dire.

— Extrait d'une lettre de miss Matilda Hunt à señorita Lucia de Feria.

Aux petites heures du jour, le 15 juin 1814. Dans le carrosse de Nathaniel Hunt. Quelque part dans Londres.

— Nate !

Nate sursauta lorsque la voix de Matilda lui transperça le crâne.

— Quoi ? demanda-t-il, irrité, tout en priant pour que son visage ne trahisse pas la culpabilité qu'il ressentait.

— Que s'est-il passé ? insista-t-elle en se penchant vers lui à travers l'habitacle.

Un rayon de lune passa par la fenêtre et son charmant visage fut éclairé l'espace d'un instant, puis ils furent de nouveau plongés dans l'obscurité.

— Je vous l'ai déjà demandé à trois reprises, et chaque fois vous évitez la question.

Frustré, il leva les mains au ciel.

— Que s'est-il passé, à votre avis ?

— Je l'ignore, grinça-t-elle, comme si elle avait les dents serrées. C'est pour cela que je vous le demande.

Nate croisa les bras, mécontent.

— Je l'ai embrassée, ou plutôt, elle m'a embrassé. Il me semble que c'était le but de l'exercice. Non ?

Instinctivement, il sut qu'elle était en train de plisser les yeux, soupçonneuse, malgré l'intérieur si sombre qu'il peinait même à distinguer sa propre main lorsque la lune disparaissait. Dieu merci pour cela. Sa sœur le connaissait trop bien. Il valait mieux subir cet interrogatoire maintenant, sous le couvert de la nuit, sinon il risquait de se faire étriper.

— Vous êtes resté seul avec elle pendant un temps affreusement long, pour un simple baiser.

L'accusation flotta dans l'atmosphère.

Nate ferma les yeux en se rappelant la scène. *Oh, Seigneur.* Cela n'avait pas duré longtemps. Cela avait été bien trop court. Le temps était passé si vite ; chaque seconde avait défilé à une vitesse vertigineuse, ne lui laissant pas le temps de pleinement les savourer. Par quel miracle cette femme n'avait-elle jamais été embrassée ? C'était un crime d'une gravité inqualifiable. Le corps de Nate vibrait encore de ses caresses, de leur étreinte, du goût qu'elle avait laissé sur ses lèvres.

Sucre d'orge.

Il sourit.

— Eh bien ?

Il sursauta une nouvelle fois. *Bon sang, gardez la tête froide.*

— Évidemment. C'est bien pour cela que vous m'avez entraîné dans cette affaire, non ? Parce que cette fille est désespérément timide. Elle avait besoin d'un peu de temps, d'un peu de… persuasion.

— Persuasion ?

La voix de sa sœur était à présent tranchante.

— Quel genre de persuasion ?

— Le genre que vous aviez demandé, répondit-il, désormais exaspéré et légèrement offensé. Vous vouliez que je la séduise, qu'elle se sente bien, que je lui donne confiance en elle… non ?

— En effet, acquiesça sa sœur avec réluctance. Oui, je suppose que je vous ai demandé cela. Et… l'avez-vous fait ? Je veux dire, lui donner confiance en elle ?

Grand Dieu, s'il lui avait donné rien qu'un peu plus confiance en elle, il ne sait pas jusqu'où ils seraient allés. Les choses qu'ils auraient faites. Il sentit le désir qui battait sourdement en lui, et réprima un grognement. Que ne donnerait-il pas pour être de retour sur ce balcon, là, maintenant. Il fut parcouru par un petit frisson de peur en s'apercevant qu'il n'aimait pas beaucoup la réponse à cette question. Il se demanda si c'était cela, que ressentaient les accros à l'opium. Un désir qui les consumait entièrement. Comment pouvait-il se sentir ainsi, être à ce point ébranlé par un baiser ? Mais cela n'avait pas été un baiser ordinaire. Il n'avait jamais ressenti cela de toute sa vie.

C'est comme s'il avait approché une allumette d'un tas de bois sec, et que la minuscule flamme s'était transformée en un brasier capable de ravager tout un paysage. À quel point Alice avait-elle étouffé sa personnalité durant toutes ces années ? Comment avait-elle réussi à enfouir tout ce… ce feu ? Ce feu qui l'avait transformé, qui l'avait brûlé, carbonisé sur les bords, et laissé sur sa faim.

Il repensa à ses cheveux, ses boucles épaisses, douces comme de la soie, qui glissaient entre ses doigts. Même sous la lumière argentée sur ce balcon, il savait qu'ils étaient roux, de la couleur du feu, vibrant la passion, la chaleur, et des choses défendues qui criaient le mot danger à pleins poumons.

Matilda lui avait dit qu'Alice était une fille timide, effarouchée, et très impressionnable, et au début, il l'avait crue.

Plus maintenant. Même pas pour une minute. Matilda ne la connaissait pas. Personne ne la connaissait, s'ils croyaient cela d'elle. Elle était drôle, ensorcelante, et étonnamment entreprenante avec un petit peu d'encouragement, et il avait été déchiré par l'envie de rester en sa compagnie, d'en apprendre plus sur elle. Passées ses premières hésitations, elle avait pris vie dans ses bras, et il avait été perdu dans les siens. Quelques jolis mots et un baiser, avait dit Matilda.

Juste un baiser.

Il avait été énervé de l'entendre dire cela. *Ce n'est jamais qu'un simple baiser*, avait-il répondu. Seigneur, en disant cela, il n'imaginait pas à quel point il avait raison. Ce *simple baiser* avait ensorcelé son âme.

— Nate ?

À regret, il se concentra à nouveau sur sa sœur.

— Vous êtes d'une humeur très étrange, Nate. Êtes-vous sûr d'avoir été honnête avec moi ?

Il croisa les bras, énervé et contrarié. Tout était de la faute de Matilda.

— Oui, j'ai instillé en elle la dose requise de confiance, aboya-t-il, tout en ayant conscience de se comporter comme un petit garçon boudeur, mais incapable d'y changer quoi que ce soit. Elle sera plus que capable de se débrouiller pour se trouver un mari convenable à présent.

Cette idée l'énervait. Pourquoi diable avait-il accepté de faire cela ? Il avait l'impression d'être un sombre crétin, un simple pion que l'on avait utilisé temporairement, en attendant de le remplacer par un autre, plus digne d'intérêt. Il ne faisait aucun doute que miss Dowding voudrait quelqu'un de mieux que lui. Il sentit le coup de poignard de la jalousie se planter douloureusement entre ses côtes.

Le fil de ses pensées s'interrompit. Dieu du ciel. Mais à quoi diable songeait-il ? Miss Alice Dowding était à la recherche d'un mari, et en aucun cas cela ne pourrait être lui. Quelle idée ! Jadis, il avait rêvé à ces choses-là, il y a bien longtemps, mais il était un homme différent. Un enfant. Il avait renoncé à ces fantaisies insensées.

Mais était-ce bien le cas ?

Nate passa successivement du chaud au froid, et prit une inspiration. Il lui vint l'image d'une maison de famille dans le Kent, une qu'il avait fort bien connue il y a longtemps. L'image devint plus claire à mesure qu'il l'étudiait, la pièce ensoleillée qui surplombait les jardins, se réveiller et trouver Alice à côté de lui le matin, dans un méli-mélo de boucles ardentes sur l'oreiller.

La sensation que quelque chose en lui avait profondément changé était impossible à ignorer. Cela le laissait tremblant et confus, et il n'aimait pas du tout cela. Une chose était sure. Ces boucles rousses incendiaires étaient vraiment synonymes de danger, et il devait rester loin d'elles à tout prix.

24 juin 1814. Baker Street, Londres

Alice était allongée dans son lit, un doigt caressant paresseusement ses lèvres d'avant en arrière. Cela faisait neuf jours qu'elle l'avait rencontré. Neuf jours que sa vie avait changé.

Neuf jours *qu'elle* avait changé.

Sa famille s'était dit qu'elle n'agissait pas comme d'habitude. Sa mère disait que c'était les nuits trop courtes, qui la rendaient susceptible et irritable. Au moins, pour l'instant, ils la laissaient tranquille au lieu d'essayer de diriger ses moindres faits et gestes, et — à l'exception d'une séance d'essayage de robes — elle n'avait dû aller qu'à un seul événement cette semaine : un concert, où elle avait passé toute la soirée à revivre chaque minute de cette nuit magique.

À part cela, Alice était restée dans sa chambre, se mettant d'accord avec sa mère sur le fait qu'elle soit fatiguée et de mauvaise humeur. Elle rêvassait en imaginant un homme aux cheveux dorés, et aux yeux qui brillaient d'amusement et de désir. De désir pour elle. Au moins, comme cela, elle n'avait pas à rester en compagnie de ses parents, et à les écouter parler sans cesse de ses fiançailles à venir. Fiançailles contre lesquelles elle se battrait bec et ongles. Peut-être sa mère se dirait-elle qu'elle avait besoin de plus de repos lorsqu'elle leur annoncerait son refus. Ils la croiraient sans doute malade de peur à l'idée de devenir une femme mariée.

Elle ricana à cette pensée.

Si seulement ils savaient. Même si elle supposait que Mr Bindley pouvait la rendre malade de peur, Mr Bindley pouvait également la pousser à faire quelque chose de téméraire — comme rencontrer un homme sur un balcon, et se sentir vivante pour la première fois de sa vie — ou encore, lui faire réaliser qu'elle n'avait pas à être une petite fleur chétive et timide. Alice pouvait être quelqu'un d'autre ; elle pouvait être elle-même, avoir sa propre personnalité. Celle qu'elle avait gardée enfouie si longtemps. Ce temps-là était révolu. Non pas qu'elle soit sortie de sa chrysalide en se transformant en grande et charmante déesse ayant le pouvoir de faire tomber les hommes à ses pieds. Enfin, peut-être dans ses rêves, mais pas dans la vraie vie.

Dans la vraie vie, elle testait simplement les limites, en s'encourageant à donner son avis lorsque quelqu'un pensait savoir ce qu'elle voulait ; elle disait alors ce qu'elle pensait, quand elle le pensait, au lieu de tenir sa langue. Ce n'était pas facile. C'était plus simple de les laisser croire qu'ils savaient, et de le laisser faire, mais cela ne l'avait amenée nulle part, et ne lui avait rien apporté du tout. Nulle part et rien du tout étaient la route vers le désespoir, la solitude, et, le ciel lui vienne en aide, l'honorable Mr Edgar Bindley.

Elle frissonna.

Dès le départ, Mr Bindley lui avait inspiré du dégoût. À présent, avec les lèvres encore brûlantes des baisers de Nate plus d'une semaine après cette nuit incroyable, Mr Bindley glaçait son cœur de peur et d'effroi. Elle n'accepterait pas ce destin-là. Peu importe le degré fanatique d'arrivisme de ses parents, elle ne leur servirait pas d'escabeau pour qu'ils puissent grimper les échelons sociaux ; elle ne se laisserait pas marcher dessus.

Animée par un soudain élan d'énergie, Alice bondit hors du lit, et appela sa bonne. Ce soir avait lieu le bal des Eversley. Mrs Eversley ne faisait pas partie de la bonne aristocratie, mais son mari était l'un des hommes les plus riches du pays, et tous les gens importants seraient présents. Pas seulement la crème de la crème de la haute société, mais aussi des gens intéressants, des écrivains et des artistes, des poètes et des musiciens. Une belle occasion de rencontrer un homme qu'elle pourrait bel et bien aimer. Un homme qui pourrait même l'aimer en retour.

L'image de l'Adonis aux cheveux dorés qui l'avait embrassée si tendrement sur un balcon au clair de lune flotta devant ses yeux, et elle soupira. Peut-être serait-il présent.

Arrêtez, se réprimanda-t-elle. Matilda avait organisé cela. C'était probablement un acteur, jouant un rôle, simulant son désir pour elle. Cette pensée entailla légèrement son courage, et elle la chassa. Non. Rien ne gâcherait ceci, rien ne ferait faiblir sa détermination toute neuve. Elle n'épouserait pas l'odieux Mr Bindley. Elle se trouverait un mari elle-même, et peu importe que ce soit un homme de haut rang, ou juste un homme bon avec lequel elle pourrait être heureuse. Dans tous les cas, ce choix lui revenait, et elle comptait bien le revendiquer.

24 juin 1814. Half Moon Street, Londres.

Nate pénétra dans le parloir, et trouva sa sœur en tenue de soirée, prête pour le bal des Eversley.

— Vous êtes très séduisant ce soir, commenta-t-elle lorsqu'elle releva la tête et posa les yeux sur lui. Où allez-vous ?

— Eh bien, je vous accompagne, naturellement, répondit-il comme si c'était une évidence.

— Vous venez avec moi ?

Matilda le dévisagea avec stupeur.

— Oui, répondit-il, légèrement irrité. Cela fait des semaines que vous me harcelez pour que je vienne à cette maudite fête. Avez-vous oublié ?

Matilda enfila un long gant de soirée. Elle plissa les yeux en tendant le poignet vers son frère pour qu'il ferme les boutons.

— Je n'ai pas oublié. Je n'ai pas oublié non plus votre réponse, à savoir, que vous préféreriez rôtir lentement au-dessus des flammes de l'enfer.

Nate grimaça en se reprochant d'avoir été si vocal à ce sujet.

— Une plaisanterie, ma chère sœur. Quoi de plus agréable que de vous chaperonner toute une soirée ?

— M'accompagner, le corrigea-t-elle d'un ton acide. Je n'ai pas besoin d'un chaperon. De plus, Mrs Bradford est là pour veiller à ce que les convenances soient respectées.

— Bien sûr que si, dit-il alors qu'elle lui tendait l'autre poignet. Et Mrs Bradford est aussi peu adaptée à faire un chaperon convenable que… eh bien, que moi-même, ne nous disputons pas à ce sujet.

Matilda grogna en lui jetant un regard suspicieux. Nate soutint son regard en faisant de son mieux pour paraître nonchalant, et absolument pas coupable. Du moins, pas coupable d'avoir rêvé de son amie Alice, la svelte tentatrice aux cheveux roux, tous les soirs depuis plus d'une semaine. La timide amie de sa sœur, celle qui, Matilda avait insisté là-dessus, était la plus fragile du groupe, occupait également ses pensées le jour. Son baiser lui brûlait encore les lèvres, et le contact de ses petites mains s'attardait sur sa peau. C'était insupportable.

Il perdait la tête. Aucun doute là-dessus. Chacune de ses pensées avait tourné autour d'elle, où elle se trouvait, ce qu'elle était en train de faire. Des pensées d'une vie qu'il avait oubliée avaient envahi son cœur, le tentant, essayant de le convaincre d'en vouloir plus. Ce n'était pas seulement le désir, qui lui brûlait les veines, et c'était cela qui l'effrayait. Il voulait la connaître, tout savoir d'elle, cette adorable petite rousse qui transportait du sucre d'orge dans ses poches, et qui embrassait comme un ange tombé du ciel. Il s'était même surpris cette semaine à se poser des questions, sur des changements éventuels dans son entreprise, à la couleur qu'il devait choisir pour son gilet, s'il allait pleuvoir aujourd'hui… tout en se demandant *qu'en penserait Alice* ?

Il était dans le pétrin.

La seule chose à faire, avait-il conclu, était de la revoir. S'il la rencontrait dans des circonstances différentes, à la lueur des chandelles plutôt qu'à celle, argentée, de la lune par exemple, peut-être pourrait-il rompre le sort qu'elle avait jeté sur lui. Sûrement la verrait-il alors de la manière dont Matilda l'avait décrite : une petite fille ne sachant pas parler sans bégayer et qui n'attirerait probablement pas son attention dans des circonstances habituelles.

Problème réglé.

Oh, Seigneur.

Il devait la revoir.

24 juin 1814. Bal des Eversley, Regent's Park, Londres.

Nate survola du regard la foule présente devant lui et soupira. Miss Alice Dowding devait éclaircir beaucoup de choses.

Matilda accrochée à son bras, ils bravèrent la foule. Sa sœur était particulièrement ravissante ce soir, et il regarda d'un air furibond les nombreux hommes qui lui jetèrent des regards d'envie. Bâtards. Elle recevait des insultes, au lieu de recevoir des demandes en mariage. Tout ceci à cause de Montagu.

Même avec sa richesse et son pouvoir nouvellement acquis, Nate ne pouvait toujours rien faire contre lui. Le vent du scandale avait soufflé bien loin de sa porte ; personne n'osait prononcer un mot contre Montagu. C'est un homme dangereux, qui avait une très grande influence, une mémoire encore plus grande, et il était connu pour détruire ceux qui menaçaient le nom des Montagu, si minime l'offense fût-elle.

Nate avait essayé de le défier, pour qu'il réponde de ses actes, et ce diable lui avait ri au nez, comme si Nate n'était pas digne de son intérêt. Ce qui, bien évidemment, était vrai. Pour l'instant. Avec n'importe quel autre homme, il y aurait peut-être eu de la honte, des accusations de couardise ou de manque d'honneur à refuser ce challenge.

Aucune personne saine d'esprit n'oserait insulter Montagu de la sorte.

Bizarrement, Nate comprenait que le marquis ne manquait pas d'honneur non plus, à sa manière tordue. Son honneur était simplement au service des membres de sa famille, lui inclus, et c'était tout.

Mais Montagu payerait pour les dommages qu'il avait causés cette nuit-là. Nate y veillerait.

— Ralentissez, siffla Matilda en attendant sa chaperonne, qui avait du mal à les suivre.

Mrs Bradford était une femme trapue d'âge moyen ; elle était terre à terre et avait l'habitude de chaperonner Matilda lorsque Nate refusait de venir un événement… c'est-à-dire, presque tout le temps. Comment Tilda supportait-elle ces soirées, il ignorait. Pourquoi s'infligeait-elle cela, affronter tous ces gens qui préféraient répandre des rumeurs et lui tourner le dos plutôt que de lui laisser la moindre chance ?

Nate soupçonnait fortement Matilda d'avoir l'habitude d'installer Mrs Bradford dans un siège confortable, de lui donner un verre et un compagnon à qui parler, et de ne pas la voir de toute la soirée, mais cela ne le regardait pas. Matilda avait toujours été la plus sensée des deux, celle qui faisait attention aux convenances, ce qui était à moitié la raison pour laquelle cette soirée avait laissé un tel abîme dans son cœur. Bon Dieu, Matilda dans un club pour hommes, seule, au milieu de la nuit ! Elle avait dû se sentir tellement désespérée.

Son cœur se serra, et, comme à son habitude avec les choses déplaisantes, il décida qu'il ne voulait pas y penser.

— Oh, voilà Lucia !

Nate lança un regard à la ronde alors que Matilda faisait signe à quelqu'un de sa main gantée. En suivant la direction du salut, ses yeux se posèrent sur une femme renversante. Elle avait la peau dorée et des cheveux noir corbeau, elle attirait l'attention, et pour cause ! Les hommes se battaient et mouraient pour des femmes aussi belles, se dit Nate. À son grand regret, il s'agissait d'une simple observation. Il ne ressentait pas le moindre soupçon d'intérêt. Qu'est-ce qui ne tournait pas rond chez lui ? Pourquoi n'était-il pas en train de saliver et de supplier sa sœur de la lui présenter sur-le-champ ?

Un frisson désagréable le parcourut quand il réalisa qu'il n'en avait rien à faire, de cette beauté aux yeux noirs. Il voulait absolument apercevoir une mèche de cheveux roux. Il voulait connaître la couleur de ses yeux. Étaient-ils verts ou bleus ? Il lui avait été impossible de le savoir, et la question le taraudait. Le besoin d'en connaître la réponse était devenu d'une importance vitale. Par tous les diables, à quel point était-il devenu ridicule ?

Nate sourit et hocha la tête pendant les présentations à miss Lucia de Feria, son regard balayant sans cesse l'assemblée à la recherche d'un éclat de ses boucles de feu si particulières.

— Vous êtes le propriétaire du club *Hunter's*, Mr Hunt, n'est-ce pas ? lui demanda la jeune femme, ce qui l'obligea à faire attention à la conversation.

En dépit de son nom étranger, elle parlait aussi bien l'anglais qu'une native, sans la moindre trace d'accent. Il supposa qu'elle avait dû être élevée ici, après avoir perdu ses parents à un très jeune âge.

— En effet, répondit-il en souriant. Aimez-vous les paris, miss de Feria ? demanda-t-il en ajoutant une lueur taquine dans sa voix.

Bien entendu, aucune jeune femme convenable ne pourrait jamais pénétrer au *Hunter's*.

— Eh bien, il se trouve que oui. Parier tout ce que l'on a sur un coup de dé… elle s'interrompit, un sourire énigmatique dessiné sur sa charmante bouche. Oui, je pense que j'aime beaucoup parier.

Nate fronça légèrement les sourcils, conscient que ses mots avaient un double sens qu'il n'arrivait pas à saisir. En temps normal, cela aurait attisé sa curiosité. Ce soir, il désirait juste trouver Alice. Il tendit le cou en examinant le fond de la salle. Il aperçut, ici et là, des jeunes filles qui s'asseyaient sur les chaises installées là-bas. Mais aucun signe d'Alice.

— Êtes-vous à la recherche de quelqu'un ?

Nate se retourna, et s'aperçut que Matilda et miss de Feria l'observaient toutes les deux avec une intense curiosité.

— Non, répondit-il, peut-être un peu trop vite, peut-être un peu trop sur la défensive. Je me demandais simplement si l'un de mes amis était présent, ajouta-t-il avec un sourire. J'ai besoin d'un compagnon de boisson pour m'aider à supporter cette soirée.

Matilda leva les yeux au ciel, puis agita la main, lui faisant signe de partir.

— Déguerpissez donc, voyou. N'oubliez pas que vous me devez une danse. Et vous en devez une à Lucia également, ajouta-t-elle en attrapant le bras de son amie.

Nate regarda les deux femmes d'un air impassible. Bon sang, s'il y avait un seul homme avec un pouls ici ce soir, ces deux-là danseraient tellement qu'elles ne toucheraient pas le sol de la soirée.

Mais il s'inclina néanmoins.

— Avec plaisir.

Soulagé, il se jeta dans la mêlée en direction des chaises installées au fond de la salle. Il n'avait aucune raison d'essayer de se convaincre qu'il y avait un autre but à sa présence. Il devait trouver Alice. Allait-elle seulement le reconnaître ? Cette pensée le fit s'arrêter. Un frisson désagréable lui parcourut l'échine à la pensée suivante.

Voudrait-elle ?

Il avait dû jouer un homme sans visage et sans nom, un inconnu qui lui donne un gentil petit baiser, et lui donne confiance en elle. Eh bien, cela n'avait pas été un gentil petit baiser, et pour ce qui est de sa confiance en elle…

Peut-être serait-elle ennuyée de le voir, ou embarrassée ? Pleine de regrets ?

L'estomac de Nate se tordit tandis qu'il observait les rangées de chaises que les filles les moins populaires occupaient durant la soirée. Alors que son regard se posait sur elles, les yeux s'écarquillaient, les joues devenaient rouges, les bouches s'ouvraient sous le coup de la surprise. Les hommes de son espèce ne chassaient pas dans ces rangs-là, mais les femmes comme Alice ne devaient pas s'y trouver non plus.

Donc il ne devait pas être surpris de ne pas l'y voir.

Avec un soupir déçu, il se résigna à chercher dans toute la salle et se retourna. Il entendit un petit cri de douleur alors que son pied écrasait un délicat chausson de satin.

— Oh, je vous prie de m'excuser, commença-t-il, mais les mots moururent dans sa bouche lorsqu'il leva la tête.

Elle était juste devant lui. Toute idée de salutation, de lui faire comprendre qu'il savait qui elle était, ou de leur dernière réunion s'envola alors qu'il plongeait dans ce regard aussi bleu qu'un ciel d'été. Il avait sa réponse à présent. Son cœur bondit dans sa poitrine, et il déglutit.

Que le ciel lui vienne en aide. Cela n'avait pas été le clair de lune.

Le rêve d'une vie qui serait riche et remplie de moments en famille, d'amour et de chaleur le frappa vite et fort, en expulsant l'air de ses poumons. Les espoirs et les désirs qu'il avait cru avoir perdus et enterrés sous des années de péchés et de maturité, firent éclater leurs bourgeons à la lumière du jour, loin de l'obscurité à laquelle il les avait contraints ; ils illuminaient désormais l'avenir de possibilités.

Il la regarda tandis qu'elle levait la tête vers lui. La douleur et l'énervement s'envolèrent de son visage alors que ses yeux s'écarquillaient, et que sa peau de porcelaine devenait aussi rouge que sa glorieuse chevelure. Il y avait des taches de rousseur sur son nez, remarqua-t-il, et cette observation provoqua en lui une vague de tendresse qui explosa dans sa poitrine. De toute sa vie, Nate n'avait jamais rien vu d'aussi attendrissant, d'aussi charmant, d'aussi…

Par les flammes de l'enfer, c'était bien pire que ce qu'il avait cru.

— N-Nate, bégaya-t-elle en clignant des yeux dans sa direction.

Il acquiesça, ne sachant pas quoi dire. Il valait mieux la laisser faire. Après tout, si elle désirait couper tout lien avec lui… l'idée qu'elle puisse le vouloir l'horrifiait et le blessait profondément.

Elle regarda autour d'eux, puis posa de nouveau les yeux sur lui. Il n'avait pas la moindre idée de ce qu'elle pensait. Était-elle contente de le voir ?

— Pourquoi ? chuchota-t-elle si bas que le mot fut presque avalé dans le bavardage ambiant.

Elle n'ajouta rien de plus, mais il sut ce qu'elle demandait. Pourquoi était-il là ? Et est-ce une coïncidence, ou bien était-il là pour elle ?

Avec n'importe qui d'autre, il aurait pu se montrer évasif, et cela aurait été plus sage. Il le savait.

— Je devais vous revoir, dit-il simplement.

Il regarda le sourire naître sur sa bouche, aussi rayonnant que le soleil levant, illuminant son visage et faisant étinceler ses yeux.

— Oh, dit-elle, avant de regarder autour d'eux en fronçant les sourcils. Où… ?

Elle s'interrompit, les joues plus rouges que jamais, et le visage de Nate s'éclaira d'un grand sourire.

Chapitre 7

**— *Extrait d'une lettre de miss Alice Dowding
à Prunella Adolphus, duchesse de Lorny.***

**24 juin 1814. Un coin tranquille. Bal des Eversley, Regent's
park, Londres.**

— Où sommes-nous ? demanda Alice quelques minutes après
qu'ils aient échappé à la foule en s'enfuyant dans des couloirs peu
éclairés.

— Je n'en ai aucune idée, répondit-il en riant.

Il avait l'impression d'être redevenu un petit garçon libre et
insouciant, ce qui était complètement ridicule. Nate n'aurait pas dû
se trouver là, et encore moins en être aussi content. Il était
Nathaniel Hunt, célèbre propriétaire du club de jeu le plus exclusif
de Londres. Une réputation de charmeur et de libertin, même si pas
tout à fait méritée, lui était néanmoins attribuée. Il aurait dû avoir
honte d'entraîner la douce Alice Dowding dans son monde obscur,
et dans des pièces encore plus sombres.

Au lieu de quoi, il était aussi heureux qu'un gamin à qui l'on aurait promis des sucreries et un petit chien.

Il ouvrit une porte au hasard, et passa la tête dans l'entrebâillement pour s'assurer qu'elle était vide. Alice le suivit et s'attarda près de la porte alors qu'il se mettait en quête d'allumettes et d'une boîte à amadou.

Il n'alluma que deux chandelles, trop impatient pour en faire plus, mais il avait besoin de la voir. À sa grande surprise, il voulait plus qu'une rapide séance de baisers dans le noir.

Elle se tenait contre la porte, petite et mince, ses boucles rousses sauvages encadraient son visage.

— Vous ne devriez pas être ici, dit-il avec un sourire désolé.

— Et-Et c'est vous qui me d-dîtes cela ! répondit-elle, un peu indignée.

Enchanté, il réalisa qu'elle le taquinait, et il rit. Il fut encore plus charmé lorsqu'elle lui sourit. Il s'approcha d'elle en notant le changement dans sa respiration, et la couleur qui revenait sur ses joues. Seigneur, elle était charmante. Ses rêves de maison, de famille et de choses qu'il s'était obligé à oublier toutes ces années se bousculèrent à nouveau dans son esprit et dans son cœur tandis qu'il la regardait.

Nate se figea en réalisant que ce n'était pas un simple flirt, qu'il n'aurait pas dû l'amener ici, dans cette pièce sombre : il se sentait soudain coupable. Il lui faisait prendre le risque de voir sa réputation détruite, tout comme l'avait été celle de Matilda.

Sauf qu'il ne pourrait pas.

Il ne ferait pas cela.

Si quelqu'un les surprenait, il l'épouserait. Il n'était pas comme Montagu, et cette femme n'était pas un jouet pour lui. Cette découverte aurait dû le terrifier, mais au lieu de cela, elle l'apaisa.

Quand il fut assez près pour la toucher, il leva la main, lui caressa la joue avec le dos de son doigt.

— Je ne peux pas m'empêcher de songer tout le temps à vous, avoua-t-il, soulagé d'enfin le dire à voix haute. Je pense à cette nuit-là. Vous hantez chacune de mes pensées. Je rêve de vous. J'ai l'impression de devenir fou.

— Je sais, murmura-t-elle en levant les yeux vers lui.

Soulagé, il expira, s'apercevant en cet instant à quel point il avait eu peur d'entendre quoi que ce soit d'autre sortir de sa bouche.

— Puis-je vous embrasser à nouveau, Alice ? demanda-t-il à mi-voix, pétri d'impatience.

Rien n'avait jamais plus compté que la réponse à cette question.

Elle le regarda et il attendit en se demandant ce qu'elle voyait, quelles décisions étaient prises derrière ces yeux couleur ciel bleu. Quand elle hocha la tête, il soupira de soulagement et s'approcha, mais s'interrompit en s'apercevant qu'elle le retenait d'une main sur la poitrine.

— Y…

Elle déglutit, ayant apparemment besoin de quelques instants pour rassembler son courage.

— Y a-t-il un… un tabouret ?

Il sourit et s'éloigna pour fouiller la pièce. Elle était meublée avec parcimonie, contrairement aux autres pièces qu'il avait vues ce soir, surchargées et décorées à outrance. Malheureusement, il n'y avait pas de tabouret en vue, mais par chance, il y avait un buffet en acajou. Il fit signe à Alice de lui prendre la main, l'amena vers le meuble, la prit par la taille et l'assit dessus. Elle ne pesait rien et il garda les mains sur sa taille svelte, content qu'elle lui serre les bras et ne les lâche pas.

— Et voilà, dit-il, triomphant. Vous serez bien, là.

Elle ne répondit pas, se contentant de le regarder avec des yeux assez écarquillés. Il se sentit coupable de la nature clandestine de leur rendez-vous. À quoi diable jouait-il ?

— Des regrets ? hasarda-t-il en cessant de sourire.

Cette femme méritait d'être courtisée à la vue de tous, avec fierté, et non pas dissimulée dans un coin sombre.

— Je vais vous ramener. Je n'aurais jamais dû —

— Non, s'écria-t-elle en serrant ses bras plus forts et en secouant la tête. Non, répéta-t-elle, plus doucement, mais aussi plus fermement. J'essaie juste de… rassembler mon courage.

— C'est ce que j'ai essayé de faire toute la soirée, dit-il en saisissant une de ses boucles hypnotisantes.

Il joua avec la mèche soyeuse autour de ses doigts.

— Vraiment ?

Elle avait l'air si ébahie qu'il s'esclaffa.

— Vraiment, lui répondit-il en tirant légèrement sur la boucle. J'avais peur que vous ne me reconnaissiez pas, ou qu'en me reconnaissant, vous… vous ne soyez pas heureuse de me voir.

— Pas heureuse ? répéta-t-elle en le dévisageant. Avez-vous perdu l'esprit ? Je n'ai fait que penser à cela.

Nate sourit. Cet aveu sans détour lui faisait bien plus plaisir qu'il ne voulait se l'admettre.

Alice se mordit la lèvre et fronça les sourcils.

— J'imagine que je ne devrais pas dire de telles choses. Mais c'est la vérité.

À sa grande surprise, elle attrapa sa main et la plaça entre les siennes. Elle la regarda pendant quelques secondes avant d'y entrelacer ses doigts.

— Nate ?

— Oui ?

— Je ne sais rien de vous. Pas même le reste de votre nom.

Nate porta sa main à ses lèvres.

— Nathaniel Hunt, miss Dowding. Enchanté.

— Hunt ! s'exclama-t-elle, choquée. M-Mais vous êtes… le frère de Matilda ?

Il acquiesça, légèrement anxieux. Avait-elle cru qu'il était quelqu'un d'autre, quelqu'un de mieux ? Un noble peut-être, ou au moins un personnage important de la haute société ?

— Coupable, dit-il avec une désinvolture qu'il était loin de ressentir. Cela vous dérange-t-il ?

Elle soupira en secouant la tête.

— Bien sûr que non, s'exclama-t-elle. J'ai simplement du mal à croire que je ne me suis jamais rendu compte… ma parole, même vos yeux sont identiques, ils sont de la même couleur. Comment ai-je fait pour ne pas m'en apercevoir ?

— Il faisait noir, murmura-t-il.

Il retourna sa main pour défaire les boutons de son gant avec dextérité. Il l'enleva, porta sa main à sa joue et l'y laissa.

— Et puis, nous étions occupés à autre chose.

— En effet, admit-elle, le souffle court. Donc, vous êtes le célèbre Nathaniel Hunt, propriétaire du *Hunter's*. Cela fait presque deux ans que mon père essaie d'y être membre.

— Ah, répondit Nate maladroitement.

Mr Dowding était du genre autoritaire, bruyant et ennuyeux, et un peu trop servile avec les gens d'un rang supérieur. Plus il buvait, et plus il devenait bruyant et ennuyeux. Mais il était riche. La dernière fois qu'il avait postulé, le comte de Saint-Clair lui avait dit le plus sérieusement du monde qu'il renoncerait à sa propre adhésion si Dowding était accepté.

Alice se contenta de rire.

— Oh, ne faites pas cette tête d'enterrement. Je vous en prie, ne le laissez pas devenir membre. Nous sommes peut-être riches, mais il se laisse trop facilement aller à des extravagances. Mère se fait déjà assez de soucis avec ses paris. Je ne sais pas pourquoi vous lui avez refusé cette adhésion, mais continuez, sinon la pauvre femme ne trouvera plus jamais le sommeil. Je vous promets que je ne suis pas le moins du monde contrariée.

Nate rit et embrassa la paume de sa main.

— Ma sœur m'a dit que vous étiez une petite chose douce et fragile, effrayée par son ombre. Pourquoi n'est-ce pas ce que je vois lorsque je vous regarde ?

Elle le contempla quelques instants avant de répondre.

— J'ai bien peur qu'elle n'ait raison, bien que je déteste l'admettre. Je n'ai pas d'explication… sinon que vous me rendez courageuse, dit-elle avant de prendre une grande inspiration et de tendre la main vers lui.

Nate n'avait pas besoin qu'on lui dise deux fois. Il se rapprocha d'elle, et elle glissa sa main sur sa nuque.

— Embrassez-moi… je vous prie, demanda-t-elle, légèrement hésitante, comme s'il était nécessaire de négocier pour obtenir son attention.

— Non, murmura-t-il en souriant pour lui montrer qu'il la taquinait. J'ai passé les dix derniers jours à rêver d'une tentatrice aux cheveux roux qui m'a embrassé comme aucune autre avant. Vous m'avez détruit, Alice, et je désire retrouver ce goût. Sucré comme le sucre d'orge. Je veux cela. Je le veux encore. Embrassez-moi, Alice… *s'il vous plaît.*

Il y avait trop d'émotion dans sa voix, un besoin trop fort à l'état brut, et il ne pouvait pas le dissimuler. Il ne pouvait pas se cacher d'elle.

Elle le fit. Elle l'embrassa. Oh, Dieu du ciel, elle le fit, et Nate sombra corps et âme dans ce baiser.

Alice s'accrocha à lui alors qu'il l'entourait de ses bras. Elle était encore sous le choc. Le frère de Matilda ! Elle se demandait si elle devait se sentir coupable, de le retrouver ainsi, alors que Matilda l'ignorait certainement. Ou peut-être pas ? C'était elle qui avait organisé le premier baiser après tout ; pas étonnant qu'elle ait dit à Alice que c'était avec quelqu'un en qui elle avait confiance.

Mais Alice pouvait-elle lui faire confiance ? À quel point Matilda connaissait-elle son frère ?

Elle savait qu'elle n'aurait pas dû être là, qu'elle risquait tout, pour cet instant de plaisir volé, et tout cela pour quoi ? La réputation de Nate le précédait de plusieurs kilomètres. Tout le monde avait entendu parler de ce voyou charmeur, le propriétaire charismatique du club de jeu célèbre qui portait son nom. *Hunter's*, l'endroit où l'on pouvait gagner une fortune, ou tout perdre sur un coup de dé, ou sur une carte retournée. Le monde le connaissait comme l'élégant jeune célibataire qui avait juré de ne jamais se marier, car c'était mauvais pour les affaires. Alice le savait, et elle aurait surement dû courir vers la porte là, tout de suite. Il ne l'épouserait jamais. C'était probablement juste un jeu pour lui, un jeu de hasard, où elle était le gros lot.

Alice était-elle en train de miser la seule chose de valeur qu'elle possédait avec lui ? Était-ce pour cela que son club était devenu un tel succès ? Un bref sourire charmeur, quelques mots de sa voix veloutée et envoutante, qui entremêlait tentation et magie, et le monde tombait à ses pieds, ou dans ses bras.

Cela avait fonctionné avec elle, c'était la seule chose dont elle était certaine. Et également, qu'une indication devrait mettre en garde quiconque voudrait embrasser Nathaniel Hunt. Il était addictif, de la meilleure et de la pire des façons.

Elle essaya de se presser contre lui, de se rapprocher alors qu'il l'embrassait, explorant sa bouche de sa langue agile. Mais l'angle était bizarre, il se tenait à côté d'elle et elle devait se plier pour lui faire face. Elle poussa un soupir frustré et Nate recula, une lueur taquine dans les yeux qui fit bouillir Alice de désir.

Il se plaça face à elle en ne la lâchant pas des yeux, demandant silencieusement la permission. La respiration d'Alice s'accéléra. Elle n'allait tout de même pas se montrer aussi effrontée, mais…

Elle écarta les jambes et il s'avança dans l'espace qu'elle venait de faire pour lui.

— M'accorderez-vous une danse tout à l'heure ? lui demanda-t-il en se serrant contre elle et en la prenant de nouveau dans ses bras.

La question prit Alice au dépourvu, peut-être plus que de raison. Après tout, ils faisaient tout à l'envers. La danse aurait dû avoir lui en premier, ou du moins, avant… avant *ceci*.

Alice hésita, avant de lui sourire.

— Oui, j'aimerais bien.

Il l'étudia d'un regard pénétrant.

— Mais ?

Elle fronça les sourcils sans comprendre.

— Vous avez hésité, déclara-t-il en faisant glisser un doigt le long de son cou. Vous ne voulez pas être vue en ma compagnie ?

Il avait eu l'air blessé en disant cela, et cette vulnérabilité provoqua une vague de tendresse en elle.

— Oh, non, ce n'est pas… pas du tout, dit-elle précipitamment, horrifiée qu'il croie une telle chose.

Il soupira en secouant la tête, une expression sombre apparut furtivement dans son regard.

— Cela ne m'étonnerait guère, je vous rassure. Je ne fais pas partie de la bonne aristocratie.

Il y avait de l'amertume et de la raillerie dans ses mots, et elle se sentit coupable d'avoir provoqué cela.

Elle attrapa sa main et la pressa contre ses lèvres.

— Je me fiche de l'opinion de l'aristocratie, dit-elle fermement. C'est juste —

— Dites-moi, dit-il en retirant sa main pour la placer dans son cou.

Ce contact la fit frissonner.

— Mes parents, dit-elle avec regret. Ce sont les pires snobs qui existent.

— Bien entendu, dit-il d'un ton morne. J'imagine que voir leur fille dans mes bras leur donnerait une crise d'apoplexie.

Alice se dit qu'il avait raison, mais tint sa langue.

— Je me fiche de ce qu'ils pensent, Nate, déclara-t-elle.

Elle se sentait téméraire, et capable de tout si un homme comme lui croyait en elle. Elle ajouta :

— J'adorerais danser avec vous.

— Vraiment ?

Pendant un instant, Alice crut entendre du doute dans sa voix, mais c'était n'importe quoi. Elle s'imaginait trop de choses. Un homme comme Nathaniel Hunt n'était rien de moins qu'un homme confiant et sûr de lui. C'était les créatures idiotes comme Alice qui hésitaient et gâchaient la moitié de leur vie à tergiverser, avant de finalement se réveiller et réaliser tout ce qu'elles avaient perdu.

— Rien ne me ferait plus plaisir, dit-elle en lui souriant.

Elle rougit légèrement en se rendant compte que ce n'était pas tout à fait vrai.

Il rit, et ce fut comme la caresse d'un gant de fourrure, le contact léger glissant sur elle et la faisant frissonner de plaisir.

— Je pense que vous venez de songer à quelque chose qui vous ferait encore plus plaisir que cette danse, miss Dowding, la taquina-t-il.

Elle fut assez téméraire pour soutenir son regard.

— O-Oui, avoua-t-elle en se rappelant sa décision de dire ce qu'elle pensait.

— Puis-je vous montrer de quoi il s'agit ? demanda-t-il d'une voix grave, la question lourde de promesses tentatrices.

— Oui, s'il vous plaît.

Il attrapa ses chevilles, la chaleur de ses paumes encercla ses jambes et remonta l'arrière de ses mollets.

— Dites-moi d'arrêter, Alice, et j'arrêterai, déclara-t-il sans jamais la quitter des yeux. Vous n'avez qu'un mot à dire.

Alice hocha la tête, même si elle n'était pas sûre de pouvoir respirer dans un futur proche, et encore moins de pouvoir former des mots.

Elle ferma les yeux et il se rapprocha, ses paumes glissant à présent sur ses cuisses et remontant sa robe de plus en plus haut. Ses mains puissantes attrapèrent ses hanches et la tirèrent au bord du meuble.

Le mouvement l'avait collée à lui, et Alice gémit.

— Alice, murmura-t-il en l'embrassant, remontant de la base du cou vers son oreille, tandis que ses hanches étaient plaquées contre les siennes dans cette étreinte si intime.

Il la serra encore plus fort, imprimant à ce geste un lent mouvement de va-et-vient qui, comme elle le craignait, lui ôta toute capacité de respirer.

— Alice, que m'avez-vous fait ?

Elle ferma les yeux et s'abandonna à l'instant, au plaisir de sa puissance, de sa chaleur, et de sa merveilleuse bouche tentatrice qui cherchait de nouveau à l'embrasser.

S'il restait une once de bon sens en elle, elle aurait dû lui demander quelles étaient ses intentions. Même si elle savait déjà qu'il ne lui offrait rien, elle aurait dû lui poser la question. Peut-être sa réponse pourrait-elle la sortir de sa transe, de ce rêve indécent. Mais elle ne voulait pas avoir cette confirmation, pas tout de suite. Elle pouvait attendre encore un peu.

S'il vous plaît, faites que cela dure un peu plus longtemps, avant que la bulle n'éclate.

Chapitre 8

Oh, Lucia,

Qu'ai-je fait ?

—Extrait d'une lettre de miss Matilda Hunt à señorita Lucia de Feria.

24 juin 1814. Quelque part, perdue au bal des Eversley. Regent's Park, Londres.

— Soyez maudit, Nate, grogna Matilda en contemplant un couloir qui s'étirait sans fin à sa gauche et à sa droite. Soyez maudit, et rôtissez en enfer, misérable individu.

Elle ne l'avait vu que du coin de l'œil, mais impossible de se tromper sur l'identité de ce grand blond ; et un seul éclat des cheveux roux d'Alice lui avait indiqué qui l'accompagnait.

Comment osait-il ?

Elle avait espéré que cela marche entre son frère et son amie, certes, et elle pensait qu'il y avait peut-être un couple à former entre ces deux-là, mais comment osait-il faire une chose pareille ? Quel démon avait pris possession de lui, pour qu'il conduise Alice loin du bal ?

Grand Dieu, si quelqu'un les surprenait…

Une vague glacée l'envahit alors que son estomac se retournait.

De quel côté étaient-ils partis ? Il y avait des dizaines de portes, sans parler des autres couloirs et des escaliers. La famille Eversley faisait partie des rares élus qui pouvaient garder une demeure aussi colossale à Londres. La plupart des gens de la haute société choisissaient une petite maison confortable en ville, et préféraient garder les volumes plus imposants pour la campagne.

Bien entendu, la plupart des gens ne pouvaient pas se permettre de garder de telles demeures à la fois en ville et en province, plus maintenant. Ces privilèges étaient désormais réservés à la classe marchande, qui possédait la richesse, à défaut d'avoir le lignage ; les aristocrates aimaient en rire, tout en prétendant ne pas être affectés par la situation.

Après un instant d'hésitation, Matilda prit le couloir de gauche. Elle avait à peine fait dix pas, quand un mouvement dans l'escalier à sa droite attira son attention.

Oh, non. C'était simplement impossible.

Elle se figea sur place, transpercée par ce regard gris glacial, comme un papillon punaisé à travers l'abdomen.

— Eh bien eh bien, miss Hunt. Nous nous rencontrons à nouveau.

Seigneur, sa voix lui tapait sur les nerfs. Elle était sèche et froide, assez aiguisée pour trancher la pierre.

— Oh, répondit-elle en espérant avoir l'air écœurée, et non pas submergée par une vague de terreur qui remontait le long de la colonne vertébrale. C'est vous.

— C'est vous, *monsieur*, la corrigea-t-il, sa bouche cruelle dessinant furtivement un rictus.

La grossièreté volontaire de Matilda avait l'air de l'amuser, presque comme s'il aimait cela. Peut-être était-ce l'attrait de la nouveauté. Elle doutait que quiconque ose le traiter avec autre chose que de la déférence.

— Allez au diable, répliqua-t-elle.

Elle se donna mentalement l'ordre de se retourner et de partir dans l'autre sens, mais tout comme ce satané papillon pris au piège, elle s'en trouva incapable, clouée par son regard. Elle ne connaissait aucun homme capable de rayonner de pouvoir à ce point-là. Le marquis était à la fois effrayant et fascinant.

— Pas tout de suite, répondit-il.

Ses yeux couleur tempête étincelaient dans sa direction et elle avait l'impression d'être un spécimen de laboratoire.

— Je suis encore relativement jeune, termina-t-il.

— Que voulez-vous ? grogna-t-elle en croisant les bras, en partie pour cacher ses mains tremblantes.

Il fronça les sourcils, pencha la tête en considérant la question.

— Vouloir ? répéta-t-il, comme si elle avait parlé une langue étrangère. De *vous* ?

Matilda sentit la colère monter en elle. Naturellement, un homme tel que le marquis ne la toucherait pas avec une perche de trois mètres, pensa-t-elle rageusement. Il ne voulait rien qui vienne d'elle, cela, c'était limpide, et Dieu merci.

— Vous devriez faire attention, à déambuler dans des endroits comme celui-ci seul, le railla-t-elle. Vous ne pouvez jamais savoir si une dangereuse femme célibataire se tapit dans l'ombre pour vous piéger, pauvre créature sans méfiance que vous êtes.

Il haussa les épaules, balayant l'attaque.

— J'ai une méthode infaillible pour m'occuper de ce genre de péronnelles présomptueuses.

Matilda tressaillit, juste un peu, mais ne baissa pas les yeux. *Il ne peut pas vous faire de mal*, se dit-elle. *Ce sont juste des mots. Il a déjà fait le pire.*

— Pourquoi diable êtes-vous venu à un événement aussi peu respectable ? demanda-t-elle. Les Eversley ne sont pas dignes de votre présence. Ils laissent entrer toute sorte de gueux, ajouta-t-elle en se désignant.

Le regard scrutateur du marquis suivit son geste avant de revenir se poser dans ses yeux.

— Je… m'ennuyais.

Sa réponse la surprit d'autant plus qu'il semblait étonné d'avoir admis cela.

— Eh bien, il n'y a rien à voir ici, déclara-t-elle en levant le menton. Donc, partez.

Elle accompagna sa déclaration d'un geste lui indiquant qu'il pouvait choisir la direction qui lui plaisait.

Pas le moindre semblant de colère ou d'irritation ne traversa son visage austère.

— Je n'ai pas l'habitude de recevoir des ordres, répondit-il d'un ton aussi froid et indifférent qu'à l'accoutumée.

Lui arrivait-il de s'énerver ? Elle ressentit soudainement l'envie de le mettre en colère, d'ébranler son calme olympien.

Matilda se demanda quel genre d'amant il faisait. Était-il seulement capable d'éprouver du plaisir ? C'est ce que suggérait sa réputation, qui mentionnait des actes dépravés et immoraux, le genre de plaisirs qu'aucune gentille fille ne pourrait jamais comprendre, même en tant qu'épouse. Elle avait entendu les murmures des femmes. Il avait peu de liaisons, ce qui augmentait peut-être son attrait. Son attitude arrogante de personnage inaccessible était un appât en soi ; et ce à cause, et non pas en dépit de sa cruauté, de l'avis général. Matilda ne comprenait pas cela le moins du monde. Elle essaya vainement de l'imaginer au beau milieu de l'extase, avant de rougir furieusement en se demandant avec horreur pourquoi cette idée lui était passée par la tête.

Consternée, elle vit ses sourcils se rejoindre et cet énervant regard glacial la transperça de nouveau, remarquant sans doute la nouvelle teinte de sa peau.

— Qu'y a-t-il ? demanda-t-il, en ayant l'air pour la première fois d'exprimer autre chose que de la fierté ou de l'indifférence : un éclat de curiosité brillait dans le gris de ses yeux.

— Rien, répondit Matilda avant de tourner les talons et de le planter là. Elle se dépêcha de partir, et ne se retourna pas.

Toujours la nuit du 24 juin 1814. Un rendez-vous déraisonnable, bal des Eversley, Regent's Park, Londres.

Nate avait perdu la raison. Il était enivré, envoûté, pris dans les charmants filets d'Alice.

Elle l'avait séduit avec ses baisers sucrés, ses taches de rousseur, et ses doux mots aguicheurs.

Une voix dans sa tête l'intimait de la ramener tout de suite. Il aurait dû l'écouter, il savait qu'il aurait dû. Alice n'était pas pour lui, il ne l'ignorait pas. Ses parents la marieraient sans doute à un idiot avec un titre. Il se souvint de Mr Bindley. Elle était quasiment sa fiancée, avait dit Matilda.

Quelque chose bondit dans sa poitrine. C'était une sensation bizarre, semblable à de la peur, presque de la panique. Il interrompit leur baiser, le souffle court. Alice soupira et le regarda. Les yeux de la jeune femme étaient noirs de désir, ses lèvres étaient rougies par les baisers. Elle lui sourit, désorientée, comme si elle venait de sortir d'un rêve charmant. Il ressentit à nouveau cette sensation dans sa poitrine, lui ordonnant de faire quelque chose, de dire quelque chose, n'importe quoi pour faire en sorte que cette femme ne puisse pas le quitter. Il fallait qu'elle soit sienne. La laisser partir dans les bras d'un autre homme était inenvisageable.

— Qu'y a-t-il ? demanda-t-elle en caressant son visage.

Nate soupira et tourna la tête pour embrasser la paume de sa main.

— Alice, commença -t-il, le cœur battant, alors qu'il réalisait l'énormité de ce qu'il s'apprêtait à dire.

Une fois le deuil de ses rêves terminé, il avait passé tellement de temps à se dire qu'il était un sacré veinard — que tous les hommes du pays l'enviaient — qu'il s'était mis lui-même à le croire. Il avait juré que cela ne lui arriverait jamais, qu'il ne perdrait jamais sa liberté, mais il préférait risquer de perdre absolument tout, plutôt que de perdre Alice.

C'était de la folie, après si peu de temps passé ensemble, il le savait. Il le savait, et il s'en moquait. Il tenait là quelque chose de vrai, d'authentique, et il ne trouverait personne d'autre comme elle, même s'il vivait cent ans.

— Alice, répéta-t-il, la respiration inégale. Je…

Alice sursauta dans ses bras : la porte s'ouvrit, empêchant la question de franchir ses lèvres. À la place, une autre question s'éleva, prononcée par une voix différente.

— Eh bien, eh bien, A-Alice. Q-Qui aurait pu croire cela ?

Matilda était dans tous ses états. Elle retroussa ses jupons et se mit à courir en reconnaissant la silhouette qui marchait devant elle. Elle savait que ses peurs étaient fondées.

— Attendez ! cria-t-elle en tentant d'arrêter la main qui saisissait la poignée. Attendez un instant.

L'homme se retourna pour lui offrir un rictus, avant d'ouvrir la porte.

Non. Non. Non.

Matilda pria, pria pour qu'il se soit trompé de porte, pour que Nate ne soit pas dans cette pièce, pour que ce ne soit pas Alice dans ses bras.

La voix bégayante qu'elle connaissait bien, remplie de satisfaction et de mépris confirma ses pires craintes.

— Eh bien, eh bien, A-Alice. Q-Qui aurait pu croire cela ?

Elle avait envie de pleurer en pénétrant dans la pièce après lui. Nate avait bondi hors de portée d'Alice, mettant de la distance entre eux, mais ce qu'ils avaient interrompu était évident. Alice avait l'air d'avoir été embrassée passionnément. Elle avait les joues roses, des mèches s'échappaient de sa coiffure, ses lèvres étaient rouges et gonflées. Elle n'avait jamais eu l'air aussi jolie. Le cœur de Matilda bondit douloureusement. *Oh, mon Dieu. Non.*

— Et avec votre f-f-frère, miss Hunt, dit Mr Bindley en se tournant vers elle pour lui sourire, un sourire de serpent qui mit tous ses sens en alerte. Je c-commence à c-comprendre d'où vous tenez cela.

— Retirez ce que vous avez dit, espèce de salaud ! gronda Nate en faisant un pas dans sa direction.

— Laissez tomber, Nate, dit sèchement Matilda en lui lançant un regard lourd de représailles.

À la place, elle se tourna vers Bindley.

— Que voulez-vous ?

Un homme comme Bindley voulait toujours quelque chose, et Matilda savait ce que c'était.

Un peu de commérage ce soir-là lui avait permis d'en apprendre beaucoup. Mr Edgar Bindley était peut-être le fils du comte d'Ulceby, mais il était submergé de dettes. Toute la famille l'était. Tout ce qui n'était pas soumis à un entail était hypothéqué, et la famille devait de vastes sommes d'argent. La dot généreuse d'Alice et son caractère docile en faisait une épouse parfaite pour un homme comme Bindley. Il ne faisait aucun doute qu'il l'avait espionnée, dans l'attente d'une occasion de la piéger, et Nate venait de la lui offrir sur un plateau.

— Eh b-bien, je veux que miss Dowding cesse de jouer les eff-effarouchées, et m'épouse, déclara-t-il avec un sourire qui fit trembler Matilda. Si elle y consent sur le champ, j'envisagerais p-peut-être d'oublier que m-ma promise est une trainée.

Bouche bée, les deux femmes regardèrent Nate franchir la distance qui le séparait de Bindley, l'attraper par la cravate, et le soulever jusqu'à ce que ses orteils frôlent le sol.

— Je vous tuerai pour cela, gronda-t-il.

La fureur dans ses mots laissait entendre qu'il était très sérieux.

— Vous ne poserez sur elle ni la main ni les yeux, vous ne parlerez pas d'elle, et ce, à qui que ce soit. Elle va devenir ma femme.

Matilda laissa échapper un soupir de soulagement. Dieu merci. Elle aurait dû savoir que son frère avait trop d'honneur pour réagir autrement qu'ainsi. Après ce qui était arrivé à Matilda, il n'aurait jamais laissé quelqu'un d'autre subir ce que le marquis avait fait subir à sa sœur.

— Ses p-parents ne le p-permettront jamais, siffla Bindley en portant les mains à sa cravate pour essayer de se dégager. Je suis un fils de comte, et vous êtes… N-Nathaniel Hunt.

Il avait prononcé son nom comme s'il s'agissait d'une insulte, et Nate s'emporta.

Matilda cria en le voyant brandir son poing, mais avant qu'elle ne puisse faire quoi que ce soit, Alice avait posé la main sur le bras de Nate.

— Arrêtez, dit-elle, sa petite main accrochée à son biceps. Arrêtez cela.

Nate lâcha Bindley en le propulsant un peu plus loin avec une grimace de dégoût.

— Alice, très chère. Je suis tellement désolé. Pourrez-vous me pardonner ? demanda-t-il.

Matilda fut surprise d'entendre la sincérité de sa demande, et de voir le regard qu'il lançait à son amie. Nate poursuivit :

— Ne vous inquiétez pas. Nous allons nous marier sur-le-champ. Je m'occupe de tout. Cela sera réglé avant même que la moindre rumeur ne —

— Non.

Nate se figea. Tout le monde se figea. Alice prit une grande inspiration, et répéta le mot inattendu.

— Non. Je ne vous épouserai pas, et je n'épouserai certainement pas celui-là.

Matilda cligna des yeux, un peu surprise par la véhémence d'Alice. La moitié du temps, il fallait écouter très attentivement lorsqu'on discutait avec Alice tellement elle parlait doucement ; le moindre brouhaha empêchait d'entendre ce qu'elle disait. Ce n'était pas le cas ici.

— Alice, dit Matilda en se rapprochant d'elle et en lui prenant la main.

Elle réalisa que son amie tremblait.

— Alice, chérie, Nate a raison. Cet odieux personnage s'apprête à révéler au monde ce qu'il s'est passé ici. Je vous félicite pour votre refus de l'épouser, puisque je pense que vous le regretteriez pour le restant de vos jours si vous le faisiez, mais vous devez épouser Nate. Il le faut.

À la grande consternation de Matilda, Alice secoua la tête.

— Je ne le ferai pas.

Matilda tourna la tête vers son frère et fut choquée de voir l'expression blessée qu'il arborait. Il remarqua qu'elle le regardait et serra la mâchoire en reprenant une contenance. Mais elle l'avait vu.

— Vous v-voyez, déclara Bindley, triomphant. Même la trainée sait qu'il ne vaut mieux pas vous épouser.

Nate fit volte-face, le poing dressé, Alice et Matilda crièrent tandis que Bindley poussait un couinement terrifié.

— *Cela suffit.*

Le silence emplit la pièce.

Oh, Seigneur, non. Une vague de peur remonta le long de la colonne vertébrale de Matilda. Juste quand elle se disait que cette soirée ne pouvait pas être pire. Le marquis de Montagu se tenait dans l'encadrement de la porte, fier et implacable. Ses traits sévères avaient l'air encore plus durs sous la lumière tamisée des chandelles.

Cela suffit, avait-il dit, et tout le monde s'était arrêté. L'homme n'avait même pas haussé sa maudite voix par-dessus les cris et les exclamations, il s'était juste tenu là en leur disant d'arrêter, et ils s'étaient tous figés sur place comme si Dieu en personne le leur avait ordonné. Qu'est-ce qui lui donnait une telle autorité ?

— Tout ceci ne vous concerne pas, répliqua sauvagement Nate en dévisageant le marquis.

Cette situation terrible était devenue encore plus inflammable : Nate détestait cet homme plus que tout.

— Non, en effet, dit Montagu en ayant l'air révolté par cette idée. En revanche, il semblerait que les enfants aient dépassé l'heure d'aller se coucher, et qu'il faille un adulte pour les superviser.

Nate ouvrit la bouche, avec sans doute une remarque bien sentie sur le bout de la langue, mais le marquis le fit taire d'un regard.

— Miss Dowding, dit-il, les yeux toujours rivés sur Nate, le mettant au défi d'ouvrir la bouche. Si je comprends bien, vous refusez les deux propositions de mariage ?

Oh, non. Le cœur de Matilda s'effondra. Ce maudit homme l'avait suivie et avait tout entendu.

— O-Oui, balbutia Alice.

Le courage qu'elle semblait posséder quelques instants plus tôt avait fondu face à Montagu.

Matilda ne pouvait l'en blâmer. Pendant un instant, elle espéra que le marquis force Alice à accepter l'une des propositions, mais cela n'arriva pas. Il se contenta d'acquiescer.

— Vous vous rendez compte que votre réputation sera fichue, lorsque toute cette affaire s'ébruitera.

Il se tourna vers Bindley, qui devint livide. Il poursuivit :

— Et cela s'ébruitera, soyez-en sûre. Notre bavard ami ici présent y veillera.

Alice hocha la tête et Matilda la prit dans ses bras. La jeune fille était à présent blême et tremblante, et Matilda la serra contre elle.

— Je suis là, ma chérie, dit-elle pour lui exprimer son soutien. Je ne vous laisserai pas tomber.

— Vous n'allez pas appréciez ce nouveau statut, miss Dowding, continua Montagu, dur et franc. L'on parlera de vous, l'on rira de vous, l'on vous critiquera. Certaines de vos connaissances refuseront de vous adresser la parole, des amis se trouveront soudainement indisponibles pour vous recevoir. J'ai bien peur que vous ne possédiez pas la force de caractère nécessaire pour supporter cela avec autant de brio que miss Hunt ici présente. Cela vous détruira.

— Le moindre ami qui la rejetterait ne serait, de toute façon, pas digne d'être considéré comme tel, déclara Matilda.

Elle souhaitait couvrir les oreilles d'Alice pour lui épargner ces mots cruels. Elle avait également envie de la secouer, pour lui faire comprendre qu'il avait raison. Elle en avait fait les frais.

— C'est un noble sentiment, rétorqua Montagu, inébranlable, mais cela ne changera pas les conséquences, comme vous le savez, *mademoiselle la Chasseuse.*

Matilda tressaillit en entendant le surnom dont certains l'affublaient dans son dos. *Matilda Huntress,* ou *mademoiselle la Chasseuse.*

— Fermez-la, bâtard, gronda Nate.

Il avait l'air d'être à deux doigts de commettre un meurtre. Il ajouta :

— C'est vous, qui avez fait cela. Vous.

— Non, répondit Montagu sans aucune émotion. C'est *vous*, et cela aussi, c'est *vous.* Je ne fais que réagir aux conséquences de vos actions.

Il tourna le dos à Nate, et dit en regardant Alice :

— J'imagine que vous avez vos raisons pour refuser ces propositions. Pour celle-ci, dit-il en penchant la tête vers Bindley avec une expression légèrement dégoûtée, cela ne nécessite aucune explication. En revanche, puisque vous êtes venue seule en compagnie de Mr Hunt…

Alice devint écarlate. La couleur était si intense que Matilda, tenant toujours Alice dans ses bras, pouvait sentir la chaleur qui s'en dégageait.

— Cela suffit, déclara Matilda avec colère. Dites-nous où vous voulez en venir, ou peut-être cela vous amuse-t-il simplement de jouer avec nos vies ? Nous ne sommes pas là pour vous divertir, vous savez.

Montagu se tourna vers Matilda, et elle réprima un frisson.

— Si c'était le cas, vous feriez de bien piètres bouffons, car je ne m'amuse pas du tout. Et oui, j'y viens.

— Alors, allez-y, dit-elle sèchement, perturbée par son regard.

Ses yeux étaient presque argentés dans cette lumière, ses iris pâles étaient bordés de noir. Elle n'avait jamais vu d'yeux comme ceux-ci avant, si froids et insensibles, et pourtant capables de susciter une telle peur, avec tant de férocité. Ses cheveux, d'un blond saisissant, avaient l'air blancs dans la pénombre, ce qui lui conférait une beauté inhumaine, presque irréelle. Comme une créature fantastique sortie de l'ombre.

— Le fait est que votre amie ici présente réagit en fonction de ses émotions. Elle n'a pas réfléchi. Une réaction stupide, mais loin d'être inhabituelle. C'est pourquoi je propose à ces deux gentlemen de tenir leur langue, et de laisser à cette demoiselle un délai de trois semaines pour qu'elle réfléchisse à leurs demandes. Dans l'intervalle, personne ne soufflera mot de ce qu'il s'est passé ici ce soir.

Matilda contempla le marquis, choquée. Avait-il *réellement* fait quelque chose pour les aider ?

Cela semblait si improbable qu'elle ne cessait de retourner la situation, cherchant ce qu'il pouvait bien avoir à y gagner, mais elle ne trouva rien.

— Pourquoi diable devrais-je tenir ma langue ? rétorqua Bindley en se redressant un peu, comme s'il croyait que le marquis pouvait empêcher Nate de lui arracher les membres les uns après les autres, le fou.

La présence du marquis avait figé Nate la première fois, mais Matilda doutait que cela fonctionne une deuxième fois.

Bindley eut l'air moins vaillant lorsque le marquis se tourna vers lui.

— Edgar Bindley, déclara Montagu en retroussant ses lèvres, comme si le simple fait de prononcer ce nom le souillait. Le plus jeune fils du comte d'Ulceby. Ah, oui, vous espérez vous marier pour l'argent. Mais l'argent de miss Dowding ne suffira pas, n'est-ce pas ? En tout cas, pas longtemps. Espérez-vous que son père vous entretienne ?

Il rit, et le son qui sortit de sa bouche était si méprisant que Bindley devint rouge comme une pivoine.

— Le comte est au bord de la faillite, reprit le marquis.

Il fit un pas vers Bindley, qui recula, comme s'il était en présence d'une créature venimeuse susceptible d'attaquer. Il n'avait pas tort.

— Un seul souffle de ma part dans sa direction, dit Montagu qu'une voix si douce que ses mots en devenaient glaçants, et la chute du comte sera telle, qu'il lui sera impossible de remonter la pente. Et ce sera valable pour chacun des membres de votre famille.

— V-Vous me menacez, dit Bindley, horrifié, mais le marquis se contenta de le regarder d'un air impassible.

— Je ne menace jamais, répondit-il simplement.

Il se tourna vers Matilda et croisa son regard. Il pencha légèrement la tête, puis déclara :

— Miss Hunt. Je vous souhaite une bonne soirée.

Matilda le contempla, choquée et sans voix, tandis que le marquis disparaissait aussi silencieusement qu'il était arrivé.

Chapitre 9

Chère Alice,

Pour l'amour du ciel, épousez Nate. Vous n'êtes pas faite pour cette vie-là, ma chère amie. Le monde est cruel et froid, et vous vous sentirez seule.

—Extrait d'une lettre de miss Matilda Hunt à miss Alice Dowding… jamais envoyée.

Aux petites heures du jour, le 25 juin 1814. Bal des Eversley, Regent's Park, Londres.

Une fois le marquis parti, Bindley faillit ouvrir la bouche, mais Nate lui jeta un tel regard qu'il changea d'avis et se dirigea vers la porte.

— Vous seriez bien b-bête de refuser ma demande, Alice, déclara Bindley dès qu'il fut suffisamment loin pour s'enfuir si Nate réagissait. Vos p-parents vous renieront si vous épousez ce vaurien.

La détestable créature se dépêcha de disparaître avant que Nate ne puisse le frapper, mais Matilda vit que sa remarque avait fait mouche. Était-ce la raison pour laquelle Alice avait refusé la demande de Nate ? En tout cas, Nate le croyait, elle pouvait voir la douleur dans son regard.

Nate se tourna vers Alice.

— Je suis tellement désolé, Alice. Je…

Matilda secoua la tête. Alice s'était mise à pleurer, et elle se dit que, pour une fois, le marquis avait raison. Il y avait là trop d'émotions pour prendre une décision réfléchie. Il fallait qu'elle découvre pourquoi Alice avait rejeté la demande de Nate, et qu'elle sache si elle pouvait résoudre le problème.

— Je vais ramener Alice chez elle, Nate, dit-elle à son frère en souriant faiblement. Je suis sûre que vous pourrez de nouveau lui parler après une bonne nuit de sommeil. À présent, rentrez, il est tard et nous sommes tous fatigués.

Son frère la regarda, et dans ses yeux, Matilda lut du désarroi, l'envie de faire disparaître ce problème, et aussi son envie de lui demander pardon.

— Matilda, commença-t-il, d'une voix brisée par l'émotion.

— Je sais, répondit-elle doucement.

Elle n'avait pas besoin d'explication pour comprendre ce qu'il ressentait. Elle ajouta :

— Nous parlerons lorsque je rentrerai à la maison.

Nate déglutit, le regard ému. Ses yeux un peu trop brillants étaient fixés sur Alice. Il acquiesça d'un léger mouvement de tête, puis sortit de la pièce.

Matilda laissa échapper un soupir.

— Tout va bien, ma chérie. Ils sont tous partis.

— Oh, Matilda, sanglota Alice.

Elle était en larmes, et Matilda serra plus fort contre elle son amie.

Lorsqu'elle retourna à Half Moon Street après avoir raccompagné Alice, Matilda était épuisée. Elle n'avait pas encore interrogé Alice au sujet de sa décision. La pauvre était trop effondrée pour parler, et Matilda s'était dit qu'une bonne nuit de sommeil l'aiderait à remettre les choses en perspective.

Peut-être que la réputation de Nate était haute en couleur, mais c'était quelqu'un de bien, un homme gentil, et Matilda était certaine qu'il se souciait du bien-être d'Alice. En se basant sur ce qu'elle avait vu, il avait même l'air de beaucoup s'en soucier. Elle devait avouer qu'elle était surprise de cette découverte. À sa connaissance, Nate n'avait eu que de brèves liaisons. Il n'avait jamais flirté avec des femmes susceptibles d'espérer une demande en mariage, ou un engagement sérieux. Qu'il décide de fréquenter Alice, d'entre toutes… il était sincère, c'était certain.

Donc, peut-être qu'Alice s'en rendrait compte en se réveillant ; elle s'apercevrait que c'était là sa meilleure option, même si ses parents n'aimaient pas cette idée.

C'était toujours mieux que d'épouser Bindley. Tout chez lui faisait grincer les dents de Matilda.

Elle grimpa les escaliers avec ce qui lui restait d'énergie, et alla dans le parloir principal. Nate était là, un verre en main, et regardait par la fenêtre. Il se tourna vers elle lorsqu'elle entra dans la pièce.

— Tilda, dit-il d'une voix cassée. Je —

— Ne vous avisez pas de me dire que vous êtes désolé, le menaça-t-elle en se bombant le torse. Et donnez-moi un verre de ceci. Je crois l'avoir bien mérité.

Nate leva les sourcils.

— De cognac ?

Matilda le foudroya du regard et il n'ajouta rien, se contentant de lui servir une petite quantité d'alcool.

— Merci, dit-elle en retirant ses souliers de danse en satins avec un soupir de soulagement, avant d'attraper le verre. À présent, dit-elle en lui faisant signe de s'asseoir avec elle, expliquez-moi à quoi diable jouiez-vous ce soir ?

Pour la première fois depuis qu'il était sorti de l'adolescence, Matilda vit ses joues se teinter légèrement, mais il soutint son regard.

— Ce n'était pas un jeu, Tilda. Pas cette fois. Je *veux* l'épouser. J'avais prévu de le lui demander, avant que ce crétin ne pointe le bout de son nez.

Matilda ouvrit la bouche. Elle se disait qu'il avait sûrement des sentiments pour Alice, mais… il allait lui faire une demande ? Si tôt ? Son ébahissement avait dû être visible, car Nate éclata d'un rire amer.

— Je sais. Je ne m'y attendais pas non plus, dit-il avec un sourire douloureux. Je pensais que l'amour était une chose qui s'insinuait lentement dans le cœur d'une personne, petit à petit, et qu'en faisant attention, on pouvait l'éviter, mais ce n'est pas ce qui est arrivé, Tilda. Pas pour moi. J'ai l'impression de m'être fait percuter par la foutue malle-poste.

— Oh, Nate, répondit-elle en voyant qu'il était sincère. Pourquoi ne m'avez-vous rien dit ? J'aurais pu vous aider.

Elle le regarda passer une main lasse sur son visage, et entendit les poils de sa barbe crisser sous ses doigts.

— Je sais, simplement je ne m'en étais pas rendu compte avant ce soir. Je me disais que c'était juste à cause de l'ambiance de cette nuit-là, le clair de lune, le côté romantique. Je pensais qu'en la revoyant, cela remettrait les choses en perspective.

— Mais cela n'a pas été le cas ? devina Matilda, le cœur serré devant son air triste.

— Oh, si, répondit-il en surprenant de nouveau. Cela m'a permis de tout remettre en perspective. De réaliser ô combien ma vie est vide et superficielle, par exemple… et qu'elle le restera, à moins que je ne trouve quelqu'un avec qui la partager, quelqu'un que j'…

Il secoua la tête. Matilda termina sa phrase :

— Quelqu'un que vous aimez.

Nate haussa les épaules, mais elle connaissait bien son frère. En apparence, il était toujours comme cela. C'était rare qu'il se sente passionné par quelque chose, mais quand cela arrivait, c'était intense. S'il était réellement tombé amoureux d'Alice, il ne la trahirait jamais, il lui resterait fidèle. C'était la raison pour laquelle il n'avait jamais envisagé de relation sérieuse : il savait que s'il tombait amoureux, le sentiment l'emporterait complètement.

Et Alice avait dit non.

— Est-ce qu'elle… a-t-elle dit quelque chose, n'importe quoi… ? demanda-t-il d'une voix hésitante, et pendant un instant Matilda regretta de ne pas avoir forcé Alice à parler.

— Non, Nate. La pauvre fille était sous le choc et contrariée, je ne pouvais pas la faire parler. J'ai dû dire à sa bonne qu'elle se sentait malade, et la femme n'a eu aucun mal à me croire. Alice tremblait comme une feuille.

Nate grogna et s'affala dans son fauteuil, l'air absolument misérable. Il déclara :

— Tout est de ma faute.

— Oui, en effet, acquiesça Matilda qui ne voyait pas l'intérêt d'éviter la question. Si vous tenez autant que cela à elle, vous auriez dû songer à ses propres besoins, et non à vos envies.

Elle soupira, s'adoucit un peu devant sa détresse évidente. Elle avait l'impression de donner des coups de pied à un chiot.

— Je suis persuadée qu'elle va changer d'avis, Nate. Au moins, il est évident qu'elle vous désire.

Il ricana.

— L'avez-vous entendue lorsqu'elle a refusé de m'épouser, Tilda ? Je n'ai jamais entendu une femme dire non d'un ton aussi ferme. C'était un simple jeu pour elle, un flirt amusant qui a dérapé. Rien de plus.

Matilda fronça les sourcils et secoua la tête.

— Je ne crois pas. Alice ne se servirait pas de vous ainsi. Elle ne serait pas partie avec vous, n'aurait pas quitté la salle de bal… juste pour s'amuser.

Avec un soupir las, elle se leva et marcha vers son frère. Exaspérée, elle lui ébouriffa les cheveux affectueusement.

— Ne vous en faites pas. Je lui parlerai demain, j'en saurai plus. Tout ira bien, vous verrez.

Nate secoua la tête, trop abattu pour voir le bon côté des choses.

— Elle ne ressent pas la même chose. C'est évident. Elle préfère ruiner sa réputation plutôt que de m'épouser…

Il rit tristement, puis ajouta :

— Je savais que je n'étais pas la meilleure prise de la saison, mais j'ignorais que c'était à ce point-là.

— Ce n'est pas aussi terrible que vous le dites, répondit Matilda, à présent frustrée. Et je suis sûre que les choses sont plus compliquées qu'elles ne le paraissent. Maintenant, allez au lit, pour l'amour du ciel. Tout vous semblera moins grave demain matin.

Elle le regarda avaler sa dernière gorgée d'alcool, et se lever.

— Je vais au club, déclara-t-il.

Il posa son verre et se dirigea vers la porte.

— Oh non, pas maintenant ! s'exclama-t-elle en se précipitant à sa suite. Pour l'amour du ciel, Nate !

Mais elle savait qu'il était inutile qu'elle gaspille sa salive. Il était déjà en bas, et, quelques secondes plus tard, elle entendit la porte d'entrée s'ouvrir, puis se claquer.

Matilda soupira. Seigneur. Quelle nuit.

Matinée du 25 juin 1814. Baker Street, Londres.

Alice contempla la note griffonnée à la hâte par Matilda, l'invitant à prendre le thé avec elle dans l'après-midi. Le message continuait, disant qu'elle se rendrait à une réunion des Demoiselles Surprenantes dans la matinée, mais il était évident qu'elle supposait qu'Alice ne s'y rendrait pas.

Alice ne pouvait l'en blâmer. En se basant sur les expériences passées, Matilda pensait qu'Alice ferait profil bas, et éviterait d'apparaître en société.

C'est ce que l'ancienne Alice aurait fait, trop mortifiée pour se montrer, même si personne n'était au courant de rien.

Cette Alice, en revanche, était différente. Si elle avait assez de cran pour suivre un homme et l'embrasser comme… eh bien, comme elle l'avait fait, elle aurait assez de cran pour en assumer les conséquences.

Même si cela lui brisait le cœur.

Quand cet homme vil les avait surpris, Alice avait été horrifiée, mais cela n'était rien du tout, comparé au moment où elle avait entendu Nate lui proposer de l'épouser. Le pauvre homme. Pris au piège comme un rat. Au moins, il ne l'avait pas accusée d'avoir tout organisé. Non pas que ce soit le cas. Comment aurait-elle pu ? Avant la nuit précédente, il ne lui était pas venu à l'esprit qu'il avait pu songer à elle, depuis qu'il l'avait laissée, sur ce balcon. Le fait que ce soit bel et bien le cas avait été une surprise, une merveilleuse, incroyable surprise.

Elle ne croyait pas en seul instant, par contre, qu'une demande en mariage ait fait partie de ses pensées. Que *Le Hunter* en personne lui fasse une demande *à elle* ? Non. Il avait fait cela pour Matilda. Alice savait que Nate se croyait responsable de ce qui était arrivé à sa sœur. Même si Matilda n'en avait fait que des allusions au passage, c'est ce qu'elle avait cru comprendre, et c'était surement la raison de sa demande. Parce qu'il devait le faire. Parce qu'il ne pouvait pas détruire la réputation de l'amie de sa sœur, de la même façon que le marquis avait détruit celle de Matilda.

Quand le marquis de Montagu était apparu, toute l'affaire avait semblé se transformer en un cauchemar grotesque. Que faisait-il là ? Sa présence était intimidante, et même la récente résolution d'Alice, se montrer courageuse et exprimer son avis, s'était ratatinée devant un homme pareil.

Mais aujourd'hui était un nouveau jour, et il était temps qu'Alice prenne sa vie en main. Elle avait laissé ses parents la diriger ici et là, et avait toujours fait de son mieux pour se montrer raisonnable. Mais là, sa vie était en jeu. Jamais, pour rien au monde elle n'épouserait Mr Bindley. Après son comportement de la nuit dernière, elle avait vu son vrai visage, et elle savait qu'il ferait de sa vie un enfer.

Pourtant, Alice préférait mourir, plutôt que d'épouser un homme qui se mariait avec elle parce qu'il y était contraint, et peu importe si c'était ce qu'elle désirait plus que tout. Donc, grâce à Montagu, il lui restait trois semaines avant que son existence ne vole en éclat. Trois semaines avant que la honte ne s'abatte sur elle, qu'on l'envoie au fin fond de la campagne, et que plus jamais son nom ne soit prononcé.

— Eh bien, Alice, dit-elle en regardant la jeune femme au visage pâle qui se redressait dans le miroir. Profitez-en au maximum.

🎩 🎩 🎩

25 juin 1814. Réunion du Club de Lecture des Demoiselles Surprenantes, Upper Walpole Street, Londres.

Matilda sirotait son thé distraitement, sans prêter attention à la conversation. Harriet, la plus studieuse des Demoiselles Surprenantes, avait lu dernièrement *Défense des droits de la femme*, et elle expliquait le thème du livre.

— Comme l'explique Wollstonecraft, si les droits naturels sont donnés par Dieu, alors c'est un péché qu'une partie de la société empêche l'autre partie d'en jouir.

— Tout à fait, un péché, répéta Bonnie en tendant la main vers les pains au lait fourrés à la crème.

Ruth était une hôtesse formidable, et leur offrait toujours les meilleurs thés et gâteaux, tout était délicieux.

— Mon frère et mon maudit cousin ont la chance d'étudier les choses les plus intéressantes, pendant que je dois rester assise chez moi à apprendre à coudre, dit-elle d'un air dégoûté avant de croquer à pleines dents dans un gâteau. Ce n'est pas juste, ajouta-t-elle quand elle eut fini d'avaler son énorme bouchée. Je pourrais chevaucher et tirer au pistolet aussi bien qu'eux, tandis que je suis toujours incapable de broder correctement, et ce, même si ma vie en dépendait. Alors pourquoi ne pourrais-je pas apprendre les mathématiques ou les sciences ? C'est absurde.

Les filles manifestèrent leur approbation.

— Je vais vous dire pourquoi, déclara Lucia en se penchant en avant avec des airs de conspirateur. Parce que les hommes sont sournois, fourbes et avides de pouvoir. Ils savent que s'ils cèdent d'un centimètre, ils verront que nous sommes aussi intelligentes et capables qu'eux, et cela les terrifie. Alors, ils nous assujettissent, et nous gardent là où l'on est inoffensives, où l'on ne peut pas causer de problème… et cela commence avec l'éducation. Une femme stupide est plus facile à contrôler qu'une femme éduquée.

Toutes clignèrent des yeux, un peu surprises par la véhémence de sa tirade.

— Eh bien, dit Ruth, qui n'avait pas l'air convaincue. Je dois avouer que mon père m'a donné la meilleure éducation possible, incluant mathématiques et sciences, et j'ai honte de déclarer que j'ai détesté cela, même si je pense m'être bien débrouillée. En ce qui concerne les hommes sournois et fourbes, ajouta-t-elle en fronçant les sourcils, je pense que c'est un peu exagéré. C'est peut-être le cas pour certains d'entre eux, mais les hommes ne sont pas tous les mêmes.

— Exactement, déclara Minerva.

Minerva Butler était la cousine de Prue, et elle était nouvelle dans leur groupe, mais elle s'était intégrée sans aucun problème. Elle poursuivit :

— Prenez Lorny, par exemple. En dépit de tout ce que tout le monde pensait, c'est un ange.

Un murmure d'approbation générale retentit, mais Lucia grogna, et croisa les bras en se rasseyant dans le fond de son siège, visiblement sceptique. Matilda l'étudia attentivement. Elle avait passé du temps avec Lucia récemment, et elle l'appréciait beaucoup, mais cette femme était une boule d'énergie à peine contenue. Elle semblait agitée, toujours à deux doigts d'exploser, soit de colère, soit d'une envie subite de partir faire quelque chose. En entendant ces paroles, Matilda se demanda s'il n'y avait pas un homme qui se cachait derrière tout cela, un homme qui l'aurait blessée ?

Toutes ses suppositions furent stoppées par la déclaration du majordome, qui pénétra dans la pièce en annonçant :

— Miss Dowding.

— Alice !

Toutes les filles prononcèrent son nom en même temps : elles savaient qu'Alice avait réussi son défi. Malheureusement, Ruth avait été malade la semaine précédente, et leur réunion hebdomadaire avait dû être reportée : c'était la première fois qu'Alice les retrouvait toutes ensemble. Matilda regarda attentivement son amie, en fronçant un peu les sourcils.

Elle s'était attendue à retrouver une Alice effondrée dans l'après-midi, mais la jeune femme semblait calme et sereine, bien qu'un peu pâle.

— Dites-nous tout, exigea Kitty en poussant Bonnie et Harriet pour permettre à Alice de s'asseoir à côté d'elle. Était-ce terriblement romantique ?

Alice rougit, et évita de croiser le regard de Matilda.

— Oui, en effet. C'était terriblement romantique.

Matilda regarda Alice essayer de répondre à l'avalanche de questions qui suivirent :

— Était-il séduisant ?

— Comment était le baiser ?

— Vous a-t-il prise dans ses bras ?

— Qu'a-t-il dit ?

— *Qui était-ce* ?

— Oh, répondit Alice à cette dernière question, et Matilda écouta sa réponse avec attention.

Elle bégaya en déclarant :

— Je ne p-peux pas vous révéler cela. C'est un secret.

Kitty essaya vainement de récolter plus d'informations, mais n'arriva pas à en obtenir davantage, et la conversation se poursuivit.

— Eh bien, déclara Kitty en souriant. C'est l'heure d'une nouvelle tournée de défis, je crois.

La jeune femme bondit de son siège, et ses boucles noires rebondirent autour de son visage. Elle alla chercher le chapeau haut de forme que Ruth avait rangé dans le buffet. Elle le tendit à Bonnie, qui la regarda, étonnée.

— C'est votre chapeau, dit-elle. Ne voulez-vous pas le faire ?

— Pas cette fois, déclara Kitty d'une voix étouffée par l'excitation. Je veux piocher un défi.

Un *oooh* excité parcourut le groupe. Kitty lança un regard à la ronde pour voir qui allait se porter volontaire.

— Qui d'autre veut piocher un défi ? demanda-t-elle.

Il y eut un silence chargé de tension, puis Lucia tendit la main et la plongea dans le chapeau. Elle en ressortit un petit bout de papier.

— Et voilà, dit-elle, les joues rouges, arborant un air étrangement provocateur.

Kitty, enchantée, poussa un cri de joie :

— Hourra ! À présent, à moi.

— Très bien Kitty. Votre destinée vous attend, déclara Bonnie d'une voix exaltée.

De toutes les filles, c'était celle qui possédait le plus grand penchant pour le mélodrame.

— Aaah ! s'exclama Kitty, excitée, en plongeant la main dans le chapeau.

Elle fit bruisser les morceaux de papier, attrapa le sien, et toutes retinrent leur souffle.

— Vous d'abord, dit-elle en se tournant vers Lucia.

Les filles regardèrent attentivement Lucia déplier le message. Matilda remarqua que ses doigts tremblaient légèrement.

— Allons, s'écria Bonnie en s'asseyant sur le bord du canapé. Ne nous faites pas mariner.

Lucia déchiffra son défi, les coins de sa bouche tressaillant un peu :

— Fumer un cigare, et boire du cognac dans le bureau d'un homme.

Des murmures et des exclamations suivirent sa lecture, alors que tout le monde imaginait la scène.

— Mince, dit Kitty, un peu renfrognée. J'aurais bien aimé tomber sur celui-là.

— Lisez le vôtre, Kitty, la pressa Ruth.

Toute l'attention des participantes revint sur Kitty. Elle regarda le morceau de papier entre ses doigts et prit une grande inspiration. Tout le monde attendait. Elle lut le défi, et une ride consternée apparut au milieu de son front.

— Cela ne veut rien dire, dit-elle à la ronde.

— Lisez-le à haute voix, suggéra Lucia.

Tout le monde se pencha en avant : elles étaient impatientes de connaître le défi qui attendait Kitty. Elle avait joué un rôle important dans la mise en place de ces défis, elle était donc très mal placée pour refuser.

— Enfiler une tenue de soirée à l'ours du comte de Saint-Clair.

Toutes ouvrirent la bouche, puis éclatèrent de rire.

— Son ours ? demanda Harriet en fronçant le nez. J'espère vraiment qu'il ne s'agit pas d'une métaphore.

Elle avait dit ça le plus sincèrement du monde, mais elle ne réussit qu'à provoquer l'hilarité générale.

— Quoi ? Je ne trouve pas cela drôle. C'est un excellent moyen de ruiner sa réputation.

— Oh, oh, dit Minerva, qui se tenait les côtes et avait du mal à s'arrêter de rire pour parler. Mais cela veut bel et bien dire quelque chose, et ce n'est pas une métaphore. Il a vraiment un ours.

— C'est vrai ? demanda Kitty en la dévisageant, stupéfaite.

— Pas un vrai, répondit Minerva avec hâte. Enfin, il est vrai, mais il est mort. Il est empaillé.

Kitty poussa un grand soupir de soulagement.

— Oh ! Merci mon Dieu, dit-elle à Minerva en souriant. Je m'imaginais déjà en plein combat avec un grizzly pour lui attacher une cravate autour du cou.

Minerva secoua la tête.

— Non, il se trouve dans la bibliothèque de la demeure de Holbrooke.

— Ce n'est pas très loin de notre maison dans le Sussex. Elle est énorme, c'est un mastodonte d'architecture élisabéthaine, dit Harriet en remontant ses lunettes sur son nez. C'est un endroit fascinant, et il paraît qu'il est hanté. Apparemment, l'arrière-arrière-grand-père de Saint-Clair a fait reconstruire l'aile ouest, et a mis une cuisine au-dessus de la chapelle d'origine. Il a été puni pour cela, et il est condamné à errer dans les couloirs les nuits de tempête.

— Grand dieu, déclara Ruth, qui avait l'air à la fois amusée et sceptique. Vous ne croyez tout de même pas que c'est vrai ?

Harriet haussa les épaules.

— Non. Mais l'on n'a jamais prouvé le contraire, et beaucoup de gens disent l'avoir aperçu. J'adorerais comprendre ce qui provoque l'apparition, et en quoi elle consiste exactement. Parce qu'il ne peut pas s'agir d'un fantôme, bien évidemment.

Elle fronça les sourcils en faisant tourner sa tasse dans sa soucoupe. Elle reprit :

— Je ne suis pas retourné là-bas depuis l'année dernière, mais je n'ai aucun souvenir d'y avoir vu un ours. Il doit être récent.

— Enfin bref, dit Minerva en ramenant la conversation au sujet principal. Tous les étés, ils organisent une grande fête. Tous les gens importants y sont invités.

Kitty croisa les bras en se renfrognant.

— Bon, eh bien voilà, c'est fichu. Je ne suis personne. Je ne serai pas invitée.

— Oh, dit Harriet. J'y serai. Ce sont nos voisins, voyez-vous, et mon frère est le meilleur ami du comte. Vous pouvez m'y accompagner, vous serez mon invitée. Enfin…

Harriet hésita.

C'était une fille sérieuse, et elle était la seule à ne pas avoir d'amies proches dans le groupe. Matilda regarda la scène avec intérêt. La timide, studieuse Harriet et l'effrontée et énergique Kitty, voilà qui ferait un duo improbable, mais peut-être en tireraient-elles toutes les deux des bénéfices.

— Enfin, si cela vous dit, dit Harriet d'une voix incertaine.

Matilda regarda l'échange entre les deux femmes.

Harriet semblait à présent peu sûre d'elle, s'attendant à voir sa proposition rejetée, et Kitty arborait un air méfiant devant cet acte ressemblant à de la charité.

— Ne devez-vous pas demander la permission à vos parents ? demanda Kitty, sceptique.

— Oh, non, répondit Harriet en se redressant. Pour être tout à fait honnête, ils seront si enchantés de me voir en compagnie d'une amie en chair et en os, qu'ils essayeront probablement de vous adopter.

Kitty ricana avant de lui lancer un regard sombre.

— Donnez-leur un jour ou deux et ils seront fatigués de ma compagnie.

— Vous viendrez, alors ? dit Harriet, et Matilda ressentit une bouffée de joie en voyant l'excitation briller dans les yeux d'Harriet.

C'était pour cela que ce groupe existait : l'amitié et l'entraide. Et c'était merveilleux d'en être témoin.

— Cela ne les dérangera pas ? demanda Kitty en croisant les bras, le visage soudainement fermé.

— De quoi parlez-vous ?

Harriet jeta un regard à la ronde, perdue.

Kitty leva les yeux au ciel.

— Que je sois irlandaise.

Il y avait de l'agressivité dans son ton, suggérant qu'elle mettrait les choses au point avec quiconque oserait dire que c'était effectivement un problème. Matilda sentit son cœur se serrer.

— Oh ! s'exclama Harriet, comme si cela ne lui était pas venu à l'idée. Non. Je ne crois pas. Cela devrait ?

Kitty grogna, comme si c'était évident, et peut-être l'était-ce, pour tout le monde sauf pour Harriet qui semblait ignorer ces codes-là de la société.

— Oui, répondit Kitty.

Harriet la regarda dans les yeux.

— Vous êtes la bienvenue, Kitty, dit-elle fermement. Et je sais qu'ils diront la même chose.

Kitty la regarda un long moment, avant d'acquiescer et de lui tendre la main.

— Dans ce cas, oui, je viendrai. Merci, Harriet.

Chapitre 10

*Je ne vivrai pas ainsi plus longtemps. C'est ma
vie, et je dois en profiter au maximum. J'ai fait
une erreur stupide, et je dois en payer le prix,
mais à partir de maintenant, toutes les décisions
que je prendrai viendront de moi, et peu importe
les conséquences.*

**— Extrait d'une lettre de miss Alice Dowding
à Prunella Adolphus, duchesse de Lorny.**

**25 juin 1814. Réunion du Club de Lecture des Demoiselles
Surprenantes, Upper Walpole Street, Londres.**

À la fin de la réunion, alors que les filles allaient chercher leur chapeau et leur pelisse, Matilda se dirigea vers Alice.

Bien sûr, Alice se doutait qu'elle allait faire cela. Elle n'ignorait pas qu'il fallait qu'elles discutent, mais il y avait quelqu'un avec qui elle devait absolument parler d'abord. Il fallait qu'elle voie Nate pour le remercier de son offre généreuse. Elle s'était montrée grossière en refusant si abruptement sa demande, surtout en présence de Bindley. Mais elle se trouvait dans un tel état émotionnel à ce moment-là, qu'elle avait à peine été capable de réfléchir à quoi que ce soit. La seule chose qu'elle savait, c'était qu'elle ne pouvait pas épouser un homme qu'elle était susceptible d'aimer réellement, alors que la demande de ce dernier n'était motivée que par le désir de lui éviter un scandale.

Tout le monde savait que *Le Hunter* avait juré de ne jamais se marier. Elle ne serait pas celle qui l'y forcerait. D'autant plus que tout le monde connaîtrait la vérité, personne n'ignorerait qu'il ne s'agissait là que d'un geste honorable. L'on aurait pitié de lui, et quant à elle… eh bien, elle préférait ne pas songer à ce que l'on dirait à son sujet.

— Bonjour Alice. Comment allez-vous ? demanda Matilda d'une voix douce alors qu'elles s'écartaient légèrement du groupe.

— Je survivrai, répondit Alice en faisant de son mieux pour lui offrir un sourire éblouissant.

— Rentrerez-vous avec moi, dans ce cas ? Ainsi, nous pourrons parler.

Alice se mordit la lèvre en réfléchissant.

— Est-ce que Nate sera là ?

Matilda secoua la tête.

— Il est resté au club la nuit dernière, et m'a fait parvenir un message où il disait que je ne devais pas espérer le voir avant ce soir.

Alice hocha la tête. Il était sans doute en train de se féliciter de l'avoir échappé belle. Non, elle était injuste. Il devait se sentir mal, elle le savait. C'était un homme bien, qui voulait agir avec honneur. Elle devait juste lui expliquer que ce n'était pas nécessaire.

Matilda se rapprocha d'elle et posa la main sur son bras.

— Avez-vous changé d'avis, Alice ? demanda-t-elle à mi-voix.

Alice secoua la main, tira sur ses gants et remua les doigts jusqu'à ce qu'ils soient tous bien placés à l'intérieur.

— Non.

Elle entendit un soupir et leva la tête. Matilda la regardait d'un air frustré.

— Mais pourquoi, ma chérie ? C'est un homme bien, et nous deviendrions sœurs. Vous ne l'aimez pas du tout ?

Cette remarque fit rire légèrement Alice. Elle ne pensait pas qu'il puisse exister une seule femme sur terre qui soit insensible au charme de Nathaniel Hunt ; il était foncièrement charmant. Elle se tourna vers Matilda en souriant.

— Si, admit-elle. Et je l'apprécie trop pour le piéger dans un mariage.

Matilda ouvrit la bouche.

— Oh, Alice ! Est-ce cela, que vous pensez ? Espèce d'oie ! Le pauvre homme était au trente-sixième dessous la nuit dernière. Je ne sais pas ce que vous lui avez fait, mais il m'a avoué que votre rencontre lui avait donné l'impression de se faire percuter par la malle-poste.

Alice la dévisageait sans comprendre.

Au trente-sixième dessous ? Nate ? Percuté par la malle-poste ?

— De quoi parlez-vous ? demanda Alice, en clignant des yeux, perdue. Vous semblez dire que j'ai brisé votre frère.

Matilda leva les mains en l'air.

— C'est ce que vous avez fait, Alice. Son cœur, du moins.

Elle baissa le ton en tirant Alice vers elle :

— Il est amoureux de vous. Il allait vous faire sa demande la nuit dernière, *avant* que Bindley n'entre dans la pièce.

Alice ouvrit la bouche, puis la referma.

— Ce n'est… ce n'est pas —

— Ne me dites pas que ce n'est pas possible, ou que ce n'est pas vrai, ou quoi que ce soit que vous vous apprêtiez à dire, l'avertit Matilda d'un air sévère. Je connais mon frère. Je l'ai vu lorsque je suis rentrée. Il était sincère, Alice. Il vous aime, et la façon dont vous l'avez rejeté lui a fait croire que vous vous fichez de lui comme d'une guigne.

— Oh ! s'exclama Alice, étourdie, les battements de son cœur s'accélérant. Mais c'est faux, j'adore les guignes, et je m'en soucie autant que s'il s'agissait d'un panier entier de guignes ! Et même de tout le cerisier, ou dit-on un guignier ? demanda-t-elle ; elle savait qu'elle racontait n'importe quoi mais elle n'était pas certaine de savoir comment s'arrêter.

Matilda lui prit les mains et les serra.

— Je suis tellement soulagée, Alice. J'étais sûre qu'il s'agissait d'un malentendu.

Alice hocha la tête, avant de froncer les sourcils légèrement.

— Seulement —

— Seulement ? répéta Matilda, un sourire encourageant sur les lèvres.

— Seulement, il ne me connaît pas du tout, pas vraiment. Tout ceci est très soudain, ne croyez-vous pas ? Deux rendez-vous, Matilda ? ajouta-t-elle, sachant pertinemment que c'était de la folie.

Cet homme devait être fou, ou au moins… *malade*. Peut-être avait-il eu une hallucination d'Alice, il l'avait imaginée davantage… eh bien, *davantage*. Était-il fiévreux ? Il fallait qu'elle le vérifie.

— Peut-être, quand il me connaîtra…

Elle s'interrompit, l'anxiété empoignait son cœur de ses griffes acérées.

— Quand il vous connaîtra, il vous aimera encore plus, j'en suis certaine.

Matilda paraissait *effectivement* certaine, ce qui était rassurant, mais…

— Il faut qu'il soit sûr de lui. Que nous le soyons tous les deux, déclara Alice qui se sentait à bout de souffle. Mais nous avons trois semaines, n'est-ce pas. Nous pouvons nous revoir et prendre le temps… d'être sûrs.

Matilda saisit son bras tandis qu'elles se dirigeaient vers la porte d'entrée. Elles s'arrêtèrent quelques instants pour dire au revoir à Ruth et aux autres filles.

— Nate est déjà sûr de lui, Alice, déclara Matilda en entraînant Alice dans la rue. Et il *faut* que vous vous mariiez. Vous n'avez pas le choix, mais je ne crois pas que passer du temps avec lui soit une mauvaise idée, si cela peut vous rassurer.

Alice était encore sous le choc, et se disait que trois semaines ne suffiraient probablement pas à la convaincre qu'un homme comme Nathaniel Hunt l'aimait réellement, et n'était pas en train de fantasmer une relation qui n'existait que dans son esprit, ou ne faisait pas simplement preuve d'une galanterie chevaleresque. Mais elle garda ses pensées pour elle.

— Mr Bindley avait raison à propos d'une chose, dit-elle en baissant le ton, et en se sentant horriblement mal de dire cela, mais il fallait qu'elle prévienne Matilda. Mes parents… commença-t-elle, mortifiée.

Elle ne savait comment exprimer le fait qu'ils ne consentiraient jamais à un mariage avec Nate.

— Il n'existe réellement pas d'individus plus snobs qu'eux, dit-elle en souhaitant pouvoir se rouler en boule et mourir.

Comment faire pour dire à son amie que ses parents pensaient que son frère était un être méprisable ?

— Ils espéraient que j'attire l'attention d'un comte, ou d'au moins un vicomte ; quand il fut évident que cela n'arriverait pas, ils ont été forcés de considérer l'offre de Mr Bindley lorsqu'il l'a proposée. Au moins, c'est un *honorable*[1], pour ce que cela vaut,

---

[1] Le titre *honorable* est un titre de courtoisie que l'on donne aux fils et filles des vicomtes et barons, ainsi qu'aux plus jeunes fils des comtes.

ajouta-t-elle avec amertume. Bien qu'ils soient horriblement déçus que je n'aie pas pu trouver mieux.

Matilda acquiesça d'un air grave.

— Je sais Alice. Je sais ce qu'ils penseront de tout cela, même si vous savez qu'il fut un temps où notre famille était considérée comme respectable.

Elle poussa un lourd soupir et Alice se sentit encore plus misérable d'avoir provoqué ce sentiment chez Matilda.

— Oh, Matilda… vous ne devriez pas accorder la moindre importance à ce genre de chose. Je me moque de cela, croyez-moi.

Matilda rit en secouant la tête.

— Je sais, Alice. Je crois que vous n'avez jamais pensé de mal de qui que ce soit de toute votre vie.

Alice lui lança un regard sceptique.

— C'est que vous me prenez pour une personne plus gentille que je ne le suis en réalité. Êtes-vous toujours certaine de me vouloir comme sœur ?

— Plus que tout, déclara Matilda avec un grand sourire. Écoutez, au lieu de venir cet après-midi, venez plutôt ce soir, pour le dîner. Alors, Nate et vous pourrez passer du temps ensemble. Je me ferai discrète, je vous le promets, ajouta-t-elle avec un clin d'œil.

Alice se mordit la lèvre. C'était une proposition alléchante, et elle avait très envie de revoir Nate, surtout après ce que Matilda lui avait révélé. Mais obtenir la permission de sortir à cette heure serait impossible. Ses parents avaient déjà critiqué son amitié avec Matilda, et n'avaient pas été transportés de joie d'apprendre qu'elle lui rendait parfois visite. Ils pensaient qu'être associée à elle allait ternir sa réputation.

— Je ne suis pas sûre de pouvoir venir, dit-elle avec un petit soupir irrité. Mais… je vous promets de faire de mon mieux.

Alice s'enfonça sur la banquette moelleuse du carrosse, alors qu'il la conduisait à travers les rues encombrées de Londres. Beaucoup de choses intéressantes défilaient sous ses yeux, des choses qui l'auraient fascinée en temps normal, mais rien ne semblait retenir son attention aujourd'hui. Rien, sauf cette révélation surprenante : Nathaniel Hunt, le célèbre voyou, le charismatique propriétaire du *Hunter's*, était fou amoureux d'elle. Plus elle y réfléchissait, plus cela lui semblait invraisemblable.

Même elle, ne pouvait pas mettre la main sur le cœur et jurer qu'elle l'aimait, et pourtant il *était* Nathaniel Hunt, le célèbre voyou, le charismatique propriétaire du *Hunter's* ! Elle avait été éblouie par lui, intriguée, ensorcelée, et aveuglée par le désir et la curiosité.

Lui manquait-il ?

Oui.

Souffrait-elle de l'absence de ses baisers, et du désir de se trouver à nouveau en sa compagnie ?

Oui.

Avait-elle envie de mieux le connaître ?

Oh, oui.

Pensait-elle à lui nuit et jour, hantait-il ses rêves ?

Oui, et oui.

Mais, parler d'amour ?

Elle savait qu'elle *pouvait* le ressentir, sans l'ombre d'un doute, et après un nombre scandaleusement ridicule de rendez-vous, mais comment un homme comme lui pouvait tomber amoureux de la timide Alice Dowding après seulement deux rencontres ? Deux soirées incroyablement magiques, certes, mais tout de même…

Elle fut frappée par le désir urgent de le revoir. Enfin, oui, cela faisait quelque temps qu'elle avait le désir urgent de le revoir, concéda-t-elle, mais cette fois… elle allait faire en sorte que cela arrive.

Le cœur au bord des lèvres, Alice attira l'attention du conducteur et lui donna l'adresse du onze, Henrietta Street. Étant novice dans l'art du mensonge, elle compliqua les choses plus que nécessaire, en expliquant qu'elle venait de se souvenir qu'elle devait acheter de la dentelle pour un chapeau qui, elle l'avait découvert, commençait à être passé de mode. Nulle part ailleurs l'on ne trouvait une telle quantité et un tel choix de dentelles qu'au magasin Layton and Shear, et elle lui serait fortement reconnaissante de bien vouloir l'y conduire sur le champ.

Heureusement, le conducteur ne sembla nullement impressionné par cette surabondance d'informations, et accepta le changement de destination sans broncher. Alice se rassit, excitée, en se sentant terriblement audacieuse.

Henrietta Street se trouvait, après tout, à Covent Garden.

Tout comme le *Hunter's*.

Henrietta Street était une rue très fréquentée. Tellement fréquentée que le conducteur accepta d'attendre un peu plus haut dans la rue, pendant qu'Alice faisait ses emplettes.

Ne souhaitant pas être mise dans le pétrin par son histoire, elle se dépêcha d'aller acheter de la dentelle dont elle n'avait pas besoin, et fourra le petit paquet dans son réticule. Elle fit cela en un temps record, puis traversa la rue en direction du Garden.

Là, tous ses sens furent agressés. Le marché matinal était presque terminé, beaucoup de vendeurs commençaient à emballer leurs produits pour les charger dans des charrettes à bras. Il y avait encore beaucoup de monde, des exposants, des acheteurs, et une telle variété de marchandises qu'Alice fut subjuguée.

Bien qu'elle se soit fréquemment rendue au magasin Layton and Shear en compagnie de sa mère, cette dernière ne l'avait jamais autorisée à réellement s'aventurer à Covent Garden, et maintenant, elle comprenait pourquoi.

C'était incroyable.

Des parfums curieux et intrigants venaient de tous les côtés et lui chatouillaient les narines. Il y avait des étals remplis de fleurs aux couleurs incroyables, qui étaient exposées tels des bijoux, et emplissaient l'air de senteurs enivrantes. Il y avait des marchands de fruits de chaque côté de la rue, qui vendaient des denrées exotiques comme des ananas, et aussi des melons juteux coupés en deux, leur chair succulente proposée aux regards avides des passants.

Bousculée de tous les côtés, Alice resserra les mains sur son réticule ; on lui avait raconté des histoires de pickpockets et de voleurs dans cet endroit enchanteur. En avançant, elle apercevait, ici et là, des scènes d'un autre monde, un monde dont on l'avait protégée, dans lequel on l'avait guidée sans même lui permettre d'y jeter un simple coup d'œil. À présent, elle s'en repaissait.

Au pied des bâtiments, dans les rues transversales, des vieilles femmes discutaient des derniers potins en écossant des petits pois, assises sur des paniers retournés. De la boutique de l'apothicaire émanaient des senteurs à la fois familières et étranges, d'herbes et d'épices, de remèdes contre la goutte, de pastilles contre les maux de gorge putrides, de crèmes et d'onguents, de posset et de tisanes. Les odeurs métalliques de la viande, ajoutées à celles, nauséabondes, du bétail, remplissaient le marché aux volailles, où des oiseaux de toute sorte étaient suspendus tête en bas. Des canards aux yeux vitreux et des oies se balançaient doucement au gré de la brise qui ébouriffait des plumes qui ne serviraient plus jamais à voler. Çà et là, des chiens reniflaient et grognaient, se disputant un morceau abandonné, ou levant la truffe, dans l'espoir de capter quelqu'odeur alléchante.

Alice fronça le nez devant les étals des poissonniers qui vendaient des créatures si énormes qu'elle se demandait comment elles avaient bien pu être pêchées. Elle s'émerveilla devant les homards à la carapace bleue, ne les ayant jamais vus que roses, tranchés dans des assiettes. Elle tendit une main aventureuse pour toucher une de leur pince menaçante, et poussa un cri en bondissant vivement en arrière lorsqu'une antenne s'anima et lui fit réaliser que les animaux étaient encore vivants.

Le poissonnier hurla de rire, et Alice, de la couleur des crustacés lorsqu'ils étaient bouillis, poursuivit sa route.

Malgré quelques regards insistants et une poignée de remarques grivoises lancées dans sa direction, Alice était envoûtée, et aurait aimé pouvoir rester plus longtemps. Peut-être Nate pourrait-il lui faire découvrir tout cela. Ce serait une façon charmante de passer l'après-midi. Même si elle se disait qu'une grande partie du marché aurait surement disparu d'ici là.

Enfin, le *Hunter's* apparut dans son champ de vision. Nate avait déménagé l'établissement deux ans plus tôt, lorsqu'il avait acquis sa réputation de lieu *incontournable* — pour ceux qui en avaient les moyens — et il se trouvait désormais là où naguère se dressait un théâtre.

En plein jour, il avait l'air fermé et endormi, et les coups d'Alice, frappés sur la porte principale, n'obtinrent aucune réponse. Refusant d'abandonner, elle contourna le bâtiment et découvrit une porte de service. Elle eut plus de succès sur cette dernière. Après avoir tambouriné pendant une bonne minute trente son petit poing sur la peinture noire brillante, elle entendit du mouvement.

Le cliquetis des verrous que l'on glissait fut accompagné de marmonnements et de jurons étouffés. Elle entendit une clé tourner dans la serrure, et, enfin, la porte s'ouvrit. Un homme se tenait dans l'encadrement. Malheureusement, il ne s'agissait pas de Nate, mais quand même, c'était un début, même s'il était intimidant.

L'individu la foudroya du regard par-dessous des sourcils épais, noirs et broussailleux. Alice les fixa, consternée. Les sourcils n'étaient en général jamais aussi déconcertants, mais ceux-là, couplés à un crâne aussi lisse et brillant qu'un œuf, étaient assez remarquables.

— Oui ? demanda l'homme en jetant un regard profondément suspicieux à Alice.

C'était certainement difficile d'arborer une autre expression que celle-ci, avec des sourcils pareils, se dit Alice. Elle décida de ne pas lui en tenir rigueur.

— J'ai un rendez-vous avec Mr Nathaniel Hunt, déclara-t-elle en se demandant d'où lui venait cette capacité à mentir comme une arracheuse de dents ; elle n'avait même pas bégayé.

La suspicion dans les yeux de son interlocuteur s'accrut.

— Ah ben ça ?

Le portier, ou… quelque soit son statut, regarda Alice de haut en bas d'une façon déplaisante.

— Il m'a rien dit au sujet d'une femme qui devait passer, et m'a pas parlé d'aucun rendez-vous non plus.

L'espace d'un instant, elle trembla. L'ancienne Alice se mettrait à balbutier, avant de rougir et de tourner les talons : une envie qui la démangeait en ce moment même.

Non.

— Eh bien, je suis désolée d'apprendre cela, mais il m'a bel et bien donné rendez-vous, déclara Alice en se redressant le plus possible.

Elle fit de son mieux pour lui lancer un sourire agréable, un peu mal à l'aise devant ces sourcils surprenants qui se rejoignirent au milieu de son front. On avait l'impression qu'un insecte très large et velu était en train de traverser son visage.

— Et vous êtes qui, au juste ?

À regret, elle s'arracha à la contemplation des mouvements fascinants de ses sourcils, et le regarda dans les yeux. Son estomac fit un bond lorsqu'elle força les mots à sortir.

— Sa fiancée.

Chapitre 11

Apparemment, j'ai acheté trois mètres de la dentelle la plus laide que j'ai jamais vue. Je n'ai aucune idée de ce que je vais en faire.

—Extrait d'une lettre de miss Alice Dowding à miss Jemima Fernside.

Midi. 25 juin 1814. *Hunter's*, Covent Garden, Londres.

Nate soupira, et se maudit de rester là, assis à soupirer. Il devrait se lever et faire quelque chose. N'importe quoi. Sauf qu'il ne savait pas quoi faire.

Il y avait probablement des dizaines d'autres choses qui méritaient son attention, non ? Il savait parfaitement que c'était le cas. C'était toujours le cas. Et pourtant il n'arrivait pas à rassembler l'énergie nécessaire pour le vérifier, ni pour s'en intéresser. Un incendie aurait pu se déclarer sous ses yeux sans qu'il soit sûr d'être assez motivé pour se donner le mal d'essayer de sauver sa peau.

À quoi bon ?

Il n'y avait aucune raison valable. Il n'y avait aucune raison à une bonne partie de son existence. Il avait simplement passé les six dernières années à avoir la chance de ne pas s'en rendre compte. Mais maintenant, son esprit était alerte, ses pensées avaient été domptées et organisées — contre leur gré — et il leur avait demandé de lui expliquer le sens de tout cela.

Sauf que c'était… qu'il n'y avait aucun sens à sa vie.

Il soupira, et se maudit à nouveau pour cela.

Pathétique. C'est ce qu'il était. Nathaniel Hunt, terrassé, prostré, allongé comme le perdant d'un match de boxe devant son adversaire qui lève les poings en signe de victoire…

Terrassé par l'amour.

Il avait raconté à Tilda que c'était comme se faire percuter par la malle-poste, et il n'avait pas exagéré. Pendant les instants bénis, grisants et bien trop courts, où il avait pu tenir Alice dans ses bras, il avait entr'aperçu un monde dont il avait oublié l'existence. Qu'il s'était forcé à oublier. Il s'était obligé à mépriser ce monde, parce qu'il pensait que ses portes lui resteraient fermées à tout jamais.

Le bonheur d'une vie conjugale était un sentiment qui était semblable à un nœud coulant autour de la gorge, et une fois pris au piège, cette histoire de bonheur, il fallait l'oublier ; c'était aussi cuit que les carottes… sans parler de certaines parties vitales de l'anatomie masculine.

Sauf que tomber amoureux ne lui avait pas donné l'impression d'être pris au piège. Cela avait été libérateur, comme si le sentiment pouvait finalement le délivrer, lui. En Alice, il avait cru trouver une personne de confiance, quelqu'un qui n'attendrait pas de lui qu'il se comporte comme le vaurien charismatique que tout le monde connaissait. Il n'avait pas réellement prévu de devenir cet homme, mais après que leur père ait tout perdu, et l'ait plongé, sa sœur et lui, dans la misère, comment aurait-il pu en être autrement ?

Sa fierté — la fierté féroce d'un jeune homme qui avait une conscience accrue de ses propres erreurs — avait été piétinée. Ses amis montrèrent de la pitié ; quelques-uns cessèrent de lui parler, d'autres se montrèrent compatissants. Nate ne savait pas ce qui était le pire. Donc il avait affiché un sourire insouciant sur son visage, ainsi qu'un air cynique ; et avait pris la résolution de se montrer à la hauteur, ou peut-être de tomber assez bas, pour mériter la réputation que son père lui avait offerte : celle d'un joueur invétéré, et d'un libertin. La seule différence étant que Nate était doué pour cela. Pour gagner, il fallait avoir une chance de tous les diables, ce dont Nate semblait remplit.

Enfin, c'est ce qu'il pensait, avant d'en tomber à court la nuit précédente.

Le *Hunter's* était l'établissement le plus branché, fréquenté par les célèbres et les anonymes ; c'était un endroit où les hommes ordinaires, si leur portefeuille le leur permettait, côtoyaient les ducs. C'était un critère important pour Nate, et il n'hésitait pas à se donner du mal pour le vérifier. Personne ne devenait membre du club *Hunter's* s'il courait le risque de finir ruiné à cause de cela. Nate ne voulait pas se sentir coupable. Mais cela donnait au club une exclusivité très attrayante, et les hommes étaient prêts à tout pour en faire partie. C'était devenu une marque portée par l'élite, et seuls ceux pouvant perdre une fortune sans sourciller pouvaient se targuer d'être membre du *Hunter's*.

Donc, Nate était un homme immensément riche, et pourtant sa réputation était terrible, celle de sa sœur était souillée, et cela faisait bien longtemps que "respectabilité » ne faisait pas partie des mots que l'on associait à leur famille, du moins, c'est ce qu'il croyait. Alice lui avait permis d'ouvrir les yeux sur la possibilité que peut-être, juste peut-être, s'il tombait sur la bonne demoiselle, elle pourrait voir au-delà du personnage du *Hunter*. Peut-être réaliserait-elle qu'il existait en lui quelqu'un d'autre, qui patientait dans l'ombre de cette réputation. Il l'avait cru, pendant les moments qu'ils avaient partagés ensemble. Et il avait été assez bête pour y laisser son cœur.

L'entendre rejeter sa demande si abruptement, sans la moindre hésitation, et en présence d'Edgar Bindley… il était redevenu ce jeune homme maladroit, à l'ego en miettes.

Nate soupira.

Des coups frappés à la porte lui firent pousser un juron. Il avait expressément interdit à quiconque de le déranger. Au moins, ici, il pouvait pleurnicher en paix. Hopkins était de service, et il aurait dû le savoir.

— Partez ! cria-t-il en croisant les bras, les yeux fixés sur le plafond.

— Peux pas, lui cria en retour une voix indignée.

Pas de doute, il s'agissait d'Hopkins.

— Y a une dame bien habillée qui veut vous voir.

Oh, Seigneur, la dernière chose dont il avait besoin en ce moment, c'était d'un rendez-vous sordide. L'on avait déjà entendu dire que des femmes mariées venaient le trouver ici, dans l'espoir d'un peu d'excitation, et des plaisirs interdits qu'il pouvait leur offrir. Aujourd'hui, l'idée le rendait malade. Il était fatigué d'être le secret honteux d'une femme ou d'une autre. Il avait pu apercevoir un autre genre de vie, et il était dévoré par le désir d'y accéder.

— Dites-lui, et peu importe de qui il s'agit, que je suis absent, cria-t-il.

Il ajouta, frappé d'une inspiration soudaine :

— Non, mieux, dites-lui que j'ai la syphilis.

Cela devrait suffire à refroidir leurs ardeurs, pensa-t-il avec un sourire satisfait.

— Pas la peine, répondit Hopkins d'un ton amusé. Elle le sait déjà. En plus, la donzelle prétend qu'elle est votre fiancée.

Nate se figea, le cœur battant.

Fiancée ?

Il se redressa si rapidement qu'il tomba du canapé et se cogna le genou au sol. Il se releva en poussant des jurons et tenta de mettre de l'ordre dans ses cheveux, avant de réaliser qu'il ressemblait à une épave et qu'il ne pouvait pas y faire grand-chose en cet instant. Si c'était Alice… si elle était venue ici…

Il ouvrit la porte d'un coup sec. La silhouette massive d'Hopkins se tenait sur le seuil, remplissant l'encadrement de la porte.

— Où est-elle ? demanda Nate.

Hopkins se décala légèrement, et elle apparut, petite et délicate, vêtue d'une robe à fleurs de mousseline légère, d'un spencer estival vert et de son chapeau assorti, et ses boucles flamboyantes encadraient son visage : elle était si belle qu'il en eut le souffle coupé. Enivré, il s'ordonna d'arrêter de réagir comme un idiot ; il existait probablement tout un tas de raisons qui auraient pu justifier sa présence… même si aucune ne lui venait à l'esprit.

— Bonjour, Nate, dit-elle les joues écarlates, en triturant l'anse de son réticule ; elle était nerveuse. P-Puis-je entrer, s'il vous p-plaît ?

Pendant quelques secondes, Nate se contenta de la dévisager, trop sonné pour faire quelque chose d'intelligent, comme par exemple, lui répondre.

— Alors ? demanda Hopkins en les regardant. Voulez-vous la voir, ou je la remets dehors ?

Cela suffit à réveiller Nate.

— Posez la main sur elle, et je vous la brise, dit-il sèchement avant de guider Alice dans son bureau, et de fermer la porte.

Son cœur battait la chamade, et malgré tous ses efforts pour l'en empêcher, il sentait l'espoir grandir dans sa poitrine. Pourquoi était-elle venue ici ?

— Y a-t-il quelque chose que je puisse faire pour vous, miss Dowding ?

Il détesta ses manières froides et polies, mais il n'osait pas se montrer plus familier. Il aurait voulu la prendre dans ses bras et ne plus jamais la lâcher, mais elle l'avait déjà suffisamment blessé pour le moment.

La couleur devint plus intense sur ses joues.

— Miss D-Dowding, répéta-t-elle.

Il détesta l'entendre bégayer ; pas parce que c'était désagréable à entendre, mais parce que cela voulait dire qu'elle était peu sûre d'elle, nerveuse en sa présence ; mais peut-être était-ce pour le mieux.

— Hier soir, j'étais Alice.

— Et moi, j'étais l'homme dont vous avez rejeté la demande en mariage. Donc, miss Dowding, que puis-je faire pour vous ?

Elle le contempla, et il fut obligé de détourner le regard, mal à l'aise.

— J'imagine que vous êtes venue ici pour une bonne raison. Si quelqu'un vous voyait dans un endroit comme celui-là —

— C'en serait fini de ma réputation, dit-elle avant qu'il ait eu le temps de finir sa phrase. Je pense qu'il est un peu tard pour se soucier de cela, ne croyez-vous pas ?

C'était au tour de Nate de rougir. Sa faute. Tout était de sa faute. Il n'aurait jamais dû la faire partir de la salle de bal, il le savait, mais… il espérait tant, il était si pressé de découvrir si le sentiment qu'il sentait éclore dans sa poitrine était partagé par Alice.

— Si vous voulez des excuses, je vous les présente. Je —

— Je ne veux pas vos excuses.

Ses mots étaient fermes, son regard, direct. La chose qui l'avait rendue écarlate et qui l'avait fait bégayer avait disparu. Elle était à présent maîtresse de ses sentiments — et également des siens, si tant est qu'elle s'en rende compte.

— Quoi, alors ? demanda-t-il sans détour en lui présentant ses paumes.

Il savait de quoi il avait l'air. Il n'était pas rasé, cela faisait bien longtemps qu'il s'était débarrassé de son manteau et de son veston, ainsi que de sa cravate. Sa chemise était froissée, il avait trop bu et avait fait une nuit blanche. Il ne faisait aucun doute qu'il ressemblait à ce qu'il était : un dépravé, un bon à rien de voyou, et à présent, il était trop tard pour y changer quoi que ce soit.

— J'ai parlé à Matilda, dit-elle en le regardant droit dans les yeux.

Le cœur de Nate fit une chute libre.

Oh, mon Dieu. Non. Pas ça. Mais sa sœur n'aurait pas trahi sa confiance. Sa fierté avait déjà pris un sacré coup, elle ne l'aurait sûrement pas humilié davantage en racontant à Alice —

Il n'avait pas réalisé que sa respiration s'était accélérée, tandis que la brûlure était de plus en plus cuisante sur ses joues.

— Elle a dit —

Nate se retourna en entendant la réponse d'Alice. Il ne pouvait pas la regarder, pas maintenant.

— Qu'a-t-elle dit ? demanda-t-il d'une voix hargneuse. Que j'étais un sombre idiot ?

Un long silence s'installa, et il sursauta en sentant la main d'Alice se glisser dans la sienne. Elle entremêla ses doigts aux siens. Malgré lui, il baissa les yeux vers elle, il fut aussitôt pris au piège de son regard, si bleu qu'il aurait pu s'y noyer.

— Nate, pourquoi m'avez-vous fait cette demande ?

Elle avait demandé cela d'une voix douce et intime, en le regardant.

— À votre avis ? dit-il d'un ton bourru absolument pas digne d'un gentleman.

Il n'allait certainement pas mettre son cœur à nu une seconde fois. Elle l'avait suffisamment piétiné la première fois.

— J'ai cru que vous aviez fait cela parce que vous vous y sentiez obligé, déclara-t-elle en posant son autre main sur celle qu'elle tenait déjà ; ses deux mains entouraient maintenant la sienne et diffusaient à travers les gants une douce chaleur qui pénétrait la peau de Nate.

— J'ai cru que c'était parce que vous n'aviez pas le choix. Vous vous sentez coupable de ce qui est arrivé à Matilda, et vous avez trop d'honneur pour que son amie subisse la même chose alors que vous pouvez empêcher cela. Vous n'aviez donc pas d'autre choix que de me faire cette demande.

Nate fronça les sourcils en se tournant vers elle.

— Vous avez cru que je ne souhaitais pas vous épouser ? demanda-t-il, trop stupéfait par l'incongruité de cette idée pour cacher son ton sceptique.

— Bien sûr, rétorqua-t-elle. Personne d'autre ne l'a jamais souhaité.

— Bindley semble partant, dit-il sombrement.

Avec un grognement de dédain, elle lui lança un regard féroce.

— C'est mon argent qu'il veut, ce n'est pas moi.

Nate sentit la jalousie gonfler en lui.

— Il ne veut pas que cela, je peux vous l'assurer.

— Et qu'est-ce que *vous* voulez, Nate ?

Elle lui avait demandé cela d'une voix basse, à peine plus forte qu'un murmure. Elle poursuivit :

— C'est pour cela que je suis venue. C'est la raison pour laquelle j'ai pris des risques pour vous voir. Je ne veux pas épouser un homme qui ne veut pas de moi, qui ne veut pas se marier tout court, et je ne parle même pas d'y être forcé, mais…

elle s'interrompit, ce qui donna envie à Nate de la secouer.

Elle ne pouvait pas s'arrêter là !

— Mais ? répéta-t-il en retenant son souffle dans l'attente de la suite.

— Mais… si j'avais cru un seul instant que… que vous vouliez bien de moi —

— Si je voulais bien de vous ? s'exclama-t-il, médusé. Si je *voulais bien* de vous ? Seigneur Dieu, Alice, n'étiez-vous pas avec moi hier soir ?

Il posa les mains sur ses bras en la regardant dans les yeux.

— Vous m'avez rendu fou de désir, et c'est la raison pour laquelle nous avons fini dans cette situation. Si j'avais été en état de réfléchir, je ne vous aurais jamais fait courir un tel risque, mais je… je vous désirais tellement que j'en ai perdu la tête.

Alice sourit faiblement, avec une expression timide et hésitante sur le visage qui tortura le cœur de Nate.

— Oui, mais… ce genre de désir ne signifie pas toujours qu'un homme souhaite vous épouser.

Nate ne put s'empêcher de sourire : voilà qu'à présent, c'était Alice qui se montrait loquace et lui expliquait les choses de la vie.

— Non, dit-il gentiment en levant la main pour lui caresser la joue. Non, vous avez raison, ce n'est pas toujours le cas, mais hier, si. Ça l'a été pour moi.

Ses mots la percutèrent de plein fouet. Il s'en aperçut. C'était comme si le courage dont elle s'était armée pour venir ici — un endroit dans lequel elle n'aurait jamais, ô grand jamais, osé poser un orteil avant ce jour-là — s'échappait pour laisser place à une vague de soulagement. Un sanglot sortit de sa bouche, et, les yeux brillants, elle y porta la main.

— Alice, Alice, ma chérie, pardonnez-moi.

Il la souleva, la porta jusqu'au canapé, et s'y assit en la gardant dans ses bras, sur ses genoux, contre lui.

— J'ai cru que vous ne vouliez pas de moi, dit-il en jouant avec les rubans de son chapeau, caressant l'idée de jeter l'accessoire afin de pouvoir l'embrasser avant que son cœur ne lâche. J'ai cru que je n'étais pas assez bien pour vous.

Elle secoua la tête, riant et pleurant, pendant qu'il se débarrassait du chapeau.

— Je ne pourrais… j-jamais… j-jamais, balbutia-t-elle en s'essuyant les joues. Je ne pourrais jamais penser une chose pareille, dit-elle en le regardant.

Il y avait une telle sincérité dans son regard, que Nate sentit l'émotion lui serrer la gorge.

— Je vous aime, déclara-t-il, osant une fois de plus avouer ses plus tendres sentiments envers elle, tout en sachant qu'il ne pourrait plus faire demi-tour si elle lui brisait le cœur maintenant.

Elle ne le fit pas, se contentant de le regarder avec émerveillement. Elle leva la main vers son visage. Le gant de cuir fin et doux, lui caressa la joue, ce qui lui donna l'envie de sentir sa peau contre la sienne. Il lui prit la main pour défaire le petit bouton au niveau de son poignet. Il retira son gant, porta la main vers son visage et lui embrassa la paume.

— Je vous aime, Alice, répéta-t-il plus sauvagement.

— Vous me connaissez à peine, répondit-elle.

Ce n'était pas une critique, il n'y avait que de l'étonnement dans sa déclaration. Elle ajouta :

— Je ne vois pas comment —

— Moi non plus, admit-il en souriant.

Il savait que c'était improbable, et sûrement déraisonnable. Si l'un de ses amis lui avait déclaré être amoureux en ayant passé si peu de temps avec une demoiselle, il se serait demandé si l'homme n'avait pas perdu la raison. Peut-être était-il fou, peut-être que le coup de foudre était un mythe, mais son cœur lui dictait le contraire.

— Je sais uniquement ce que je ressens.

— Et si rien de tout cela n'était réel ? demanda-t-elle.

Il pouvait lire le doute et la peur sur son visage.

— Et si, continua-t-elle, nous nous marions et que vous vous apercevez que c'était une erreur ; quand vous me connaîtrez pour de bon —

— Vous épouser ne sera jamais une erreur.

Elle sourit à sa remarque, et il fut incapable de résister plus longtemps. Il se pencha, pressa ses lèvres contre celles d'Alice. Elle était chaude, aussi douce et sucrée que dans ses souvenirs, et elle s'offrit à lui immédiatement, enroulant ses bras autour de son cou et en se rapprochant de lui. Il sentit une vague de désir monter en lui, et s'obligea à reculer. Il allait faire les choses correctement à partir de maintenant. C'était une lady, et elle méritait qu'on la traite comme telle.

— Cela veut-il dire que vous reconsidérez ma demande ? demanda-t-il, la peur au ventre, une chape glacée dans la poitrine ; il redoutait sa réponse, malgré tout ce qu'ils venaient de se dire.

Elle hésita, et son cœur sombra à nouveau. Dieu du ciel, il n'était pas sûr que ce pauvre organe puisse en supporter beaucoup plus.

— Je veux que vous me fassiez la cour, dit-elle après un long silence.

Surpris, Nate haussa les sourcils.

— Alice, vous devez m'épouser, ou c'en sera fini de votre réputation.

Elle fronça les sourcils en secouant la tête.

— Matilda a su se débrouiller ; je m'en sortirai aussi. Je préfère ruiner ma réputation, plutôt que de faire une erreur.

— Et ce serait moi, l'erreur, devina-t-il en essayant de se dégager de son étreinte, mais Alice le serra plus fort.

— Seigneur, je pensais que c'était les femmes qui devaient se montrer les plus sensibles et les plus susceptibles ? le gronda-t-elle. Je n'ai jamais dit cela, et si vous continuez à me faire dire des choses que je n'ai pas dites, alors je vais être claire. Je *veux* vous épouser.

Il laissa échapper le souffle qu'il pensait avoir retenu depuis la minute où elle avait pénétré dans son bureau.

— C'est vrai ?

Elle sourit alors, d'un sourire à faire chavirer les cœurs, et qui lui donna des ailes.

— Oui, dit-elle d'une voix timide.

Cela méritait un baiser, décida-t-il, et il l'empêcha de parler pendant plusieurs minutes. Lorsqu'il la relâcha, elle était échevelée, elle avait le teint rose, et c'était terriblement charmant.

— Vous voulez que je vous fasse la cour, répéta-t-il en comprenant un peu mieux à présent.

Elle acquiesça, et s'appuya contre lui en posant sa tête sur son épaule.

— Je veux que nous soyons sûrs tous les deux, Nate ; du moins, aussi sûrs qu'on puisse l'être dans un laps de temps aussi court. Je veux juste vous connaître un peu mieux, et que vous me connaissiez, pour ne pas que vous vous fassiez d'idées à mon sujet.

Il soupira et se retint de dire qu'il était déjà certain. Il l'avait déjà dit, mais elle refusait de le croire. Il ne pouvait pas l'en blâmer, et il n'y avait pas de mal à accepter sa requête… sauf qu'ils risquaient d'être découverts.

— Je ne peux pas vous rendre visite, Alice, dit-il, malheureux de l'admettre, bien qu'elle dût déjà le savoir. Je ne peux pas vous apporter de fleurs ni me promener dans le parc avec vous. D'après ce que vous m'avez dit, vos parents ne le permettraient jamais.

— Je sais cela, déclara-t-elle d'un ton si solennel qu'il en eut le cœur brisé. Ils n'accepteront jamais notre mariage, il faudra faire tout cela en secret.

Nate refusa en réalisant ce que cela signifiait.

— Non, répondit-il, sachant à quel point cela risquait de lui faire du tort. Je ne veux pas que ce soit comme cela. Nous arrivons à nous voir sans trop de difficultés si Matilda nous aide, mais je ne veux pas rendre tout ceci plus clandestin que nécessaire. Lorsque vous serez certaine, j'irai demander votre main à votre père.

— Oh, Nate, non ! s'écria-t-elle en s'agrippant à sa chemise. Cela ne servira à rien. Il se montrera odieux avec vous, il ne le permettra jamais. Il s'arrangera juste pour que nous ne puissions plus jamais nous voir.

— Il veut faire partie de mon club, non ?

Alice hésita, avant de secouer la tête.

— Cela pourrait le tenter, c'est vrai. Mais un mariage au sein de la noblesse, être accepté dans les plus hauts rangs de l'aristocratie, c'est cela, qu'il désire le plus.

Nate haussa les épaules. Un étrange sentiment de belligérance l'obligeait à s'accrocher à cette idée. Il voulait faire les choses correctement, pour le bien d'Alice. Il les avait mal commencées, il le savait, mais ne pouvait-il pas essayer de se racheter en faisant ce qu'il fallait, cette fois ? Il voulait que tout soit parfait pour elle, qu'il n'y ait aucune trace de honte dans leur relation.

— Peut-être. Mais je dois essayer, Alice.

— Pourquoi ? demanda-t-elle.

Elle ne comprenait pas pourquoi il souhaitait volontairement se heurter la tête contre un mur de briques, et subir l'humiliation d'un refus catégorique.

— Parce que, dit-il en plantant un baiser léger sur sa bouche, vous valez la peine que l'on se donne du mal pour faire les choses comme il faut. Si j'échoue, dans ce cas, je vous balancerai par-dessus mon épaule pour vous amener à Gretna Green ; mais je dois me comporter avec honneur cette fois. Vous le méritez. Seigneur, Alice, je ne suis pas digne de vous, mais je jure que si vous me laissez une chance, je ne vous donnerai jamais une seule raison de le regretter.

Chapitre 12

Ma très chère Prue,

J'aimerais tellement que vous soyez ici avec moi. J'ai besoin de vos conseils. Comment avez-vous su que vous étiez amoureuse de Lorny ? Quand avez-vous su que c'était lui, le bon, et qu'il vous aimait aussi ?

—Extrait d'une lettre de miss Alice Dowding à Prunella Adolphus, duchesse de Lorny.

Midi. 25 juin 1814. *Hunter's*, Covent Garden, Londres.

— Seigneur, Alice, je ne suis pas digne de vous, mais je jure que si vous me laissez une chance, je ne vous donnerai jamais une seule raison de le regretter.

Alice contempla Nate. Il était difficile de respirer et de le regarder en même temps. Quand elle avait pénétré dans la pièce, et qu'elle l'avait vu, il était en chemise, il avait retroussé ses manches, et l'on pouvait voir ses bras musclés… quel spectacle délicieux. Elle avait eu chaud, puis froid, elle avait senti ses genoux faiblir, et sa bouche devenir sèche. Son charme était déjà suffisamment dévastateur lorsqu'il était habillé comme un gentleman, mais là, avec ses cheveux ébouriffés, sa barbe naissante, son apparence désordonnée et ses airs de canaille… son charme devenait carrément meurtrier.

Tout ce qu'elle avait espéré, c'était que Matilda ne se soit pas horriblement trompée, car si c'était le cas, elle était dans un sacré pétrin. Mais Matilda ne s'était pas trompée du tout. Nate l'aimait.

Bien sûr, cela n'était pas vraiment le cas. Alice avait peut-être rêvé du coup de foudre et du prince charmant lorsqu'elle était enfant, mais elle avait mûri, et à vingt-deux ans, elle ne croyait pas qu'un homme puisse tomber amoureux d'elle après seulement deux rendez-vous. Et certainement pas un spécimen extraordinaire comme Nathaniel Hunt. Elle voulait bien croire qu'il la désirait, et il avait, jusqu'à présent, semblé apprécier sa compagnie. L'amour viendrait peut-être ? En tout cas, ce qu'il y avait entre eux était déjà mieux que pour beaucoup de couples mariés. Elle se secoua pour lui répondre :

— Ce n'est pas vrai. Que vous ne soyez pas digne de moi, ajouta-t-elle précipitamment, avant qu'il ne se méprenne sur le sens de ses paroles.

Elle n'avait jamais réalisé que les hommes pouvaient se sentir si facilement blessés et offensés. L'ego de Nate semblait être une créature fragile, qu'il fallait manipuler avec précaution. Elle poursuivit :

— Et je crois que vous me rendrez heureuse, Nate, simplement… j'aimerais que nous fassions ce que j'ai proposé, et que nous apprenions à nous connaître, qu'en dites-vous ?

Il fourra le nez dans son cou et provoqua chez elle un soupir.

— Je n'ai rien contre le fait de passer du temps avec vous, ma chère. C'est mon endroit préféré.

Elle gloussa en secouant la tête.

— Vous dites cela maintenant. Je serais vite reléguée au rang d'épouse agaçante si nous nous marions.

— *Quand* nous nous marierons, corrigea-t-il d'un ton certain. Et je vous jure que cela n'arrivera pas.

— Comment pouvez-vous le jurer ? demanda-t-elle amèrement, mais les prémices d'un sourire tiraillaient les coins de sa bouche. Je joue peut-être la discrète et timide Alice, alors qu'en réalité je suis une horrible mégère.

— Dans ce cas, dit-il en lui mordillant le lobe de l'oreille, vous pouvez m'ordonner de vous aimer et de vous obéir, et je vous suivrai, tel un agneau docile.

Alice éclata d'un rire incrédule qui manquait de grâce. Nathaniel Hunt, un agneau docile, quelle idée ridicule !

— Docile comme un lion qui a une épine dans la patte, peut-être, répondit-elle avec scepticisme.

Un grand sourire éclaira le visage de Nate, et Alice tourna la tête pour le regarder.

— Peut-être, admit-il. Voulez-vous m'embrasser sur cette blessure, pour faire passer la douleur ?

Il l'embrassa à nouveau, intensément et tendrement, une main sur la joue d'Alice tandis que l'autre la pressait contre lui.

Elle s'éloigna pour reprendre son souffle.

— Ce n'est pas votre patte, déclara-t-elle d'un ton amusé.

— Nous y viendrons, dit-il en riant.

Ce son divin affola le cœur d'Alice d'une étrange façon. Nate reprit :

— À quelle heure devez-vous rentrer chez vous, mon amour ? Quelqu'un va-t-il s'apercevoir de votre absence ?

Elle secoua la tête.

— J'étais à une réunion des Demoiselles Surprenantes ce matin —

— Des quoi ? demanda-t-il en riant.

Alice serra les lèvres, leva le menton et fit mine de se sentir offensée.

— Le Club de Lecture des Demoiselles Surprenantes. Matilda vous en a sûrement déjà parlé, non ?

De nouveau, il éclata de rire, et elle lui lança un regard désapprobateur.

Elle a parlé d'un club de lecture, admit-il. Mais je comprends pourquoi elle n'est pas entrée dans les détails. Pourquoi diable les Demoiselles *Surprenantes* ?

Alice haussa les épaules en se disant que c'était évident.

— Parce que nous le sommes. Nous n'entrons pas dans les normes, nous sommes celles qu'on laisse de côté, pour qui l'on n'a pas de place. Alors nous avons fait la nôtre.

— Vous n'avez jamais eu votre place dans cette catégorie, Alice, dit-il en devenant sérieux. Et j'ai une place parfaite pour vous.

Il prit la main d'Alice et la posa sur sa poitrine, au-dessus de son cœur. Le souffle court, elle perçut le battement régulier sous ses doigts.

— Juste ici, précisa-t-il.

La respiration d'Alice devint erratique, et elle dut détourner le regard, submergée par l'intensité du moment. Grand Dieu, qu'il était... elle soupira.

— Et ap-après, balbutia-t-elle en essayant de ramener la conversation au sujet initial. Je devais passer l'après-midi chez Matilda. Donc mes parents ne s'attendent pas à me voir rentrer avant cinq heures. Mais Matilda a voulu décaler le rendez-vous, et m'a proposé de venir pour le dîner, afin que vous et moi puissions discuter.

Nate sourit en entendant cela.

— Vraiment ? C'est gentil de sa part.

— Mais je ne pouvais pas attendre aussi longtemps, avoua-t-elle.

Alice osa tendre la main pour faire glisser son index sur la joue de Nate. Elle fut fascinée par la sensation rêche des favoris sous ses doigts. À sa grande surprise, il frémit et son regard s'assombrit.

— Je suis content, déclara-t-il, alors qu'elle replaçait son doigt et sa paume sur sa joue.

Elle le caressait doucement, captivée par ce contact à la fois doux et rugueux.

— J'étais désespérée. Après cette soirée, j'étais une loque misérable.

— Je suis tellement désolée, Nate, murmura-t-elle en baissant la tête. Votre sœur était également en colère contre moi, parce que je vous avais blessé, ajouta-t-elle en croisant son regard. Pardonnez-moi.

Nate secoua la tête en souriant.

— Il n'y a rien à pardonner. Tout ceci n'a plus d'importance à présent.

Alice détourna les yeux, troublée par ce qu'elle voyait dans ceux de Nate. À la place, elle détailla la pièce. Elle n'y avait pas prêté attention jusque-là, ne voyant que Nate ; mais maintenant, elle était curieuse.

C'était un endroit somptueux. De riches tapis recouvraient le sol, et d'immenses peintures dans des cadres dorés étaient suspendues aux murs. Les sujets de ces tableaux étaient assez *osés*, mais dans un endroit comme celui-là, c'était à prévoir, supposa-t-elle. Des beautés en tenue légère batifolaient avec des anges qui semblaient prendre quelques libertés, mais, plutôt que de trouver ces scènes choquantes, elles la firent sourire. Un grand bureau trônait dans la pièce, recouvert de dossiers épais, et de piles de reçus. Nate, qui l'avait assise sur ses genoux, était lui-même confortablement installé sur un large canapé moelleux. Elle le soupçonna d'avoir dormi là. Deux chaises solides, recouvertes de cuir dans un style masculin, ornaient une cheminée richement décorée.

— Donc, voilà votre bureau, dit-elle en souriant légèrement. Me ferez-vous visiter le reste ?

— Aimeriez-vous cela ? demanda-t-il, surpris.

— Bien sûr, dit Alice en secouant la tête. Je n'ai jamais vu d'endroits comme celui-là de toute ma vie. Je meurs d'envie de savoir à quoi cela ressemble.

Le grand sourire qui s'était d'abord affiché sur son visage en entendant la déclaration d'Alice faiblit, et un air anxieux le remplaça.

— Alice, à propos de ce que j'ai dit tout à l'heure. Avant… avant que vous n'entriez.

Alice haussa un sourcil.

— Au sujet de la syphilis ?

Elle avait saisi, au ton de sa voix, que c'était un mensonge, même si elle n'en comprenait pas les raisons. Mais cela l'avait tout de même choquée.

Il acquiesça en prenant un air contrit ; c'était la chose la plus adorable qu'elle ait jamais vue.

— Ce n'était pas vrai, se dépêcha-t-il de dire. Je sais que ma réputation est… est… n'est pas bonne, ajouta-t-il en se frottant la nuque. Mais au moins la moitié de ce que l'on raconte est faux, et j'ai seulement dit cela parce que je croyais que vous étiez… quelqu'un d'autre.

— Qui ? demanda Alice, un peu inquiète de sentir une étincelle de jalousie s'allumer dans son cœur.

— Oh, personne en particulier, répondit-il aussitôt. Je n'attendais personne, déclara-t-il, en ayant l'air de plus en plus mal à l'aise. Mais parfois, des femmes… viennent.

Une fois de plus, Alice haussa les sourcils.

— Et vous ne souhaitiez pas les voir ?

Il secoua la tête. Je ne pensais qu'à vous. Je ne voulais personne d'autre.

Alice digéra cette information, et songea à ce qu'elle savait de cet homme charmant, à tout ce que sa réputation suggérait. Elle baissa les yeux vers lui. Elle savait qu'il lui serait beaucoup trop facile de tomber amoureuse de lui. De qui se moquait-elle ? Elle l'était déjà, plus qu'à moitié, et cela irait de mal en pis. Tout comme cette étincelle de jalousie… qui la consumerait entièrement, si jamais il la trahissait.

— Et que se passera-t-il, si jamais nous nous marions ? Que se passera-t-il lorsqu'une femme viendra toquer à votre porte, à la recherche de votre compagnie ? demanda-t-elle, en sentant l'étincelle haineuse s'enflammer.

— Rien du tout, répondit-il sans sourciller, en la regardant droit dans les yeux. Je ne trahirai jamais votre confiance, Alice. Si vous me faites l'honneur de devenir ma femme, jamais je ne vous déshonorai de la sorte.

Il était sincère, elle pouvait le voir dans son regard, et l'entendre au ton solennel de sa promesse.

Elle soupira, soulagée.

— Eh bien, dans ce cas, vous feriez mieux de me faire visiter votre royaume.

C'était étrange de voir le *Hunter's* à travers les yeux d'Alice. Nate pouvait voir qu'elle était impressionnée, tant par la taille que par la splendeur de l'endroit. Ancien théâtre, le lieu était fatalement majestueux et somptueusement décoré. Et, même s'il avait dépensé une petite fortune pour adapter l'édifice à ses besoins, il avait pris soin de préserver son style d'origine. C'était un temple du jeu, après tout, et la majesté du décor correspondait aux excès et à l'opulence qu'un tel style de vie supposait.

Chaque chose ici était d'une qualité incomparable, des verres en cristal aux dizaines de lustres qui scintillaient. Il avait engagé deux des meilleurs chefs français pour préparer les mets dont il régalait les membres dans la magnifique salle à manger. Tout l'établissement était recouvert de tapis si épais que les bottines s'y enfonçaient de trois centimètres. L'on y servait le meilleur brandy, et tous les alcools possibles, il suffisait de claquer des doigts, et l'on vous présentait du champagne et du vin, des cigares et des douceurs… tout ce qu'un gentleman pouvait désirer.

Dans le Garden, il était possible de trouver n'importe quel produit exotique venant du bout du monde, si l'on y mettait le prix, et c'était pareil au *Hunter's*.

Il y avait des filles aussi, naturellement, même si Nate ne les embauchait pas directement. Elles étaient triées sur le volet, bien entendu : son responsable y veillait. Seules les plus belles pouvaient entrer, la maison était sélective de bien des manières, mais chacune venait de son plein gré. Elles étaient bien traitées, protégées, et elles géraient elles-mêmes leurs négociations en conservant tout ce qu'elles gagnaient. Nate n'avait aucune envie d'être mêlé au commerce de la chair.

— C'est incroyable, Nate, dit Alice en caressant au passage le tapis vert et doux d'une table de pharaon. Je n'avais jamais imaginé une chose aussi… impressionnante.

Nate haussa les épaules.

— Impressionnante, peut-être, acquiesça-t-il en lui offrant un sourire en coin. Mais très loin d'être respectable.

— La respectabilité est une chose surfaite, dit-elle avec un petit reniflement affecté.

Il remarqua la lueur amusée dans son regard et fut enchanté qu'elle le taquine de la sorte. Mais il prit un air sérieux, car il savait parfaitement que ce n'était pas le cas.

— Ma chère, dit-il en lui prenant la main et en l'approchant de lui. Il est possible que vous perdiez beaucoup de vos amis en me choisissant. Comprenez-vous cela ? Vos parents risquent de vous renier. Les gens tourneront peut-être la tête lorsqu'ils vous verront dans la rue. Je… Je sais que je vous ai laissé peu d'options, mais… il faut que vous soyez préparée à quelques désagréments.

Il sentit son cœur se serrer à l'idée qu'elle puisse souffrir d'un seul instant de malheur par sa faute, mais il ne servait à rien de nier l'évidence.

— Matilda est beaucoup plus courageuse que moi, vous savez, dit-il en glissant un bras autour de la taille d'Alice. Beaucoup la connaissaient avant que le marquis ne refuse de l'épouser, et ont cru à son innocence. Le comte de Saint-Clair et sa mère ont été formidables, ils l'ont soutenue, et une poignée d'autres personnes également. Je remercie le ciel que Matilda ait été quelqu'un de très apprécié avant ce scandale ; ainsi, tous ne l'ont pas rejetée, mais beaucoup se sont montrés cruels, plus encore lui ont fermé leurs portes, et ri au nez. Et pourtant, elle garde la tête haute, elle défie quiconque d'oser lui dire quoi que ce soit. Elle ne s'est jamais cachée, elle n'a jamais agi comme si elle avait quelque chose à se reprocher. Elle regarde tout le monde droit dans les yeux, et les gens la respectent pour cela.

— Vous l'admirez, dit Alice en souriant.

Il hocha la tête.

— Je l'admire énormément. Elle est la personne la plus forte que j'aie jamais rencontrée. Quand tout semblait perdu, elle m'a aidé à avancer. Je lui dois beaucoup, et je ne lui ai donné que bien peu de raisons de me remercier.

— Je suis sûre que ce n'est pas vrai.

Sa remarque le fit rire.

— Si, j'en ai bien peur, mais c'est à Matilda de vous le dire, si elle le souhaite. Je crains que vous n'ayez pas une très haute opinion de moi lorsqu'elle vous aura raconté toute l'histoire.

Alice se pressa contre lui.

— Je connais l'histoire, Nate, et cela fait longtemps que Matilda vous a pardonné, comme vous le savez. Vous étiez au bout du rouleau, rongé par l'inquiétude et le chagrin. C'était juste un affreux coup de malchance ; et elle le sait aussi bien que moi. Mais de tous les hommes que j'ai rencontrés, je dois bien admettre que Montagu me paraît le plus vil.

Nate acquiesça, la mâchoire serrée. Il n'allait certainement pas la contredire là-dessus.

— Il finira par avoir ce qu'il mérite, déclara-t-il.

Puis il sourit. Il n'avait pas envie de penser à cela, il voulait seulement penser à Alice, et au fait qu'elle songeât réellement à devenir sa femme. Cela semblait trop beau pour être vrai. Il s'était dit qu'il ne voulait pas la vie que la plupart des hommes avaient. Un mariage, une maison, des enfants… non merci. Nathaniel Hunt n'avait pas de rêves aussi fades, aussi banals. Sauf que si, il le désirait avec tant de force qu'il pouvait à peine y songer, car il savait que s'il ne l'obtenait pas, il pourrait bien devenir fou.

Et puis il avait rencontré Alice.

— Je n'arrive pas à croire que vous soyez là, dit-il en promenant son doigt le long de la mâchoire de la jeune femme. Promettez-moi que je ne suis pas en train de rêver.

Elle rougit légèrement, puis sourit : ces mots avaient eu l'air de lui faire plaisir.

— Je pense que vous seriez en train d'imaginer quelque chose d'un peu plus impressionnant, si vous étiez en train de rêver, dit-elle.

Il reconnut la lueur incertaine dans ses yeux ; elle doutait de mériter un tel compliment.

— Vous êtes tout ce dont je rêve, Alice. Ne doutez jamais de cela.

Elle cligna des yeux, haussa légèrement les épaules.

— J'essaierai.

— Vous devez me promettre autre chose, ma chérie, dit-il en essayant de ne pas songer à toutes les horreurs qui auraient pu lui arriver à Covent Garden, au milieu des voleurs et des crapules ; cela faisait bouillir son sang. Vous devez me promettre de ne jamais revenir ici.

Son visage se décomposa d'une façon si théâtrale qu'il ne put empêcher de s'esclaffer. Il déposa un baiser sur son nez pour s'excuser.

— Je veux dire, avant notre mariage. *Quand* nous serons mariés, je pourrais vous accompagner, dit-il, atténuant ainsi le choc de cette demande, mais il ne faut jamais, jamais que vous reveniez ici sans escorte. C'est trop dangereux pour une femme seule. Me le promettez-vous ?

Il fut amusé de l'énervement qui brilla quelques instants dans ses yeux, avant qu'elle n'accepte.

— Très bien.

— Merci dit-il. Mon cœur ne peut pas supporter ce genre d'inquiétude, mon amour. Soyez indulgente envers lui.

Une fois la visite terminée, Nate fit sortir discrètement Alice de l'établissement, et la ramena à son carrosse.

— Allez directement à la maison. Je partirai bientôt, et je vous rejoindrai pour le dîner.

Alice hocha la tête en lui faisant un petit signe de la main. Nate sourit et referma la porte. Il donna l'adresse au cocher, puis regarda la voiture s'éloigner dans les rues animées, tout en essayant de respirer. Elle était venue à lui. La timide petite Alice Dowding avait bravé la colère de sa famille et Dieu seul sait quels autres dangers pour venir le rejoindre à son club. Seule. Il se rendait compte de l'énormité d'une telle démarche. Qui avait dit qu'elle manquait de courage ? Après sa sœur, elle était probablement la personne la plus brave qu'il connaisse.

Chapitre 13

Une chose vraiment très étrange s'est produite ce matin. Nous faisions les magasins avec maman, et je jure avoir aperçu Alice, seule, à Covent Garden. Bien sûr, c'est impossible. Pouvez-vous imaginer notre chère petite Alice, seule en ville ? Quelle idée ! Je ne sais pas à quoi je pensais.

— Extrait d'une lettre de miss Ruth Stone à miss Harriet Stanhope.

Soirée du 25 juin 1814. Half Moon Street. Londres.

— Alice ! s'écria Matilda, rayonnante, lorsqu'on fit pénétrer la jeune femme dans le parloir.

Son amie avait vraiment des goûts exquis, se dit Alice en regardant autour d'elle. Matilda poursuivit :

— Cela me fait plaisir que vous soyez venue. Avez-vous passé un après-midi calme ?

Alice se mordit la lèvre et fut incapable de s'empêcher de rougir vivement. Matilda la regarda d'un air étonné, et attendit que le valet de pied qui l'avait accompagnée sorte, et ferme la porte.

— Eh bien, Alice, qu'avez-vous donc fait ? demanda Matilda, mi-amusée, mi-inquiète.

Elle traversa la pièce pour saisir les mains d'Alice.

— Vous avez l'air affreusement coupable, ajouta-t-elle en la regardant de haut en bas avec un froncement de sourcils consterné.

— Je… commença Alice en se demandant si Matilda allait être choquée. Je suis allée au *Hunter's*. Voir Nate.

Pendant un instant, Matilda se contenta de la regarder, bouche bée, la main sur la poitrine, médusée.

— Vous… êtes allée au *Hunter's*. Seule ?

Alice acquiesça.

— Oui. J'ai parlé à Nate. Il m'a dit de vous prévenir qu'il ne tarderait pas à arriver.

Matilda fit signe à Alice de s'asseoir, et elle s'assit également, manifestement trop surprise pour parler. Alice évita soigneusement son regard et se concentra sur ses gants, qu'elle entreprit de retirer.

— Pourquoi ne m'avez-vous pas demandé de vous y accompagner ? demanda Matilda une fois qu'elle eut retrouvé l'usage de la parole. Vous n'auriez jamais dû y aller seule.

Alice réprima un soupir. Elle savait cela, c'était évident, mais sans qu'elle sache exactement pourquoi, c'était un peu énervant de voir tout le monde si abasourdi par cela. Après cette rencontre avec un inconnu sur un balcon au clair de lune, *c'était* la chose la plus osée qu'elle ait jamais osé faire de toute sa vie. Cette soirée l'avait transformée, réalisa-t-elle. Elle ne voulait plus être la petite Alice docile. Elle voulait savoir qui elle était réellement, et ce dont elle était capable.

— Je vais bien, Matilda, dit-elle en souriant à son amie. Ce n'était pas prémédité. J'étais sur le chemin de la maison, et subitement je… il fallait que je le voie. Je ne peux pas l'expliquer. J'imagine que vous me trouvez idiote, puisqu'il me suffisait d'attendre quelques heures seulement, avant qu'il ne revienne ici.

— Non, dit Matilda d'une voix douce en secouant la tête, avec un regard compréhensif. Non, je ne vous trouve pas idiote, mais je pense, chère Alice, que vous devriez faire beaucoup plus attention.

Elle se pencha en avant, les yeux rivés sur son amie.

— Alors, avez-vous vu Nate ?

Alice hocha la tête.

— Et ?

— Et… Alice haussa les épaules, elle ne savait pas exactement quoi dire. Et je lui ai demandé de me faire la cour, afin que je puisse mieux le connaître avant —

— Avant ? s'écria Matilda en se redressant.

Alice sourit en se disant qu'au moins une personne sur cette terre serait ravie.

— Avant que je n'accepte sa demande en mariage.

Un cri de joie retentit ; Matilda franchit la distance qui les séparait, et attrapa Alice pour la serrer dans ses bras.

— Nous allons être sœurs !

Alice rit avec elle, en s'étonnant de la facilité avec laquelle elles deviendraient parentes. Elle avait toujours désiré avoir une sœur, une famille aimante avec laquelle il était facile et normal de partager de l'affection, des câlins et des rires ; différente de ses parents, que la peur de faire un faux pas en société et le respect de l'étiquette avaient rendus rigides. Il n'y avait aucun contact entre eux. Pour sa mère, un échange affectueux se résumait à une petite tape sur la main. Lorsqu'elle était de très bonne humeur, elle autorisait parfois Alice à l'embrasser sur la joue. Une démonstration de joie comme celle-ci serait considérée comme vulgaire chez les Dowding. Cette pensée fit frémir Alice, mais elle la repoussa. Il lui restait quelques semaines avant qu'ils ne découvrent la vérité.

Une fois que l'euphorie fut retombée, les deux femmes s'assirent blotties l'une contre l'autre sur le canapé, toute formalité mise de côté. Matilda avait retiré ses chaussures et avait replié les jambes sous sa robe, et Alice, en se sentant terriblement audacieuse, l'avait imitée. Il n'était pas dans ses habitudes de se comporter d'une façon aussi détendue et informelle, et cela lui semblait merveilleusement libérateur.

— Parlez-moi de lui, Tilda, demanda Alice en posant sa tête sur le dossier du canapé, les yeux sur son amie.

— Que voulez-vous savoir ?

— Tout, répondit Alice en souriant.

Matilda fit la grimace, avant d'éclater de rire.

— Juste ciel, à présent je ne sais plus du tout quoi vous dire. Laissez-moi réfléchir.

Elle tapota son menton du bout de l'index, concentrée.

— Eh bien, pour commencer, il n'est pas du tout comme tout le monde le décrit.

Elle avait dû voir l'expression sceptique d'Alice, car elle précisa :

— Oh, je ne dis pas que c'est un ange. Il n'y a pas de fumée sans feu, je le sais, et oui, vous avez probablement entendu parler de ses chanteuses d'opéra, et de ses danseuses, j'en suis sûre. Il s'est conduit comme un diable dans le passé, mais cela ne reflète pas réellement sa véritable nature. Après la mort de père...

Matilda soupira, et secoua la tête.

— Ils étaient tellement proches lorsque Nate était petit. Mon frère l'adorait ; on l'adorait tous les deux. C'était un homme si charmant et si drôle. Mais à l'époque, on ne réalisait pas à quel point il était irresponsable. Nate a hérité de son charme, mais il a mûri, et prend ses responsabilités très au sérieux. C'est une chose que papa n'a jamais apprise.

— Cela a dû être un choc terrible pour vous, déclara Alice en sentant son cœur se serrer.

Matilda rit. Elle tentait d'en parler avec légèreté, mais son accablement sautait aux yeux.

— Nous n'avons jamais fait partie des cercles les plus distingués de l'aristocratie, mais notre nom était respecté. Nous étions acceptés dans presque tous les événements, et je possédais tout ce que je pouvais vouloir. De jolies robes, des bijoux ; mon père ne m'a jamais rien refusé, et je ne me suis jamais posé de questions. Nous étions riches, pourquoi n'aurais-je pas pu avoir toutes ces choses ? Nous avions une jolie maison à la ville, et oui, notre maison de campagne était peut-être un peu défraîchie, mais elle n'était pas si mal. À vrai dire, j'adorais ces murs un peu abîmés. C'était chez nous.

Alice hocha la tête, et prit la main de Matilda ; elle sentait que c'était difficile pour Matilda de parler de cela.

— Tout a basculé très vite, continua-t-elle d'une voix de plus en plus faible. Père était d'une humeur étrange depuis quelques semaines. Il se montrait silencieux et maussade, puis il s'énervait subitement, sans raison. Quand nous lui demandions ce qui n'allait pas, il souriait et nous demandait de bien vouloir l'excuser, que tout allait bien, que nous n'avions pas à nous inquiéter. Je me rappelle des mots exacts : *vous n'avez aucune raison de vous tracasser, Tilda chérie.*

Matilda soupira, et secoua la tête.

— Il tomba malade, dut garder le lit, et nous avons dû faire venir un docteur. Rien ne semblait le soulager, et la fièvre le gagna. C'est alors que nous avons soupçonné que quelque chose clochait. Il marmonnait des choses dans son sommeil, à propos d'argent, et… et cela nous mettait mal à l'aise, mais père aimait les jeux d'argent. Nous le savions. Nous avons simplement supposé qu'il avait misé un peu trop d'argent, et que cela le travaillait.

Alice serra les doigts de Matilda et son amie sourit, mais ses yeux restèrent hantés.

— Le premier huissier est arrivé le jour suivant. Nate l'a envoyé promener. C'était forcément une erreur, une simple facture qui s'était égarée. Puis père demanda à Nate de venir dans sa chambre. Il lui expliqua qu'il avait fait quelques mauvais investissements, et qu'il avait tenté de gagner aux jeux la somme qu'il avait perdue. Il était tellement navré, il s'est excusé ; nous n'avions pas deviné à quel point c'était grave. Nate l'a rassuré, et lui a dit de ne pas s'inquiéter, qu'il s'occuperait de tout. Il est donc allé voir l'homme d'affaires de papa, et... Matilda respira un grand coup. Il n'y avait plus rien. Les propriétés, les bijoux... nous n'avions même plus les moyens de payer les domestiques. Des hommes sont venus chez nous pour emporter nos affaires.

Une main sur la bouche, elle réprima un sanglot.

— Oh, Tilda, je suis tellement désolée.

Alice se rapprocha et la prit dans ses bras.

— Vous avez dû être tellement effrayée, ajouta-t-elle.

Matilda acquiesça, et poursuivit :

— Il nous a fallu déménager dans une horrible petite maison. C'était humide et sale, mais nous ne pouvions pas nous offrir mieux. Bien sûr, toute cette humidité a empiré l'état de père. Ses moments de lucidité se faisaient de plus en plus rares. Il divaguait, et se fâchait contre nous, il ne comprenait pas pourquoi il n'était pas chez lui, dans son lit. Cela a été très dur pour Nate, mais il jura de tout récupérer. Il me promit que cela ne durerait pas longtemps. Dieu merci, il avait un peu d'argent de côté : il décida de l'investir dans une maison de jeux. Il connaissait son propriétaire, il savait qu'il pourrait améliorer le potentiel du club, donc il s'est associé à lui. Il a déclaré que s'il existait des idiots prêts à mettre leur famille à la rue en jouant, cette fois, il ferait en sorte d'être de l'autre côté de la table.

— Et donc, le *Hunter's* est né ? demanda Alice avec un léger sourire, mais Matilda secoua la tête.

— Pas tout de suite. Cela prit des mois, et les frais médicaux engendrés par la maladie de père avalaient presque tout l'argent que Nate ramenait à la maison. Nate l'a détesté pour cela. Il ne supportait plus de le regarder.

Alice n'était pas étonnée. Elle se demanda ce que cela faisait, de vivre une vie de privilèges, et de les voir s'envoler en l'espace de quelques heures. De découvrir que l'homme supposé protéger leurs intérêts avait dilapidé leur argent, et mis en péril leur avenir ?

— Vous savez ce qui est arrivé lorsque père est mort, soupira Matilda. Mais ce que vous ignorez, c'est que Nate s'est tué à la tâche. Il ne dormait presque pas. Il était rongé par les remords. Les remords de m'avoir laissée dans une situation qui a réduit ma réputation en miettes, les remords de ne pas pouvoir me fournir de jolis vêtements, que mon avenir soit réduit à néant. Il m'a juré qu'il arrangerait les choses, et que je serais si riche, que plus jamais je n'aurais de souci à me faire.

Elle sourit, et désigna la pièce dans laquelle elles se trouvaient, pour montrer la richesse et la somptuosité du décor.

— Et voilà, dit-elle en riant. Il a tenu promesse.

— En effet, acquiesça Alice en souriant.

— La seule chose qu'il ne pouvait pas réparer, c'était notre nom, dit-elle en haussant les épaules. *Hunter's* est à présent synonyme de débauche et de luxe, tout comme nous.

— Ce n'est pas vrai, Tilda.

Alice fronça les sourcils.

— Vous ne seriez pas invités à tant d'événements si c'était le cas, ajouta-t-elle.

Matilda lui lança un regard de pitié, sans méchanceté aucune, signifiant simplement qu'Alice était bien plus innocente qu'elle-même. Ce qui était sûrement le cas, se dit-elle. En lissant les lourds pans de sa magnifique robe de soie bleue, Matilda lui expliqua d'une voix basse et mesurée :

— Nate a des amis très puissants, très chère. Des gens qui lui doivent des faveurs : Nate s'assure de m'obtenir des invitations pour toutes les grandes réceptions. En revanche, cela ne signifie pas qu'ils m'acceptent. Je ne recevrais jamais de demande en mariage, je ne ferai jamais l'union que j'aurais jadis pu faire, dit-elle avec un sourire triste. Bien que je reçoive tout un tas de propositions d'un autre genre.

Choquée, Alice la dévisagea, bouche bée.

— Vous ne parlez pas… ?

Matilda tendit la main et joua avec l'une des boucles rousses d'Alice.

— Si, je parle de cela. Si je veux devenir la maîtresse d'un homme riche, alors, les offres ne manquent pas. Voyez-vous, même un duc a souhaité avoir ma compagnie.

— Oh, Tilda, non.

Alice la regarda sans savoir quoi dire, mais Matilda se contenta de rire.

— Oh, ne faites pas cette tête. Nate a fait de moi une femme riche. Je suis indépendante, et peut-être aurai-je la chance de trouver un gentil gentleman sans le sou, qui passera outre ma réputation souillée, et tombera amoureux de moi. C'est réellement tout ce que je désire, vous savez, aimer, et être aimée en retour. Enfin, l'espoir fait vivre.

Alice la regarda en comprenant — comme si elle ne le savait pas depuis le début — pourquoi Nate avait tant d'admiration pour sa sœur. Une femme moins courageuse aurait pu rester cachée de honte, et laisser le monde rire à ses dépens. Alice aurait pu être ce genre de femme, il n'y a pas si longtemps. Ce n'était plus le cas. Le courage de Matilda l'avait inspirée. Alice avait peut-être fait des erreurs en essayant de sortir de sa coquille, mais c'était ses propres erreurs, et c'était aussi à elle de les réparer. Si elle épousait Nate, ce ne serait pas par désespoir, mais parce qu'elle le voulait, et parce qu'il la voulait.

Comme si le fait de penser à lui l'avait invoqué, la porte s'ouvrit, et Nate entra.

— Mes deux femmes préférées, dit-il avec un sourire. Le dîner est-il prêt ? Je suis à demi mort de faim.

Il avait l'air différent de ce midi. Lavé, rasé, immaculé : un gentleman dans toute sa splendeur. Étrangement, Alice fut déçue. Elle avait aimé le voir imparfait. Il ressemblait un peu moins à un dieu. Pas beaucoup, mais un peu.

— Oui, j'imagine, dit Matilda en se levant, sourire aux lèvres. Laissez-moi aller voir si c'est bientôt prêt.

Elle sortit après avoir fait un clin d'œil complice à Alice, et les laissa seuls tous les deux.

— Bonjour, dit-il en la regardant d'une telle façon qu'elle en eut le souffle coupé.

Il se rapprocha, lui prit les mains, et la fit se lever. Il approcha l'une, puis l'autre de ses lèvres, et lui embrassa les doigts.

— Vous m'avez manqué, dit-il en posant ses mains sur sa poitrine, et en les tenant là, contre son cœur.

— Nous nous sommes vus il y a à peine quelques heures, dit-elle en riant. Je ne peux pas croire que vous vous soyez langui de moi en si peu de temps.

Il poussa un grognement de douleur et grimaça légèrement.

— Donc je ne vous ai pas manqué le moins du monde alors. Mon pauvre cœur.

— Cessez donc de faire l'idiot, le gronda-t-elle en riant.

Elle s'éloigna de lui en entendant des coups légers frappés à la porte. Matilda entra.

— Le dîner est servi, annonça-t-elle avec une voix de majordome révérencieux.

Nate s'esclaffa, leur tendit un bras à chacune, puis il les accompagna vers la salle à manger.

26 juin 1814. Baker Street, Londres.

— Oh, mais papa, il faut y aller, déclara Alice en se disant que, décidément, la chance n'était pas de son côté. Tout est déjà arrangé.

Ils étaient attendus dans les jardins du Vauxhall ce soir-là, en compagnie de plusieurs autres familles de leur connaissance. Lucia et Bonnie, ainsi que beaucoup d'autres seraient là aussi, tout comme Matilda et Nate. Alice avait espéré voir ses amies, puis trouver une occasion de s'échapper pour passer du temps seule avec Nate.

— Je pense en effet que ce n'est pas très aimable de votre part, Mr Dowding, déclara sa mère avec un petit reniflement. Gâcher ainsi notre plaisir, si tard dans la soirée. Comment Alice est-elle supposée trouver un parti convenable, si nous passons toutes nos soirées à la maison ?

Le regard d'Alice allait de l'un à l'autre. Sa mère avait été séduisante dans sa jeunesse, et conservait une silhouette fine. Ses cheveux roux, à présent moins flamboyants, étaient d'une couleur abricot pâle qui lui allait à ravir. Mais elle affichait toujours un petit air mécontent, et son visage apparaissait plus sévère qu'il ne l'était, avec sa bouche constamment étirée en une ligne insatisfaite. Formant un contraste avec sa femme, son père était un homme au visage épais et rougeaud, qui était présentement rouge de colère.

— Au diable ceci, une soirée ne va pas ruiner ses chances. En plus, l'affaire est dans le sac avec le jeune Bindley. Peu importe ce qu'il se passe à présent, il ne reste qu'à régler les détails.

— Papa ! s'écria Alice, tandis que toute couleur quittait son visage horrifié.

— Oui, vraiment, monsieur, lui reprocha sa mère. Ce n'est pas très élégant de votre part, de parler de telles choses devant votre fille.

Elle se tourna vers Alice avec un sourire qui se voulait rassurant.

— Ne tracassez pas votre jolie tête à ce sujet, Alice. Papa réglera tous les vulgaires détails financiers.

Alice avait le cœur au bord des lèvres, et pour une fois dans sa vie, ne se retint pas de dire ce qu'elle pensait.

— Mais mère, je ne —

— Je sais que vous ne voulez pas y songer, dit sa mère en lui coupant la parole, et en levant la main pour empêcher toute autre objection. Mais vous serez bientôt une femme mariée, avec une grande demeure. Imaginez, le fils d'un comte, dit-elle avec un soupir heureux.

Elle ajouta joyeusement :

— et si quelque chose arrivait à son frère —

— Mère ! s'exclama Alice, choquée et horrifiée.

Mrs Dowding eut au moins la décence de rougir légèrement.

— Eh bien, personne n'aime songer à cela, naturellement, mais les accidents arrivent, et son frère *est* de dix ans son aîné, *et* il est toujours célibataire… il est possible que vous deveniez comtesse un jour, et si vous avez un fils, il sera le prochain comte.

Mrs Dowding laissa échapper un soupir rêveur, et même son père reprit part à la conversation avec enthousiasme.

— Mon petit-fils le comte, dit-il en secouant la tête, fier comme un pou. Cela, ce serait quelque chose !

L'estomac d'Alice pirouettait, désireux de rendre son déjeuner. Sans parler du fait que ses parents tuaient allègrement le reste de la famille, porter l'héritier d'Edgar Bindley ? Pitié, Seigneur, non. Tout sauf cela. Il y avait bien longtemps qu'elle s'était rendu compte d'une chose : tomber en disgrâce était une perspective bien plus attirante que d'envisager une vie avec Mr Bindley.

— Peut-être sera-t-il, lui aussi, là-bas ce soir, dit-elle précipitamment.

Elle avait désespérément envie de s'échapper de cette maison et de cette conversation horrible, tellement, qu'elle occulta le fait qu'elle manipulait les attentes de ses parents pour obtenir ce qu'elle voulait. D'après elle, il fallait fuir toute occasion de croiser Mr Bindley, mais cela, ils l'ignoraient. Ils étaient beaucoup trop aveuglés par leurs rêves et leurs ambitions pour considérer un seul instant l'idée qu'elle ne puisse pas être du même avis.

— C'est un argument valable, déclara sa mère en jetant à Alice un sourire approbateur et complice qui fit faire un nouveau bond à son estomac. S'il est présent, et qu'elle n'y est pas, une autre demoiselle pourrait attirer son regard.

Cet argument semblait avoir son importance aux yeux de son son père, qui soupira lourdement.

— Bon, dans ce cas, c'est d'accord. Et que l'on ne me dise pas que j'empêche ma fille de réaliser ses rêves.

Alice faillit ouvrir la bouche de surprise. *Ses rêves* ? Quand lui avait-il demandé ce dont elle rêvait ? Lui avait-il seulement demandé si elle appréciait ou si elle avait de l'estime pour Mr Bindley ? Mais elle avait eu ce qu'elle désirait, donc elle ravala sa rancœur, et fit de son mieux pour afficher quelque chose qui ressemblait à un sourire sur son visage.

— Merci, papa, déclara-t-elle, avant de se dépêcher d'aller se préparer.

Chapitre 14

J'ai tellement hâte d'aller aux jardins du Vauxhall. Maman m'a acheté une charmante robe, elle est d'une couleur bronze magnifique, et j'accompagnerai lady Héléna, la sœur de Lorny. Elle est très drôle, et, contrairement à ce à quoi l'on pourrait s'attendre de la part de la sœur d'un duc, pas du tout collet monté.

— Extrait d'une lettre de miss Minerva Butler à miss Kitty Connolly.

Soirée du 26 juin 1814. Jardins du Vauxhall, Lambeth.

L'on entendait les exclamations et les cris stridents retentir en nombre, alors que le bateau de location de la famille Dowding, ainsi qu'une demi-douzaine d'autres, s'approchait des berges de la Tamise. Les embarcations s'entrechoquaient en s'approchant de la rive, tandis que les bateliers se penchaient pour attraper les bateaux et les tirer vers la terre. Les femmes poussaient de hauts cris en tenant leur chapeau, secouées dans les bateaux qui tanguaient. Alice s'accrochait sur le bord du bateau en retenant son souffle ; les eaux sales de la Tamise clapotaient haut sur les parois. La traversée, charmante dans l'atmosphère de cette belle soirée d'été, le deviendrait beaucoup moins en basculant la tête première dans le fleuve. Enfin, ils étaient arrivés, Dieu merci.

Alice souleva le bas de sa robe en enjambant précautionneusement le rebord du bateau qui dansait sous ses pieds. Un ponton en bois recouvrait les berges sales et puantes du fleuve, et elle marcha à petits pas prudents sur le bois glissant, choisissant attentivement les endroits où poser ses souliers de satin. C'était un soulagement de retrouver la terre ferme. Le bateau lui avait paru bien frêle, et s'enfonçait beaucoup trop à son goût dans l'eau, une fois chargée de son père, à l'embonpoint prononcé, de sa mère, et de plusieurs autres invités. Mais le batelier ne semblait pas le moins du monde inquiet, elle avait donc essayé de lui faire confiance, et d'apprécier l'expérience.

C'était vraiment une belle soirée, le soleil couchant avait illuminé de reflets corail les eaux sombres de la Tamise. Ils furent accueillis par la façade impressionnante de la propriété qui se dressait là. Elle appartenait au distingué et fascinant Mr Jonathan Tyers. Des torches éclairent le chemin, depuis le portail côté fleuve jusqu'à l'entrée. Une fois sorti du bâtiment, de l'autre côté, l'on avait l'impression de se trouver aux abords d'un rêve aux couleurs vives.

Vauxhall était illuminé, et l'effet était à la fois romantique et exotique ; c'était comme entrer dans un monde féérique.

L'on pouvait distinguer de la musique ; les notes résonnaient dans la tiédeur de cette soirée, et Alice sentit un petit frisson d'excitation la parcourir. Elle verrait Nate ce soir. C'était ce que les amants faisaient, organiser des rendez-vous secrets, utiliser n'importe quelle excuse pour se voir en douce. Qu'Alice ait un amant semblait être une chose extraordinaire et improbable, et cela ajoutait à la sensation onirique de cette soirée.

Les jardins eux-mêmes étaient vastes, et Alice ressentit un pincement au cœur en constatant leur incroyable superficie. Elle remercia le ciel d'avoir prévu de retrouver Matilda et Nate près de la cascade, car il y aurait eu peu de chances qu'elle les croise par hasard.

Il y avait plusieurs chemins sur lesquels se promener dans les jardins, chacun d'entre eux était brillamment éclairé par des lampes aux couleurs variées. Cela donnait aux allées et aux jardins eux-mêmes des ombres enchanteresses, semblables à celles provoquées par les vitraux, et elles coloraient délicatement les promeneurs qui passaient à côté d'elles.

Ils commencèrent par se diriger vers la musique, et la vision incroyable qui les accueillit ravit Alice : un bâtiment à l'architecture si originale qu'il ressemblait à un gâteau de mariage. Il avait la forme d'un temple, construit sur plusieurs étages, peint de couleurs vives, et orné de tourelles pointues décorées. Sur les balcons était installé l'orchestre, assis en demi-cercle, face au public. Sur le plus grand des balcons se trouvait un orgue immense, dont les tuyaux brillaient sous la lumière des lampes. Ladies et gentlemen, parés de leurs plus beaux atours, se tenaient devant eux, écoutant la musique, discutant, flânant ou encore, saluant des connaissances.

— Alice !

Alice se retourna, et un grand sourire éclaira son visage en voyant Harriet et Kitty se diriger d'un pas vif vers elle. Elle salua ses amies, contente de voir que les deux femmes avaient décidé de renforcer leur amitié avant leur expédition dans le domaine de Saint-Clair, qui aurait lieu plus tard dans la saison.

— N'est-ce pas un décor enchanteur ? lui demanda Kitty avec des yeux émerveillés. Je n'ai jamais rien vu de tel.

— N'êtes-vous donc jamais venue ici ? dit Alice, surprise.

Kitty secoua la tête.

— Jamais. Harriet m'a proposé de venir, et j'ai sauté sur l'occasion, répondit-elle avec un grand sourire.

Son enthousiasme fit sourire Alice, d'autant plus qu'elle s'apercevait qu'Harriet aussi, était heureuse de voir l'excitation de Kitty.

— Harry, n'allez-vous pas me présenter à vos amies ?

Elles se tournèrent vers l'homme qui approchait et Harriet acquiesça.

— Bien sûr, dit-elle à l'homme souriant qui se tenait à ses côtés.

C'était son frère, cela sautait tout de suite aux yeux. Ils se ressemblaient, tout en étant très différents. L'individu ne semblait pas partager le caractère d'Harriet, qui était quelqu'un de toujours très sérieux, presque austère. Il adressa un grand sourire Alice, et ses yeux noisette brillèrent de bonne humeur et de malice, pendant qu'Harriet faisait les présentations.

— Alice, je vous présente mon frère, Henry Stanhope. Henry, voici mon amie, miss Alice Dowding.

— Enchanté, dit Henry, sourire aux lèvres.

— Je suis ravie de faire votre connaissance, Mr Stanhope, répondit Alice.

Elle fut incapable de ne pas lui rendre son sourire. Même s'il avait l'air d'avoir quasiment vingt ans, il avait l'apparence d'un écolier effronté. Quelques taches de rousseur sur son nez et ses joues encourageaient cette impression.

— Je joue les chaperons ce soir, miss Dowding, déclara-t-il en lui offrant son bras. Voudriez-vous nous accompagner ?

Harriet ricana.

— Vous ? Chaperon ? dit-elle d'un air incrédule. Quelle idée grotesque. Vous ne pourriez même pas chaperonner une madeleine.

Elle roula des yeux en ignorant les protestations de Henry.

— Ma tante Nell est ici aussi, Alice, si vous souhaitez nous accompagner.

— Pour ce que ça vaut, rétorqua Henry en regardant sa sœur avec un air de reproche, je suis beaucoup plus efficace qu'elle ne l'est.

— Oui, concéda Harriet. Jusqu'à ce que vous soyez distrait par quelque jolie fille, ou un jeu de hasard. Tante Nell au moins est respectable.

Henry rougit légèrement, mais ne répondit rien, et Alice en conclut qu'Harriet devait avoir raison.

Après avoir présenté Harriet, Henry et tante Nell à ses parents, Alice obtint la permission de partir avec ses amis. Elle rejoindrait ses parents pour le souper, plus tard dans la soirée. Le cœur léger, impatiente, Alice prit le bras de Kitty, et ils partirent explorer le domaine.

Tout en discutant avec animation, le groupe parcourut la promenade sud. Ils admirèrent les arcs de triomphe lorsqu'ils passèrent dessous. Alice était enchantée. Même si cela faisait quelques années qu'elle visitait Vauxhall, elle ne s'était jamais sentie aussi captivée. Peut-être était-ce la chaleur de la soirée, la compagnie de ses amis, ou peut-être était-ce l'anticipation de sa rencontre avec Nate, mais il y avait dans l'air une féérie auquel il était impossible de résister. Elle se sentait vivante, pleine d'espoir, et un tantinet audacieuse.

Les jardins semblaient vraiment immenses à la tombée de la nuit, en dépit des milliers de lampes qui l'éclairaient. Les nombreuses allées gravillonnées étaient délimitées par des arbres et des haies, et l'on pouvait y trouver des choses extraordinaires. Des pavillons, des chalets, des plantations, des temples, des portiques et des colonnes ; l'on trouvait des surprises enchanteresses à chaque tournant, et des groupes de musiciens et des orchestres étaient disséminés à intervalles réguliers. Les invités eux-mêmes n'étaient pas moins intéressants : chacun portait ses plus beaux vêtements, et tous bavardaient avec beaucoup d'entrain.

— Oh, quelle heure est-il, Henry ? demanda Harriet alors qu'ils cheminaient sur la promenade sombre. Il ne faut pas rater la cascade.

Le cœur d'Alice fit un bond. C'était là qu'elle devait retrouver Nate. Elle retint son souffle pendant qu'Henry sortait sa montre à gousset.

— Dieu du ciel, s'écria-t-il, surpris. Il est presque dix heures.

Harriet poussa un cri consterné avant de fusiller son frère du regard.

— Vous étiez censé nous prévenir à dix heures moins le quart, dit-elle en secouant la tête. Eh bien tant pis, il ne nous reste plus qu'à courir.

Harriet saisit la main d'Alice, puis partit en courant. Sa compagne poussa une exclamation de surprise, mais n'eut d'autre choix que de la suivre.

Elles furent accompagnées par les cris scandalisés de tante Nell. Mais, si Alice tenait à voir Nate, le désir d'Harriet de voir la cascade était tout aussi passionné. L'on disait que c'était un miracle de mécanique moderne. Kitty courut avec elles en riant aux éclats, une main sur son chapeau.

Alors qu'elles couraient, les cloches annonçant le début du spectacle retentirent à travers les jardins. Les filles poussèrent des petits cris et rirent plus fort en se précipitant le long des allées, leurs souliers de satin glissant et dérapant sur les graviers.

— Par ici ! cria Henry.

Il prit à gauche, empruntant un large chemin qui menait à la partie boisée. Il s'avéra qu'il avait eu raison, puisqu'ils rejoignirent des dizaines d'autres personnes, toutes pressées d'atteindre la cascade, se bousculant les unes les autres dans leur précipitation.

Rougis par la course, et à bout de souffle, ils atteignirent leur destination et Henry se racheta aux yeux de sa sœur en jouant des coudes pour leur frayer un chemin à travers la foule, jusqu'à ce que leur petit groupe se retrouve devant tout le monde. En face d'eux se dressait un énorme rideau noir, et tous les invités murmuraient avec excitation, pressés de découvrir ce qui se cachait derrière les lourds pans de tissus.

Alice, en revanche, était en train de sonder la foule. Elle tendait le cou d'une manière fort peu distinguée pour une lady, qui lui aurait valu une belle réprimande de la part de sa mère si elle l'avait vue.

— Vous cherchez quelque chose ?

Alice fit un bond prodigieux, et inspira vivement en entendant la voix familière derrière elle.

— Ne vous retournez pas, murmura-t-il, les lèvres si proches de l'oreille d'Alice, qu'elle frissonna de plaisir en sentant la chaleur de sa voix contre sa peau.

Une large main se posa sur sa taille, pétrifiant Alice. Elle sentit la chaleur de la paume qu'il avait glissée sous son spencer lui brûler la peau à travers la mousseline légère de sa robe.

Elle jeta un regard coupable sur le côté, en se demandant si quelqu'un s'était aperçu de ses joues écarlates, mais Kitty et Harriet étaient en train de présenter Matilda à Henry et à tante Nell, tandis que la foule était concentrée sur le spectacle devant eux.

— Cela vous dérange-t-il ? demanda-t-il d'une voix basse, qui provoqua de nouveaux frissons chez Alice. Je me comporte comme un vaurien, à prendre de telles libertés, et j'arrêterai instantanément si vous me le demandez, mais vous m'avez tant manqué. Je vais devenir fou si je ne vous touche pas.

Le cœur battant, un sourire ravi se dessina sur le visage d'Alice. Peut-être aurait-elle dû le réprimander, mais elle n'en avait pas envie. Elle désirait se presser contre lui, sentir son corps contre le sien, sa chaleur, sa présence contre son dos. Elle en avait tellement envie que cela en devenait douloureux.

— Cela ne me dérange pas, dit-elle dans un souffle.

— Je veux vous embrasser.

Il lui caressait lentement et lascivement la taille avec son pouce tout en parlant, et la couleur devint plus vivide sur les joues d'Alice. Elle était soulagée qu'il fasse noir. Avant qu'elle n'ait eu le temps de réfléchir à sa réponse, le rideau s'ouvrit, et la foule s'émerveilla.

Devant eux était peinte une scène rurale extraordinairement détaillée. Le peintre était si talentueux qu'Alice avait l'impression de pouvoir plonger au milieu du dessin et se balader en pleine campagne. La maison du meunier et le moulin à eau plantaient le décor, mais le détail le plus frappant — celui qui avait provoqué les murmures émerveillés de la foule — était la cascade en elle-même. Le liquide semblait en mouvement, remontant dans un nuage d'écume au fond, avant d'ondoyer à nouveau, et le bruit de l'eau était si fort qu'il fallait hausser le ton pour se faire entendre.

— C'est mécanique, s'exclama Harriet, qui paraissait plus excitée et animée qu'Alice ne l'avait jamais vue. L'eau est faite de petits morceaux de feuilles d'aluminium, attachés sur des courroies larges. Le mécanisme est mis en mouvement par une équipe d'hommes.

— Mince alors ! Harry, vous gâchez le spectacle en l'expliquant ! protesta son frère en secouant la tête dans sa direction.

— Comment le fait de l'expliquer pourrait-il le gâcher ? demanda Harriet, sincèrement intriguée. Je trouve cela merveilleux.

— Henry leva les yeux au ciel, et reporta son attention sur la cascade.

— Suivez-moi, chuchota Nate.

La main sur sa taille, il la guida loin de ses amis. Alice osait à peine respirer alors qu'ils s'éloignaient de la cascade, des gens, et qu'ils se dirigeaient dans l'obscurité qui entourait la forêt.

Une fois dissimulés aux regards, dans l'intimité que leur offrait un énorme chêne, Nate l'attira dans ses bras.

— Puis-je vous embrasser ? demanda-t-il d'une voix brûlante de désir.

En guise de réponse, Alice mit ses bras autour de son cou, tout en regrettant de ne pas avoir de tabouret sous la main. Les lèvres de Nate étaient chaudes et douces, et sa bouche, avide contre la sienne.

Ceci, se dit-elle, alors que toutes les inquiétudes et les peurs de cette journée s'envolaient, ceci vaut plus que tout.

Nate éloigna légèrement son visage, qui était à peine visible ; la lueur de la lune transperçait difficilement la canopée.

— Matilda s'apprête à vous inviter, ainsi que d'autres, à une promenade dans les jardins de Kensington demain, dit-il, une de ses grandes mains sur sa joue. Pourrez-vous venir ?

Alice se mordit la lèvre.

— Mère m'a défendu de côtoyer Matilda, dit-elle d'un air dépité. Mais peut-être que si j'y vais avec l'une autre des filles....

Nate soupira et posa son front contre celui d'Alice.

— Me détestez-vous ? Vous voilà obligée de mentir et de comploter de façon sournoise.

— Jamais, répondit-elle en mettant ses bras autour de lui et en le serrant. Je déteste mes parents pour leur snobisme. Ce sont eux, qui me forcent à mentir. Vous êtes quelqu'un de bien, un homme bon, un homme qui pourrait me rendre heureuse. Ils sont juste trop aveugles pour s'en apercevoir, ou pour se soucier de mes désirs.

— Est-ce que je vous rends heureuse ? demanda-t-il avec une note d'anxiété dans la voix. Je crois que je dois vous causer bien du souci.

— Bien sûr, ne dites pas d'idioties, répondit-elle, en s'étonnant qu'il puisse en douter. Vous me rendez vraiment heureuse, mais je le serai encore plus si vous m'embrassiez à nouveau. Nous ne pouvons pas nous éclipser trop longtemps, et le spectacle doit toucher à sa fin.

Il s'esclaffa, mais au lieu de l'embrasser, il se retourna.

— Qu'êtes-vous en train de…

Elle s'interrompit avec un cri de surprise lorsqu'il la souleva dans ses bras.

— Et voilà, dit-il en marchant avec assurance dans l'obscurité. Cette souche devrait faire l'affaire.

Il la posa dessus, et quand elle s'aperçut qu'ils faisaient désormais la même taille, Alice lui sourit, rayonnante.

— Oh, oui, dit-elle en soupirant de plaisir. C'est beaucoup mieux.

Nate la contempla en souriant, et Alice rougit en discernant la lueur dans ses yeux. On aurait dit qu'il voulait la dévorer. C'était assez excitant.

— N'allez-vous donc pas m'embrasser ? demanda-t-elle en sentant sa timidité revenir légèrement, ce qui était paradoxal, puisqu'elle avait déjà jeté aux orties toute notion de prudence ce soir.

— Non, répondit-il. Je l'ai déjà fait. C'est votre tour.

Il la fixa, et elle prit conscience du mouvement rapide que faisait sa cage thoracique, du désir qui assombrissait son regard.

— Je suis tout à vous, dit-il d'une voix rauque. Jouissez de moi comme bon vous semble.

Ces mots déclenchèrent des étincelles en elle, enflammant son sang comme une allumette sur une traînée de cognac. Cette invitation, cette permission d'exercer son pouvoir sur lui était euphorisante.

Alice prit son visage entre ses mains. Elle lui caressa les joues, avant de froncer les sourcils devant la cravate parfaitement nouée.

— Je vous préfère sans la cravate, sans le manteau, et sans le gilet, soupira-t-elle.

— Essayez-vous de me dire que je porte trop de vêtements ? demanda-t-il avec un rire malicieux qui aurait dû faire rougir Alice, mais elle leva le menton.

— Exactement, dit-elle avec une pointe de défi. C'est tout à fait ce que je pense.

— Touchez-moi, alors, dit-il, le souffle court. Mettez vos mains sur ma peau.

Cette déclaration arracha une exclamation de surprise à Alice, mais l'idée était trop tentante pour y résister.

— Comment ? demanda-t-elle en fronçant les sourcils. Il y a trop de couches de tissu.

Aussitôt, il déboutonna son gilet, et libéra sa chemise de son pantalon.

— Ici, dit-il.

Il lui prit les mains et les guida sous sa chemise. Si Alice ressentit un choc en sentant sa peau chaude contre ses mains froides, ce ne fut rien en comparaison du soupir qui s'échappa de la bouche de Nate lorsqu'elle lui toucha les flancs.

— Oh, Seigneur, murmura-t-il.

Il baissa la tête et plongea dans son cou.

— Je n'ai rêvé que de cela, de vous, dit-il en faisant pleuvoir des baisers sur sa peau. De vos mains sur moi.

Alice soupira de plaisir, submergée par la douceur de sa bouche contre son cou, par la chaleur et la puissance de ce corps musclé sous ses doigts. Audacieuse, elle aventura ses mains plus haut, enchantée des frissons qu'elle provoquait en lui. Ses doigts se délectaient de son contact, de sa peau douce, et du bruit que faisaient les poils drus qui bruissaient sur leur passage. Elle fit glisser ses mains sur ses muscles, sur sa cage thoracique, et s'arrêta sur sa poitrine. Son cœur tambourinait sourdement sous sa paume, et son propre cœur s'emballa face au désir évident de Nate. Elle fit glisser ses mains sur la zone imposante, son pouce trouva le bourgeon d'un téton masculin, érigé et dur à son contact.

Nate frissonna et gémit, et Alice ressentit un sentiment de puissance qu'elle n'avait jamais connu auparavant. C'était étrange de sentir ce corps puissant frémir sous ses doigts, mais cette constatation l'enhardit. Elle fit bouger son pouce d'avant en arrière sur le petit appendice. La bouche de Nate recouvrit la sienne, et tandis qu'il embrassait en la serrant contre lui, un grondement désespéré vibra dans sa gorge.

— Je ne peux pas supporter cela, Alice, dit-il lorsqu'il l'autorisa de nouveau à respirer. Il faut nous marier, je vous en prie, mon amour. Dites-moi que vous désirez la même chose ?

Avant qu'elle ne puisse répondre, il s'empara de nouveau de sa bouche, et elle fut soulagée d'avoir quelques instants pour y songer. Elle avait la tête qui tournait. Le désir la sommait de dire oui, oui je vous en prie, dès que possible. Mais la petite partie de prudence qui lui restait la suppliait de faire attention. Pouvait-elle réellement garder un homme comme celui-ci heureux ? Voudrait-il toujours d'elle de cette façon ? Elle avait besoin de temps, juste un peu plus de temps, pour en être certaine.

— Je serai si bon pour vous, déclara-t-il en couvrant son cou de baisers passionnés.

Alice inclina la tête alors que la main de Nate cherchait les boutons de son spencer. Il dénuda un peu plus ses clavicules, le décolleté de sa robe apparut.

— Je vous donnerai tout ce que vous désirez, je le jure. Je vous rendrai heureuse.

C'était bouleversant et merveilleux, elle sentait son sang déferler dans ses veines. Ses mains continuaient à explorer le corps de Nate sous sa chemise, mais une part d'elle prit conscience que le son de la cascade s'était arrêté, et que les discussions avaient repris.

— Nate, dit-elle à regret, les obligeant à reprendre contact avec la réalité.

Elle fit glisser ses mains vers le haut de son dos et agrippa ses épaules puissantes.

— Nate, le spectacle est terminé. Ils vont s'apercevoir de notre absence.

Nate poussa un juron en posant son front contre le sien, haletant.

— Alice, murmura-t-il, dites-moi que vous êtes aussi insensée que je le suis ? Dites-moi que vous ressentez cela, vous aussi ?

— Oui, dit-elle en se reculant pour pouvoir le regarder dans les yeux. Oui et… cela me fait un peu peur.

— À moi aussi, dit-il avec un sourire en coin. Ma vie est entre vos mains. Vous disposez d'un tel pouvoir sur moi, mon amour.

Il y avait effectivement une lueur inquiète dans son regard. Alice ne se sentit pas investie d'un grand pouvoir après son aveu ; elle ressentit simplement une vague de tendresse. Elle lui donna un baiser, doux et aimant, puis elle soupira en fermant les yeux.

— Venez, dit-il avec un regret évident. Nous ferions mieux de rejoindre les autres.

D'une main habile, il remit sa chemise convenablement, mais laissa Alice lui reboutonner le gilet en lui souriant tendrement.

— Et voilà, dit-elle en lissant la soie chaude qui couvrait sa poitrine. Comme neuf.

Avec un soupir triste, Nate la guida hors du bosquet, et les fit s'infiltrer au sein de la foule d'une façon experte, sans que personne ne s'en aperçoive. Il se pencha pour parler à l'oreille d'Alice :

— Matilda se trouve juste ici. Je viendrai vous rejoindre dans un instant.

Alice hocha la tête et se dépêcha de rejoindre ses amis. Matilda lui lança un sourire complice avant de glisser son bras sous le sien et de reprendre la conversation qu'elle avait avec

Henry. À en juger par le regard du jeune homme, il était subjugué. Alice sourit ; elle ne pouvait pas lui en vouloir. Matilda, comme d'habitude, était d'une beauté renversante. Sa robe était d'une nuance violette assez osée, une couleur qu'une femme moins belle n'aurait jamais su porter ; mais, associée à son spencer de satin blanc, et à un chapeau charmant bordé de plumes d'autruche, elle était d'une exquise beauté.

Alice sursauta lorsqu'elle chercha Nate dans la foule et tomba à la place sur le regard froid et insistant du marquis de Montagu. Elle attendit qu'une pause dans la conversation lui permette d'attirer l'attention de son amie.

— Tilda, chuchota-t-elle.

— Qu'y a-t-il ? demanda Matilda, alertée par le ton d'Alice.

— Ne regardez pas sur votre droite, mais Montagu est ici, et cela fait une bonne minute qu'il vous fixe.

Ce que Matilda ressentit en apprenant cela, Alice n'en sut rien, car ni son expression ni sa posture ne changèrent. Mais à son grand désespoir, Matilda ne suivit pas son conseil : elle se retourna pour regarder droit vers le marquis.

Alice retint son souffle. Comment Matilda pouvait-elle oser soutenir le regard d'un homme aussi froid et aussi puissant, elle n'en avait pas la moindre idée, et pourtant, c'était ce que son amie faisait, en le dévisageant comme si elle eût été reine, et lui, un simple plébéien effronté. Elle avait l'impression d'être au beau milieu d'un conflit entre deux loups qui se préparaient à se battre en tournant en cercle, et elle sentit les poils de sa nuque se dresser.

Après ce qui lui sembla une éternité, le marquis inclina la tête, d'une façon si minime qu'aucun autre individu n'aurait pu le percevoir. Venant de sa part, cela semblait être un geste d'une importance extrême.

Elles regardèrent la personne qui l'accompagnait attirer son attention, une jolie brune qui se rapprocha de lui, accrochée à son bras. L'espace d'une seconde Alice crut voir de l'irritation traverser brièvement ce visage de marbre, mais la seconde d'après, il s'était retourné et elle n'en fut plus très sûre.

— Ma parole, dit-elle en libérant le souffle qu'elle n'avait pas eu conscience de retenir. Que vient-il de se passer ?

Matilda haussa les épaules et s'éloigna, imitant le reste de la foule qui se dispersait maintenant que le spectacle était fini.

— Il aime me rappeler que je ne suis rien pour lui, dit-elle d'un ton léger, bien qu'Alice crût percevoir un tremblement dans sa voix. Et j'aime lui montrer qu'il est moins que rien, semblable à la boue sur mes chaussures.

Secrètement, Alice se dit qu'ils avaient échangé beaucoup plus que ces marques de dédain pendant ces secondes chargées de tension, mais elle se garda de partager ses pensées. Il y avait quelque chose entre le marquis et Matilda, un lien étrange qui les reliait. Elle décida d'en parler à Nate, de le prévenir que le marquis n'en avait pas fini avec sa sœur. Ce que l'homme avait en tête, elle n'osait même pas y songer.

Elles marchèrent en silence pendant quelques instants. Elle se disait que Matilda avait peut-être besoin de quelques minutes pour se remettre de cette altercation, et elle fut plus qu'heureuse d'en profiter pour revivre les instants qu'elle venait de partager avec Nate, ce frisson interdit de sentir sa peau brûlante sous ses mains. Ses doigts ressentaient encore cette brûlure. Elle le voyait à présent, il marchait un peu devant elles avec Henry, ses larges épaules remplissant le manteau bleu sombre qui lui allait comme un gant.

Alice soupira.

— Avez-vous apprécié le spectacle, très chère ? demanda Matilda d'un air un peu trop innocent.

Alice leva les yeux, nota la lueur amusée dans le regard de son amie, et rougit furieusement.

— C'était des plus… divertissant, dit-elle avec dignité en levant le menton.

Puis elle croisa à nouveau le regard de Matilda et ne put rien faire d'autre qu'éclater de rire avec son amie. Nate se retourna pour les observer, et leva un sourcil, provoquant une hilarité encore plus grande chez les filles, qui s'attirèrent les regards réprobateurs de femmes plus âgées.

Alice ressentit une vague de bonheur. Non seulement Nate était sien, voulait désespérément l'épouser et faire d'elle sa femme, mais il y avait aussi Matilda. Elle aurait une sœur, une famille qui était affectueuse et aimante, et si différente de la sienne, que c'était presque impossible d'y croire.

Elle ressentit une douleur à l'idée que ses parents puissent la renier si elle faisait ce choix. Bien qu'elle soit blessée par leur égoïsme, leurs ambitions n'étaient pas simplement pour eux, mais aussi pour leur fille. Ils ne comprenaient tout simplement pas pourquoi de telles choses n'avaient aucune importance à ses yeux. Que le bonheur dût passer avant le statut était une idée aussi étrange pour eux, que l'inverse l'était pour Alice. Pourraient-ils jamais lui pardonner ? Elle ne pouvait pas ignorer le fait que rien n'était moins sûr.

Si elle épousait Nate, ils penseraient qu'elle avait jeté la honte sur la famille. Effectivement, aux yeux de la haute société, ce serait le cas.

En revanche, si elle tombait amoureuse de Nate — et tout lui laissait croire que son cœur se précipitait à un rythme effrayant vers ce sentiment — elle se ficherait comme d'une guigne de la haute société et de leurs opinions. Alice sourit en réalisant que c'était déjà le cas. Elle se moquait de ce qu'ils pensaient. Toute sa vie, elle avait été terrifiée de faire quelque chose qui allait à l'encontre de l'étiquette, et de provoquer ainsi la désapprobation de l'aristocratie. Mais c'était terminé. Ce qu'ils pensaient de Nate, ou de Matilda, elle n'en avait cure : elle savait ce qu'elle pensait, et c'était tout ce qui comptait.

Chapitre 15

*Avez-vous vu Saint-Clair à Vauxhall ? Je ne
comprends pas pourquoi tout le monde persiste
à soupirer et à tomber en pâmoison devant lui.
Même Henry l'idolâtre. Eh bien, pas moi. Ce
n'est rien d'autre qu'un prétentieux.*

**— Extrait d'une lettre de miss Harriet
Stanhope à miss Bonnie Campbell.**

**Soirée du 26 juin 1814. Alcôves dînatoires, jardins
du Vauxhall, Lambeth.**

Alice dit au revoir à Matilda à regret, et échangea un dernier
regard avec Nate, qui toucha son chapeau du doigt en lui offrant un
sourire à la dérobée. Demain, elle le verrait de nouveau, se promit-
elle, et son cœur bondit d'excitation à cette idée.

— Avez-vous passé un bon moment, Alice ?

— Oh oui, dit-elle en se retournant vers Kitty, qui prit son
bras. C'était fabuleux. Et vous ?

— C'est évident, s'exclama Kitty, toute excitée. C'était
formidable ! Mais où étiez-vous pendant le spectacle ? Vous étiez à
côté de nous, et l'instant d'après…

Alice lutta pour empêcher le rouge de lui monter aux joues, et
maudit son teint de porcelaine. Avant même qu'elle n'ait eu le
temps de songer à un mensonge pour couvrir ces rougeurs —
chose qu'elle aurait dû faire bien avant — Kitty s'agrippa à son
bras.

— Alice ! s'exclama-t-elle en réduisant sa voix à un murmure surexcité. Qui est-ce ?

— De quoi parlez-vous ?

Kitty lui lança un regard vide.

— Votre teint écarlate a vendu la mèche, répondit-elle, absolument pas impressionnée par la tentative de diversion d'Alice.

— Eh bien, q-qui a dit qu'il y avait réellement *quelqu'un* ? dit Alice en soufflant, avant de regarder autour d'elle pour être sûre que personne ne les ait entendues.

— La couleur de vos joues, pouffa Kitty avec délice. Oh, Alice, vous ressemblez à un homard bouilli.

— C'est très aimable de votre part de dire cela, répondit-elle, froissée.

— Oh, ne réagissez pas ainsi, la pressa Kitty, avant de lui prendre la main et de la serrer entre les siennes. Il y a bel et bien quelqu'un, n'est-ce pas ? ajouta-t-elle avec un regard rêveur qui intrigua Alice.

Elle poussa un lourd soupir.

— Chanceuse ! Est-il très séduisant ?

Alice sourit malgré elle, et hocha la tête.

— Oui, plutôt.

Kitty poussa un petit cri enchanté, et glissa de nouveau son bras autour de celui d'Alice.

— L'aimez-vous ?

Alice reprit son souffle. Elle se laissa le temps de réfléchir à la question une fois encore, même si elle n'avait quasiment pensé qu'à cela ces derniers temps. Un petit sourire se dessina sur son visage au souvenir de Nate, de ses doux baisers et de ses promesses désespérées pour l'avenir, de ses demandes ardentes pour qu'elle devienne sa femme.

— Oh, soupira Kitty. C'est le cas, n'est-ce pas ?

Alice cligna des yeux, qui se remplirent de larmes sans qu'elle comprenne exactement pourquoi.

— Oui, répondit-elle d'une voix incertaine. Oui, je crois que je l'aime.

— Être amoureux est tellement… grisant, soupira Kitty. Jusqu'à ce que cela ne le soit plus du tout, ajouta-t-elle en fronçant les sourcils et en détournant le regard de celui d'Alice.

— Que voulez-vous dire ? demanda Alice, un peu décontenancée par sa remarque. Avez-vous déjà été amoureuse, Kitty ?

Son amie acquiesça et Alice serra son bras lorsqu'elle s'aperçut que les yeux de Kitty brillaient trop, remplis de tristesse.

— Oh, je suis désolée, dit-elle.

Elle se demandait ce qui avait bien pu se passer, Kitty n'ayant jamais mentionné qu'elle avait eu quelqu'un dans sa vie.

— Ce n'est rien, dit Kitty avec un petit rire, en s'essuyant les yeux. Ce n'est pas comme si j'éprouvais des regrets. Je ne regrette pas un seul instant, ajouta-t-elle avec une telle nostalgie que le cœur d'Alice se serra. C'était les moments les plus heureux de ma vie.

— Mais que s'est-il passé ? demanda Alice en baissant la voix.

Elle patienta, en se disant qu'il était peut-être déplacé de sa part de se montrer aussi indiscrète, mais Kitty lui répondit :

— Je l'ignore. Un jour, il était présent et tout était parfait, et le jour d'après…

Elle fronça les sourcils, comme si elle observait une scène appartenant à un lointain passé.

Alice l'observait, désemparée. Elle voulait en savoir plus, mais Harriet tira sa manche ; elle venait de revenir à leurs côtés, interrompant leur moment d'intimité.

— Alice, est-ce votre mère qui nous fait signe ? demanda-t-elle.

Alice chercha du regard la personne en question, puis hocha la tête.

— Oui.

Elle lança à Kitty un regard frustré. Elle aurait voulu continuer cette conversation.

— J'imagine que nous sommes en retard pour le souper, et que papa risque de devenir grincheux.

Le groupe chemina en direction de Mr et Mrs Dowding, et, effectivement, son père avait l'air assez morose, en dépit de l'atmosphère conviviale de la soirée. Il regrettait très certainement d'avoir accepté de venir.

— Enfin, déclara sa mère en gratifiant Alice d'un regard irrité. Nous vous attendions pour prendre place. Vous savez à quel point votre père déteste les retards.

— Pardonnez-moi, mère, répondit Alice en souriant ; elle ne ressentait aucune culpabilité.

— Au revoir, Harriet, Mr Stanhope. Au revoir, ma chère Kitty.

Kitty lui fit un clin d'œil, et, de manière impulsive, l'étreignit.

— Au revoir, Alice. J'ai apprécié ces instants. Profitez bien du reste de votre soirée.

Tandis que Kitty parlait, Alice remarqua l'horreur non dissimulée dans les yeux de sa mère, et son cœur se serra. Avant qu'elle ne puisse faire quoi que ce soit, sa mère lui avait saisi le bras et l'éloignait de ses amis en la tirant.

— Vraiment, Alice, comme si cela n'était pas suffisant qu'il ait fallu mettre un terme à votre association avec cette scandaleuse péronnelle de chasseuse, maintenant c'est une Irlandaise ? Mais qu'est-ce qu'il vous prend ? Je vous ai mieux éduquée que cela !

Alice libéra son bras, mortifiée. Sa mère avait parlé assez fort pour que tout le monde l'entende, y compris Kitty.

— Mère ! s'écria Alice, furieuse.

Elle avait vu une expression cassante et froide traverser le visage de son amie. Sans un mot, Harriet se précipita vers elle, et lui prit la main.

— Venez, ma chère. Henry a trouvé un endroit où nous pourrons nous installer pour manger quelque chose, dit-elle d'une voix douce en entraînant rapidement Kitty.

— Comment avez-vous pu faire une chose pareille ? cria Alice. Comment avez-vous pu oser dire une telle chose ? Si vous devez être aussi désagréable, pourriez-vous au moins avoir la décence de le faire à voix basse ? Kitty est mon amie, et votre comportement l'a blessée.

— Cette fille n'est pas une amie convenable pour vous.

Elle empoigna de nouveau le bras d'Alice, en enfonçant ses doigts dans sa chair. Alice se débattit un peu dans l'espoir de s'échapper, mais peut-être son envie de fuir était-elle écrite sur son visage, car sa mère ne fit que raffermir sa prise.

— Ne vous avisez pas de faire une scène, gronda-t-elle entre les dents, des éclairs dans les yeux.

— Moi, faire une scène ? cria Alice, outrée. C'est vous qui criez comme une poissonnière, et dénigrez mes amis à pleins poumons.

Sous le choc, sa mère la dévisagea, bouche bée. Alice sentit monter une bouffée d'angoisse en réalisant ce qu'elle avait dit. Mais elle ne regrettait pas ses paroles. Elle désirait simplement retourner auprès de Kitty pour s'excuser de tout son cœur.

— Vous ne parlerez pas à votre mère ainsi.

Alice se tourna vers son père, et fut intimidée en voyant une réelle colère briller dans ses yeux. Il se donnait rarement la peine de se soucier d'Alice, laissant à sa femme le soin de s'occuper d'elle, mais là, il paraissait gravement offensé.

— Je ne peux pas croire que les sentiments de ta mère comptent moins à tes yeux que ceux de ces bouseux d'Irlandais.

Alice était estomaquée. Elle avait l'impression qu'elle voyait peut-être son père pour la première fois. Elle avait toujours su qu'il était ambitieux, et qu'il n'aurait aucun scrupule à utiliser sa fille pour atteindre ses fins, mais ceci…

La poigne de sa mère s'étant quelque peu ramollie autour de son bras, Alice ne gaspilla pas cette occasion. Elle le dégagea une fois de plus, et recula en dévisageant ses parents sans cacher son horreur. Le cœur battant, elle tourna les talons et s'enfuit.

Il ne lui fallut pas longtemps pour réaliser qu'elle avait agi de façon précipitée. Il n'y avait aucun signe de Kitty ni d'Harriet. La foule était dense et impénétrable, surtout autour des alcôves où l'on mangeait, et beaucoup d'invités un peu saouls devenaient un peu trop animés à mesure que la boisson coulait. Poussée et bousculée de tous les côtés, Alice chercha en vain ses amis, ou n'importe qui de sa connaissance. Au beau milieu de cette cohue, il devait bien y avoir quelqu'un qu'elle connaissait.

Malheureusement, c'était le cas.

Une main se glissa trop familièrement autour de sa taille et la tira fermement ; Alice glapit et se retourna vivement pour faire face au diable qui avait pris de telles libertés.

— B-Bonsoir, douce Alice. Toute seule ? Nous ne p-pouvons pas permettre une telle chose, n'est-ce p-pas ?

— Retirez votre main, monsieur, s'écria-t-elle en luttant pour se libérer.

Edgar se contenta de rire en la serrant plus fort. Elle pouvait sentir des relents d'alcool fort dans son haleine, et elle réalisa avec inquiétude qu'il était fortement éméché.

— N-Non, je ne pense pas que je devrais faire cela, dit-il d'un ton menaçant. Je devrais vous emmener d-dans un endroit discret pour vous ap-apprendre à être gentille avec moi. Cela n'a pas eu l'air de vous déranger, de vous m-montrer gentille avec Mr Hunt, après tout, n'est-ce pas, c-catin ?

Il l'entraîna à travers la foule en la poussant et en la bousculant tandis qu'Alice se débattait plus fort. Il y avait moins de monde à présent, et Edgar la tira en direction de l'obscurité des jardins, là où les promenades privées, les endroits discrets et les recoins sombres ne manquaient pas. Sa peur se transforma en terreur quand elle réalisa qu'elle ne pouvait le laisser l'entraîner dans l'obscurité ; elle remplit ses poumons, prête à hurler, quand Edgar s'arrêta net.

Elle leva les yeux vers lui en se demandant ce qu'il se passait, et elle vit son teint rouge devenir d'une dramatique blancheur de craie. Alice suivit son regard et hoqueta de surprise. Elle n'aurait jamais cru qu'un jour, elle serait contente de voir le marquis de Montagu, mais là, elle aurait pu l'embrasser.

— Lâchez la fille, Edgar, dit Montagu en ayant l'air mortellement ennuyé. Je crois qu'elle n'apprécie pas vos attentions.

— Oh, elle les ap-préciera bien assez, répondit Edgar, suffisamment imbibé d'alcool pour oser répondre de façon effrontée. Et pourquoi vous intéressez-vous à elle ? Elle n'est p-personne.

— Je me moque d'elle, répondit le marquis sans le moindre signe d'intérêt. Ses traits auraient tout aussi bien pu être gravés dans le marbre, pour le peu d'émotions qui apparaissait sur son visage.

— Et je me moque davantage encore de vous, ajouta-t-il avec un soupir qui semblait indiquer son déplaisir de participer à cet échange désagréable. En revanche, je ne peux pas permettre de tels étalages de vulgarité, et vous, monsieur, êtes vulgaire à l'extrême. À présent, lâchez la jeune femme, ou je vous y contraindrai.

Alice retint sa respiration. Le marquis avait parlé doucement, sans jamais élever la voix, si doucement en fait, qu'ils devaient rester immobiles pour entendre ses paroles. Le fait est que c'était la menace contenue dans cette voix douce *qui avait* provoqué cette paralysie ; la façon précise et détachée qu'il avait eue de prononcer les mots contenait un avertissement implicite. L'absence du moindre signe d'émotion ou de colère semblait simplement mettre ce danger en exergue, au lieu de le dissiper.

Edgar était énervé à présent ; comme un enfant trop gâté qui se voit refuser un caprice.

— Cela ne v-vous regarde pas, râla-t-il, et Alice s'attendit presque à l'entendre dire *ce n'est pas juste*, tellement il avait dit ceci d'un ton geignard.

— Non, admit le marquis en inspectant ses gants gris impeccables avec un froncement de sourcils. Et vous commencez à me fatiguer, à débiter ainsi des évidences. Lâchez miss Dowding, ou je vous le ferai regretter.

— Pourquoi ? demanda Edgar en reculant d'un pas sous le regard froid de Montagu.

— Vous pensez que je vais expliquer mes raisons… *à vous* ?

Le regard du marquis balaya Edgar des pieds à la tête. Alice ne put pas le blâmer de rougir vivement face au marquis.

À son grand soulagement, les mains qui la tenaient la relâchèrent, et Edgar la poussa violemment, manquant de la faire tomber à genoux ; mais le marquis tendit la main et attrapa son bras avant qu'elle ne s'écroule, l'aidant à reprendre son équilibre l'espace d'un instant, avant de la relâcher aussitôt. Elle eut la nette impression que le contact avait duré bien trop longtemps à son goût.

Il ramena son attention vers Edgar, lui fit un signe de la main pour lui indiquer de déguerpir, et, à la grande satisfaction d'Alice, Edgar s'éloigna à grands pas.

— Monsieur, dit Alice, le souffle coupé tellement elle se sentait soulagée. Je ne sais pas comment je peux —

— Assez, rétorqua Montagu.

Il la réduisit au silence d'un regard méprisant.

— Je n'ai aucun désir de recevoir vos remerciements ni de bavarder avec vous. Je vais vous ramener auprès de vos amis. Je suggère que vous restiez près d'eux, à l'avenir, petite écervelée.

Les joues cuisantes de honte, Alice tint sa langue. Le marquis la raccompagna aux alcôves où l'on servait le souper. Pour ajouter à son humiliation, il n'eut aucun mal à trouver Harriet et Kitty.

Les deux jeunes femmes et Henry, choqués, observèrent Montagu accompagner Alice à leur table avec des yeux ronds.

— Miss Dowding, la salua le marquis.

Il la regarda à peine en lui accordant un bref hochement de tête, puis partit.

— Alice ! s'exclama Harriet en se levant. Que s'est-il passé ?

Alice était si choquée qu'elle tremblait. Henry commanda un verre de punch d'arak et la força à boire, pour lui calmer les nerfs. Lorsqu'elle eut fini de conter sa triste mésaventure, Henry était furieux.

— Cette immonde ordure pitoyable, dit-il en tapant sur la table du plat de la main. Je ne l'ai jamais aimé ; toujours à essayer de s'attirer les bonnes grâces de Saint-Clair, quand bien même ce dernier ne lui donnerait même pas l'heure… Mais essayer de vous emmener de force, comme cela ? Je ne peux pas accepter cela.

— Henry, dit Harriet d'un ton menaçant. Ne vous avisez pas de faire cela. Vous savez ce que père a dit qu'il ferait, s'il apprenait que vous vous étiez battu de nouveau.

— Oh, s'exclama Alice, horrifiée. Oh, non, en effet, Mr Stanhope. Je vous en prie, ne vous donnez pas cette peine. Je n'aurais pas dû m'enfuir seule ainsi, et je vous garantis que je ne recommencerai pas, donc il n'aura plus jamais d'autre occasion d'agir de la sorte. Je ne pourrais pas supporter que vous soyez blessé, ou en désaccord avec votre père, à cause de moi.

— Eh bien, il faut que quelqu'un fasse quelque chose, murmura Henry.

Il croisa les bras avec un air mutin sur le visage.

Alice sentit la main de Kitty sur son bras, et se tourna vers elle. Elle avait gardé le silence depuis l'arrivée d'Alice, et la jeune femme n'avait pas encore rassemblé assez de courage pour lui demander pardon. Dieu seul sait ce que Kitty devait penser d'elle.

— Vous vous êtes querellée avec vos parents, Alice ? dit-elle doucement. À cause de moi ?

Alice déglutit et tendit la main pour attraper celle de Kitty.

— Kitty, je ne me suis jamais sentie aussi mortifiée de toute ma vie. Ils n'avaient aucun droit… je n'aurais jamais cru…

Kitty eut un rire sans joie.

— C'est une réaction plus qu'habituelle, Alice, ne vous inquiétez pas. Mon oncle voulait que je me débarrasse de mon accent, mais… elle s'interrompit, deux taches rouges flamboyant sur ses joues. Pourquoi le devrais-je ? demanda-t-elle d'un air provocateur en regardant Alice. Je ne suis pas différente de vous ni d'Harriet. Pourquoi devrais-je changer ?

— Vous ne devriez pas avoir à faire cela, répondit fermement Alice. Vous êtes charmante, intelligente et pleine de vie, et je suis fière de vous compter parmi mes amis, Kitty. Enfin… si vous voulez bien me pardonner pour —

— Vous pardonner ? s'exclama Kitty et la regardant avec des yeux écarquillés. Alice, vous avez tenu tête à vos parents, vous vous êtes disputée avec vos parents pour prendre ma défense.

Sa voix se brisa, et Alice hoqueta de surprise lorsque Kitty jeta ses bras autour de son cou.

— Merci, lui murmura-t-elle.

Les évènements de cette soirée mouvementée l'avaient épuisée, et elle ne put que lui rendre son étreinte.

— Les amis servent à cela.

Harriet insista pour qu'Alice mange quelque chose avant de retrouver son père et sa mère. Une fois le repas terminé, Henry laissa Kitty et Harriet en compagnie de tante Nell pour raccompagner Alice auprès de ses parents.

Alice se fit réprimander durant toute la durée du trajet de retour. Elle les avait beaucoup déçus, et ils étaient choqués et attristés de constater avec quelle impudence elle parlait. Alice supporta toutes ces remontrances, jusqu'à ce que son père prenne la parole.

— Je pense que vous nous avez prouvé qu'il faut que nous vous mariions à Edgar Bindley, et, pour le bien de tous, le plus tôt sera le mieux. Peut-être arrivera-t-il à instiller un peu de bon sens en vous, puisqu'il semblerait que tout ce que nous vous ayons inculqué n'ait servi à rien.

Le cœur d'Alice fit un bond dans sa poitrine.

— Je n'épouserai jamais Mr Bindley, rétorqua-t-elle d'une voix faible, mais ferme. En fait, je vais vous parler un peu de Mr Bindley, père. Lorsque je suis partie à la recherche de mes amis, il m'a trouvée, et il… il m'a fait du mal. Il m'a brutalisée de la façon la plus obscène et irrespectueuse qui soit, et sans l'intervention du marquis de Montagu, il m'aurait trainée dans un recoin sombre des jardins, et…

Sa voix s'éteignit, mais il fallait qu'elle dise ces mots à voix haute, déterminée à ce que ses parents apprennent ce que l'époux qu'ils lui avaient choisi avait eu l'intention de lui faire subir. Elle continua :

— Et ses intentions n'étaient certainement pas honorables.

— C'est ce que l'on récolte à partir seule, dit sa mère en secouant la tête avec une expression écœurée. Bien sûr qu'il a pensé que vous étiez ouverte à ses avances. Vous êtes sa promise, et il vous trouve seule, qu'aurait-il bien pu penser d'autre ?

Le souffle coupé, Alice contempla sa mère, effarée.

— M-Mais, mère, cela n'avait rien d'un interlude romantique ! Il s'est emparé de moi, m'a rudoyée avec force et de façon inappropriée, tout en disant des choses viles et dégoûtantes.

— Pour l'amour du ciel, Alice, rétorqua son père. Il me paraît évident qu'un jeune homme de l'âge de Mr Bindley se montre enthousiaste dans ses avances. C'est inévitable, et cela choquera forcément une gentille jeune demoiselle de bonne famille, mais ce n'est pas la peine de vous montrer aussi niaise à propos de cette affaire. Vous serez sa femme bien assez tôt.

Alice dévisagea ses parents, abasourdie et horrifiée, le cœur battant si fort qu'elle se sentait nauséeuse et avait la tête qui tournait. Cela ne servirait à rien de parler. Si elle protestait, ils l'accuseraient de réagir de façon hystérique. Ses parents ne la protègeraient pas d'un homme comme Bindley ; en réalité, à leurs yeux, plus vite ils pourraient la lui livrer, mieux cela serait.

Les souvenirs de Nate, de sa tendresse et de sa passion, remplissaient sa tête. Il disait qu'il était fou de désir et d'amour pour elle, et pourtant il ne l'avait jamais embrassée ou touchée sans avoir sa permission, s'arrêtant au moindre signe d'hésitation de sa part. Il l'avait toujours traitée avec respect, et ne lui avait jamais fait de mal, ne lui avait jamais fait peur. Il ferait n'importe quoi pour la protéger, elle le savait instinctivement. Elle lui faisait confiance, réalisa-t-elle. Elle placerait sa sécurité et son bonheur entre ses mains sans la moindre hésitation.

Sonnée, elle toléra le reste du trajet silencieusement, en écoutant ses parents parler du moment ou père irait parler à Mr Bindley, pour lui dire qu'il acceptait sa demande, et qu'il pouvait dès lors commencer à rendre visite à Alice. Des fiançailles courtes satisferaient tout le monde, de toute évidence.

Alice sentait la panique fourmiller en elle, ses nerfs étaient à deux doigts de lâcher, mais elle s'accrocha pour maintenir un calme apparent. Elle verrait Nate demain. Tout s'arrangerait. Ils trouveraient un moyen.

Elle réussit miraculeusement à tenir sa langue jusqu'à la fin du trajet. Alors qu'ils montaient les escaliers pour rejoindre leur lit, Alice se tourna vers sa mère.

— J'accompagnerai miss Stanhope demain, mère. Sa tante, son frère et elle ont prévu d'effectuer une visite des jardins de Kensington.

Sa mère fronça légèrement les sourcils.

— Son frère est Henry Stanhope ? demanda-t-elle. C'est un bon ami du comte de Saint-Clair, n'est-ce pas ?

Alice acquiesça en sentant l'espoir se réveiller en elle. Les ambitions de sa mère suffiraient peut-être à lui accorder l'autorisation de sortir de la maison.

— Effectivement, et j'ai cru comprendre que le comte nous accompagnerait, ainsi que miss Minerva Butler, la cousine de la duchesse de Lorny.

— Dans ce cas, c'est d'accord, répondit sa mère avec un sourire gracieux qui fit grincer les dents d'Alice. En revanche, j'ose espérer que votre comportement sera plus gracieux, digne et approprié que celui dont vous avez fait preuve ce soir.

— Oui, mère, répondit Alice en réprimant un flot d'émotions qui ne lui aurait été d'aucune aide.

Elle se retourna, et se dépêcha de rejoindre sa chambre avant que la femme ne change d'avis.

Chapitre 16

*Mais Harry, comment pouvez-vous dire cela
sur le comte de Saint-Clair ? Il est si charmant,
et tout à fait digne des soupirs qu'il provoque
sur son passage. Vous avez de la chance d'avoir
un frère dont les amis sont de si bons partis.*

**—Extrait d'une lettre de miss Bonnie
Campbell à miss Harriet Stanhope.**

**Le 27 juin. En route vers les jardins de Kensington.
1814.**

— Mais cessez donc de triturer votre cravate, Nate, très cher, soupira Matilda. Elle était parfaitement mise lorsque nous sommes partis, mais vous allez tout défaire si vous continuez ainsi.

Nate soupira et se concentra de nouveau sur ses chevaux. Le cabriolet avançait à un rythme soutenu. Il ne savait pas quelle mouche l'avait piqué, ou plutôt, il le savait parfaitement, mais il ne pouvait rien y faire.

— Ne seriez-vous pas nerveux ? demanda sa sœur en se penchant pour mieux le regarder.

Il pouvait distinguer l'amusement dans le ton de sa voix, mais lui, ne trouvait rien de drôle à la situation.

— Bon sang, oui, admit-il. Et ce n'est pas la peine de me dire que je me comporte comme un veau énamouré ; j'en ai parfaitement conscience. Je… je ne peux pas m'en empêcher, apparemment.

Il s'attendait à ce qu'elle éclate de rire devant ces aveux, mais, comme il n'entendit rien, il tourna la tête en direction de Matilda, et vit qu'elle le regardait avec des étoiles dans les yeux. Elle se pencha et posa la main sur son bras.

— Oh, Nate, je suis si heureuse. Alice est une si gentille fille. Je sais qu'elle vous rendra heureux.

Il laissa échapper un soupir, et rit.

— Si elle veut bien de moi, dit-il en essayant d'avoir un ton léger, mais l'anxiété était perceptible dans sa voix.

— Elle n'a pas encore accepté la demande ?

Nate secoua la tête et déglutit la boule qui semblait avoir trouvé demeure dans sa gorge la nuit où Alice et lui s'étaient fait surprendre. Il savait qu'il ne s'en débarrasserait pas, tant qu'elle n'aurait pas accepté de l'épouser.

— Non, avoua-t-il. J'ai l'impression de devenir fou. Matilda, bon sang, qu'est-ce qui ne tourne pas rond chez moi ? Je n'arrive plus à dormir, je n'arrête pas de penser à elle. Je ne suis pas un béjaune, et pourtant je me comporte comme tel. J'ai déjà eu des relations, beaucoup trop pour vous donner un chiffre exact. Pourquoi est-ce si… si intense ?

— Parce que c'est ce que vous avez toujours voulu, Nate, dit Matilda d'une voix douce. Avant que papa ne gâche tout. J'ai toujours su que vous n'étiez pas le genre d'homme à vouloir garder à tout prix son indépendance, et à ne se marier que par obligation. Vous *vouliez* un foyer, une famille, la sécurité. Vous ne vous en étiez jamais caché, mais papa vous a ensuite privé de ce futur, et vous avez dû devenir Nathaniel Hunt, propriétaire de l'établissement de jeux le plus exclusif de la ville. Je vous ai vu changer, du moins, en apparence, mais je savais que ce n'était pas vraiment vous.

Matilda le regarda en silence quelques instants, mais la gorge de Nate était trop serrée pour qu'il puisse parler.

— Vous arrive-t-il de penser à Glebe House ? demanda-t-elle.

Nate déglutit. Avant que leur père ne réduise leur avenir à néant en pariant leur fortune aux jeux, ils possédaient plusieurs propriétés, incluant une petite maison confortable dans le Kent. Elle aurait dû lui revenir à son mariage, et Nate avait imaginé et planifié toutes les choses qu'il y ferait, toutes les améliorations qu'il y apporterait. Comme c'était étrange qu'il n'y ait pas pensé depuis si longtemps.

— Non. Cela fait des années que je n'ai pas songé, admit-il.

— Pourquoi ? demanda-t-elle.

Il prit une inspiration.

— Vous arrive-t-il de penser à votre union avec le fringant lord Dawlish, qui vous a fait soupirer des semaines durant ; ou au fait d'avoir une famille et des enfants ?

— Non, dit-elle en se détournant de lui.

— Alors, vous comprenez, dit-il d'une voix dure. Nous avons perdu ces rêves, et y songer ne fait que nous rendre malheureux. J'ai fait une croix dessus, Tilda.

Matilda prit une grande inspiration et se tourna de nouveau vers lui.

— Mais vos rêves ne sont pas perdus, Nate. Je pense qu'Alice vous aime, ou qu'elle en est au moins à mi-chemin. Ne la laissez pas s'échapper. Agrippez-vous à vos rêves, cette fois.

Nate prit la main de sa sœur et la pressa brièvement.

— C'est ce que j'ai l'intention de faire, même si cela me chagrine de savoir que ses parents la renieront probablement.

— Quoi, et prendre le risque de ne jamais devenir membre du *Hunter's* ? répondit-elle avec un sourire en coin. Oh, je pense que vous avez un peu de pouvoir de ce côté-là, Nate. Au moins sur son père.

— Je n'en suis pas si sûr.

Nate s'interrompit pour négocier un virage serré et contourner un fiacre sur une portion de route étroite. Les sabots des chevaux claquaient brillamment sur les pavés, et les harnais, avec leurs anneaux qui miroitaient sous le soleil de l'après-midi, ajoutaient un petit son métallique.

Ils seraient prêts à marier leur fille unique à un ignoble individu comme Bindley juste pour se rapprocher d'un comté. Ce sera une grande déception pour eux de la voir épouser un personnage aussi scandaleux que moi-même.

— Balivernes, répondit Matilda d'un ton clairement agacé. Notre mère était la fille d'un vicomte, et le grand-oncle de père était un comte. Nous ne venons pas d'une mauvaise famille, malgré la honte qui nous est affiliée, ne l'oubliez pas. Mr et Mrs Dowding sont peut-être riches, mais ils font partie de la gentry. Il n'y a pas une seule goutte de sang noble dans leurs veines. Ils se situent aux frontières de l'aristocratie, et ils le savent. Ils devraient voir votre arrivée dans leur famille comme un privilège.

Nate tourna la tête pour sourire à sa sœur, touché et légèrement surpris de la véhémence avec laquelle elle prenait sa défense.

— Merci, Tilda, dit-il doucement. Et, ne croyez pas que j'ai oublié vos rêves. Nous ferons en sorte qu'ils se réalisent. Lorsque je serai marié, cela sera plus simple, avec l'aide d'Alice. Avec votre beauté et votre dot, nous vous trouverons un bon parti.

Tilda eut un rire amer.

— C'est très gentil, Nate, et ne croyez pas que cela ne me touche pas, mais j'ai vu le genre d'homme que les dots généreuses attirent. Franchement, je me fiche comme de ma première chemise d'avoir un titre de noblesse, un homme riche, ou même beau. Qu'il fasse partie de la noblesse ou de la gentry, qu'il soit banquier ou bien marchand, cela n'a pas d'importance. Je veux juste un homme bon, quelqu'un d'honnête. Quelqu'un de gentil. Quelqu'un d'affectueux, tendre et loyal. Est-ce là trop demander ?

En entendant la douleur dans la voix de sa sœur, le cœur de Nate se serra, et, une fois encore, il fut assailli par le remords d'être en partie responsable de l'opprobre dont sa sœur faisait les frais. Cela pesait lourdement sur son cœur. D'une façon ou d'une autre, il réparerait la situation. Et il verrait Matilda heureuse.

— Non, Tilda, dit-il en souriant. Ce n'est pas trop demander, et je ferai tout ce qui est en mon pouvoir pour que vous le trouviez.

27 juin 1814. Jardins de Kensington.

— Merci, dit Alice à Henry qui l'aida à descendre du carrosse lorsqu'ils furent arrivés à Hyde Park Corner.

Un sourire étira ses lèvres lorsqu'en se retournant, elle aperçut Ruth et Lucia se diriger vers eux.

— Oh, regardez, il y a Kitty aussi, et Bonnie, dit Harriet derrière Alice, en descendant à son tour. Quel charmant après-midi nous allons passer là !

Pourtant, Alice vit l'expression d'Harriet s'assombrir en remarquant un magnifique homme blond s'avancer pour saluer son frère.

— Bonjour, Henry, lança l'Adonis en tapant dans le dos de son compagnon avec un grand sourire.

Malgré elle, Alice sentit sa respiration s'accélérer légèrement. Nate était un homme séduisant, mais avec un petit côté brut qu'Alice trouvait très attirant. Le raffinement et la grâce définissaient chacun des traits de son ami. Il ressemblait à un dieu païen qui aurait pris forme humaine, avec ses cheveux blonds qui brillaient au soleil. Tout chez lui indiquait une vie de privilège, la richesse, et la conscience de savoir exactement qui il était, et où était sa place.

— Jasper ! s'exclama Henry, rayonnant. C'est bon de vous voir, vieille branche. Oh, laissez-moi vous présenter miss Alice Dowding. Miss Dowding, je vous présente le comte de Saint-Clair, et vous connaissez ma sœur, bien entendu.

— Miss Dowding, enchanté, déclara-t-il en posant ses yeux d'un bleu indigo étonnant sur Alice, avant de regarder Harriet.

Alice eut l'impression qu'il y avait une lueur taquine dans son regard lorsqu'il lui adressa la parole :

— Miss Stanhope, un plaisir, comme toujours.

— Saint-Clair, répondit Harriet avec un ton et un visage de pierre, avant de se détourner de lui.

Alice fut un peu surprise d'assister à cet accueil glacial, mais le comte sembla l'accepter de bon cœur.

Une fois que tout le monde fut réuni, ils partirent en direction des jardins. Il y avait beaucoup d'autres groupes semblables au leur, se délectant du soleil de l'après-midi et profitant de ces promenades aux heures mondaines pour voir et être vus.

Alice essaya d'apprécier la chaleur du soleil sur son visage et la présence de ses amis, et de ne pas trop penser aux événements de la veille, surtout à ce qu'il s'était passé durant la soirée.

— Oh, regardez, dit Kitty en se hâtant pour saisir le bras d'Alice. Il y a Matilda et son frère. Il a beaucoup d'allure, vous ne trouvez pas, Alice ? Nous n'avons échangé que quelques phrases hier soir, mais il s'est montré très poli ; contrairement à ce que l'on raconte à son sujet, il n'avait pas l'attitude d'un libertin.

Alice cacha son sourire et tâcha de conserver une expression impassible, tandis que Matilda et Nate s'approchaient en saluant tout le monde. Saint-Clair et Nate paraissaient bien se connaître, et, une fois les présentations finies, les deux hommes cheminèrent ensemble en bavardant. Alice fit de son mieux pour ne pas dévisager Nate, et échoua lamentablement. Elle fut soulagée de constater que Nate semblait avoir beaucoup de mal à ne pas faire la même chose. À de nombreuses reprises, lorsque ses yeux se dirigeaient inexorablement vers sa silhouette, splendide dans ce manteau bleu sombre et ses bottes noires qui brillaient, ce fut pour constater que lui aussi, la contemplait.

Elle s'obligea une fois de plus à regarder ailleurs, et sourit en voyant Henry offrir son bras à Lucia lorsque la jeune femme trébucha. Elle le gratifia d'un sourire si éblouissant que même Alice en eut le souffle coupé. Les poumons d'Henry semblaient s'être vidés de leur air, en juger par ses joues cramoisies et l'expression béate qu'il arborait. Kitty gloussa à côté d'elle ; elle avait été témoin de la scène, elle aussi.

— Oh, naître avec la beauté, dit-elle d'un air rêveur.

Alice tourna la tête vers Kitty :

— Ta-ta-ta. Cherchez-vous à recevoir des compliments, jeune demoiselle ? Car vous savez que vous êtes parfaitement charmante.

Kitty émit un petit rire.

— Ah, je sais que je ne suis pas désagréable à regarder, mais ce genre de beauté, c'est le pouvoir, voilà ce que c'est. Le pouvoir de faire tomber un homme à ses pieds, et de l'y garder.

Alice haussa légèrement les sourcils.

— Et vous aimeriez posséder un tel pouvoir ? demanda-t-elle avec inquiétude en observant Kitty qui réfléchissait.

— Pas spécialement, j'imagine, admit-elle en plissant le nez. Je ne suis pas sûre que j'apprécierais un homme qui m'obéit au doigt et à l'œil ; mais j'aimerais que l'on me remarque pour une fois, et pour autre chose que mon héritage, ajouta-t-elle avec une grimace.

— Et par qui voudriez-vous être remarquée ? la taquina Alice.

Les yeux noirs de Kitty brillèrent lorsqu'elle se tourna vers Alice.

— Ah, et qui est donc le jeune homme qui hante *vos* rêves, miss Alice ? demanda-t-elle en levant un sourcil avec un air de défi.

Alice ouvrit la bouche, puis la referma.

— Dommage, se lamenta Kitty. Alors que je pensais que vous alliez me faire confiance et me dévoiler votre secret. Je ne partagerai pas le mien, tant que vous ne partagerez pas le vôtre. Ce n'est que justice.

Amusée, et assez satisfaite de voir leur amitié prendre de l'ampleur, Alice lui tira la langue. Kitty s'esclaffa, puis s'arrêta net, juste avant qu'elles ne percutent Minerva qui était immobile, et regardait le sol.

— Oh, quel joli papillon, s'exclama Minerva en se penchant pour regarder la charmante créature qui s'était posée sur le sol.

Harriet s'approcha pour l'observer, et s'agenouilla à côté de l'insecte.

— On l'appelle petite tortue, déclara-t-elle en plissant les yeux et en remontant les lunettes sur son nez. *Aglais urticae*. *Urticae* fait bien sûr référence au nom latin de l'ortie, *Urtica dioica*.

— *Bien sûr*, répéta Saint-Clair à mi-voix, les coins de la bouche tressaillant.

Harriet leva les yeux et le dévisagea en serrant la mâchoire.

— La petite tortue dépose ses œufs sur des orties, voilà pourquoi c'est important, et Aglaia était l'une des trois Grâces, fille de Zeus, admirée pour sa beauté, ajouta-t-elle sur un ton presque provocateur.

Elle s'était redressée, ses yeux étaient braqués sur le comte et un air hostile flottait sur son visage.

— Eh bien eh bien, vous en savez des choses, miss Stanhope, déclara le comte en soutenant son regard.

Les yeux d'Alice allaient de l'un à l'autre. Il y avait une note malicieuse dans les mots du comte, qui suggérait qu'il connaissait Harriet et la taquinait délibérément. Il était évident, à en juger par la réponse d'Harriet, instantanée et cinglante, qu'elle le détestait cordialement.

— Oui, les livres regorgent d'informations, monsieur, si l'on se donne la peine d'en ouvrir un de temps à autre, au lieu de simplement les utiliser comme objets de décoration, ou de les laisser prendre la poussière.

— Eh bien, naturellement, je ne suis pas au courant de cela, répondit Saint-Clair d'une voix aussi tranquille et mondaine qu'avant ; pourtant Alice eut l'impression de déceler quelque chose d'autre dans son ton.

— Seigneur, non, s'esclaffa Henry. Saint-Clair ne pourrait pas rester assis assez longtemps pour lire un livre. Il essayait toujours d'esquiver les lectures lorsque nous étions à Harrow, avec les maîtres, n'est-ce pas, Jasper ? dit-il avec un large sourire.

Le comte afficha un sourire, mais un peu crispé, qui n'atteignit pas ses yeux.

Alice fronça les sourcils. Elle se demandait ce qui lui échappait, et pourquoi Harriet se montrait si désagréable avec un homme qui était visiblement un bon ami de son frère. Peut-être l'homme avait-il eu une mauvaise influence sur Henry ? Le comte était un homme riche, et il avait la réputation d'être quelqu'un d'assez débridé et dépensier. Henry ne pouvait sans doute pas se permettre de rester en si illustre compagnie. Il serait rapidement endetté s'il essayait, c'était certain.

Mais ce mystère ne retint pas son attention très longtemps ; son regard retourna se poser sur Nate. Il lui lança un clin d'œil en catimini, et elle rougit en tournant la tête pour cacher son sourire.

— Arrêtez, dit Matilda.

Elle prit la place de Kitty en pouffant de rire, et glissa son bras sous celui d'Alice.

— Vous êtes aussi mauvais l'un que l'autre. Ce n'est pas très discret.

— Désolée, répondit Alice en espérant qu'ils n'avaient pas été aussi voyants qu'Alice le prétendait. J'ai besoin de lui parler, croyez-vous que cela puisse se faire ?

— Bien sûr, répondit Matilda instantanément, avant de lui lancer un regard curieux. Que s'est-il passé ?

— Oh, Tilda.

Alice soupira et secoua la tête, avant de rétorquer :

— Que ne s'est-il pas passé ?

Alice fut soulagée de lui raconter ce qu'il s'était passé après qu'elle et Nate l'aient quittée la veille.

— Cet homme est une bête monstrueuse et répugnante ! s'écria Matilda, révoltée par son récit. Quoique, je ne suis pas sûre que l'on puisse qualifier une telle créature d'homme, et le traiter de bête revient à insulter les animaux. C'est un maroufle infâme et une brute ! Mon Dieu, Nate va le tuer lorsqu'il l'apprendra, déclara-t-elle.

Ces mots ne réconfortèrent pas beaucoup Alice.

— Mais comment avez-vous réussi à vous échapper ?

— Vous ne le croirez jamais, Tilda, dit Alice en secouant la tête, tant elle avait elle-même du mal à y croire. Montagu est venu à mon secours.

Matilda s'arrêta net, ses yeux bleus frappés de stupeur.

— Quoi ?

— Je sais.

Alice rit légèrement en voyant sa propre incrédulité se refléter dans le visage de son amie.

— Je n'ai jamais été aussi étonnée. Qui aurait cru que je ressentirais un jour du soulagement en apercevant le marquis de Montagu ? Mais je ne me suis jamais sentie aussi reconnaissante envers quelqu'un. Oh, Tilda, je tremble d'imaginer ce qu'il se serait passé si le marquis ne s'était pas trouvé là. Il a traité Edgar comme de la vermine, c'était fort agréable à regarder. Un peu plus, et il s'échappait en rampant.

— Eh bien, déclara Matilda d'une voix un peu faible, il semblerait qu'il se rende parfois utile.

— Oui.

Alice eut un petit sourire et regarda son amie, qui paraissait réfléchir à ces révélations.

— Peut-être n'est-il pas aussi mauvais que nous le pensions ? dit Alice. Oh ! ajouta-t-elle précipitamment, en se rappelant, trop tard, pourquoi Matilda le méprisait. Bien sûr, je ne prétends pas qu'il ne fasse pas partie des méchants lui aussi.

Les lèvres de Matilda eurent un soubresaut, et un sourire désabusé s'y dessina.

— Oui, c'est un méchant dans l'âme, mais au moins, c'est un méchant civilisé.

Une demi-heure s'était peut-être écoulée lorsque Matilda parvint à arracher son frère à la compagnie de Mr Stanhope et de Saint-Clair. Bien qu'il ne fût pas convenable qu'Alice et Nate cheminent ensemble sans chaperon, tous les trois ralentirent le pas jusqu'à se retrouver loin derrière les autres, puis Matilda ralentit davantage pour leur laisser un peu d'intimité, sans complètement les laisser seuls.

— Quelque chose ne va pas, mon amour ? demanda Nate dès qu'ils purent parler.

Alice hocha la tête, mais elle avait décidé que ce n'était pas le bon moment pour partager avec lui les événements de la soirée de la veille. Les mots prononcés par Matilda quant à sa probable réaction l'avaient fait réfléchir, et elle préférait se montrer prudente.

— Mes parents m'ont informée que j'épouserai Mr Bindley. Ils préparent une entrevue avec ses parents et lui aussi vite que possible pour s'accorder sur les détails. Ce seront de courtes fiançailles, ajouta-t-elle d'un ton lugubre et anxieux.

La main d'Alice se resserra sur la manche de Nate, elle leva les yeux vers lui, et ce dernier posa sa main libre sur la sienne.

— Dites-moi que vous ne le ferez pas, Alice, dit-il d'une voix rauque, cherchant à croiser son regard.

— Bien sûr que non ! s'écria-t-elle.

Elle baissa la tête en réalisant qu'elle attirait l'attention sur eux deux.

— Plutôt mourir, ajouta-t-elle avec, certes, ardeur, mais un peu moins de puissance sonore.

— Et…

Nate hésita, elle leva les yeux vers lui, le vit prendre une grande inspiration.

— Et qu'en est-il de moi, Alice ?

Elle lui sourit, et subitement, toute sa timidité lui revint violemment. Elle fut obligée de détourner les yeux et d'examiner le sol à ses pieds.

— Je-Je me suis dit que peut-être, vous… vous auriez une question pour moi, Nate, dit-elle, à présent si anxieuse que sa voix n'était pas beaucoup plus forte qu'un murmure.

Nate s'arrêta, se tourna vers elle, le regard décidé.

— Ne vous arrêtez pas de marcher, le pressa-t-elle en tirant son bras. Les gens regardent.

— Enfer et damnation, marmonna-t-il. Je voudrais faire les choses correctement, mais je ne peux pas me mettre à genoux au milieu des jardins de Kensington.

Alice lui sourit, le cœur en fête, et ce qu'il lut dans ses yeux sembla le rassurer.

— Alice, très chère, je vous prie. Voudriez-vous bien accepter de me faire l'honneur de devenir ma femme ?

— Oui, répondit Alice.

La réponse lui était venue sans difficulté, en fait, les mots étaient sortis sans la moindre trace d'hésitation. Peut-être que les choses ne seraient pas aussi simples qu'elles le paraissaient maintenant, peut-être auraient-ils encore beaucoup à apprendre l'un de l'autre, mais elle connaissait le cœur de Nate, et le croyait sincère et honorable. Tout le reste suivrait.

Nate laissa échapper un soupir tremblant, et se tourna vers elle pour la regarder.

— C'est intolérable. Il faut que je vous embrasse.

Alice ne put s'empêcher de rire devant cette plainte qui venait du cœur, et il lui lança un regard un peu triste.

— Ne vous moquez pas, mon amour. C'est une torture.

— Je suis désolée, dit-elle en s'appuyant un peu sur lui. Mais le plus gros problème à régler à présent est de parvenir à se marier tout court. Je pense à Gretna Green, ajouta-t-elle.

— Bonté divine, non, répondit Nate, si manifestement horrifié par cette idée qu'elle fut un peu déstabilisée.

— Mais Nate, comment pourrions-nous y arriver à temps ? Il nous faut nous marier très vite.

— Choisir de m'épouser provoquera un assez gros scandale, dit-il sombrement. Je ne vous ferai pas subir, de surcroît, l'ignominie d'un mariage sur l'enclume.

Ils marchèrent en silence pendant qu'il réfléchissait.

— Nous nous marierons à l'église Saint-Paul, à Covent Garden. Si nous obtenons une licence commune, les bans ne seront pas proclamés.

Alice laissa échapper un soupir de soulagement.

— Oui, j'ai plus de vingt et un ans, donc je n'ai pas besoin de la permission de mes parents. Cela dit, il nous faudra des témoins. Pensez-vous que nous y arriverons ?

— Oui, dit-il, le regard brillant d'excitation. Mais pourrez-vous vous échapper ?

— Je trouverai bien un moyen, mais quand ? demanda-t-elle.

Elle avait du mal à respirer. Elle fut prise de vertige en réalisant, excitée et effrayée, qu'elle s'apprêtait bel et bien à aller à l'encontre des désirs de ses parents en épousant un homme peu convenable.

— Demain, nous serons dimanche, sacrebleu, jura-t-il.

Il fronça les sourcils, ennuyé.

— Je ne serai pas capable de régler les préparatifs ce soir, donc ce sera lundi matin. Je fixerai la cérémonie à onze heures.

La main d'Alice serra le bras de Nate plus fort, et elle sentit la couleur quitter son visage en imaginant la réaction de ses parents lorsqu'ils apprendraient la nouvelle.

— En êtes-vous capable, Alice ? demanda Nate.

Bien qu'elle ne le regardât pas, elle sentait le poids de son regard posé sur elle.

— Pouvez-vous aller à l'encontre de leurs désirs, et épouser un homme qu'ils jugent indigne de vous ?

Un incendie se déclencha en elle en entendant cela.

— Vous n'êtes pas indigne de moi, gronda-t-elle.

Il y avait une telle colère dans la voix, que les yeux de Nate s'écarquillèrent légèrement. Elle souffla, laissa la colère la quitter, et lui sourit.

— Vous n'êtes pas indigne de moi, répéta-t-elle doucement. Vous êtes un homme bon, gentil, et je pense que vous ferez un mari aimant, mais…

Nate fronça les sourcils en penchant la tête pour croiser son regard.

— Qu'y a-t-il ? demanda-t-il.

Il osa tendre la main, mettre un doigt sous son menton et tourner le visage d'Alice vers lui.

— Dites-moi. Quelle est cette chose qui vous fait hésiter ?

— Je n'ai aucune hésitation, dit-elle avec un petit rire doux. Je vais vous épouser.

Mais il y avait, en effet, de l'hésitation ; si elle ne résidait pas dans son cœur, elle était dans son esprit.

— Alice, dit-il.

Entendre son nom sur ses lèvres provoqua un frisson exaltant le long de sa colonne vertébrale.

— Pour l'amour du ciel, d'ici lundi après-midi, nous serons mari et femme.

Elle frissonna à nouveau.

— Alice, si nous nous marions, chacun de nous deux confiera son cœur à l'autre. Comment serait-ce possible si je ne sais pas ce qui vous trouble, ce qui vous effraie ?

Elle inspira, elle savait qu'il fallait qu'elle avoue cela, sa seule réelle crainte concernant leur avenir ensemble, l'unique chose qui pourrait réellement la briser si elle faisait une erreur en lui confiant son cœur. Alice plongea son regard dans le sien, et trouva le courage de lui dire :

— Et si ce n'était qu'une amourette, Nate ? Et si vous finissiez par en avoir marre de moi, ou… ou que cela finisse par vous lasser ?

L'espace d'un instant, elle vit un éclair de colère dans ses yeux et ressentit une pointe d'anxiété.

— Est-ce cela, que vous pensez de moi ? demanda-t-il.

Il était impossible de ne pas entendre la douleur dans sa voix. Alice regretta instantanément de lui avoir fait de la peine, mais cela ne changeait rien au fait qu'il lui fallait une réponse, une réponse honnête.

— Je *pense* que vous êtes ce dont j'ai toujours rêvé, et je le pense assez pour vous épouser, Nate ; mais en vérité, tout ceci a été très rapide. Trop rapide. Si les choses étaient différentes, vous pourriez me faire la cour, et je pourrais alors être certaine de ce que je crois deviner avant de prononcer ces vœux devant Dieu.

Elle le regardait droit dans les yeux, elle voulait qu'il voie la confiance qu'elle éprouvait envers lui, mais aussi, qu'elle était prête à entendre la vérité, quelle qu'elle soit.

— Le monde m'a montré le visage de Nathaniel Hunt, et c'est celui d'un libertin insouciant. Vous m'avez montré le visage de l'homme derrière ce masque, et je suis tombée amoureuse de lui, mais comment Alice Dowding, éternelle timide ignorée de tous, a-t-elle fait pour s'attirer les faveurs d'un tel homme ? Et comment pourrait-elle les conserver ?

Il s'arrêta, le souffle coupé, et regarda Alice. Elle avait conscience que les gens les regardaient, mais elle était, elle aussi, incapable de bouger, prise au piège de ce regard bleu.

— Vous m'aimez ? dit-il d'une voix rauque.

Alice sourit.

— Oui.

Il sourit, envahi d'une joie à couper le souffle qui éclaira son visage et fit briller ses yeux.

— Voulez-vous connaître le moyen de me garder, Alice ? demanda-t-il en baissant la voix pour qu'elle ne fût plus qu'un murmure.

Elle acquiesça. Elle voulait savoir cela plus que tout.

Il se pencha, et elle frissonna à nouveau en sentant son souffle chaud lui caresser le cou.

— Aimez-moi, dit-il. Ne cessez jamais de m'aimer.

Il releva la tête et lui sourit, la sincérité emplissait ses yeux un peu trop brillants.

— Je serai vôtre pour toujours, Alice, je ne vous donnerai jamais de raison d'en douter.

Alice sentit littéralement son cœur se gonfler, elle en était sûre. Il remplissait sa poitrine jusqu'aux confins de sa cage thoracique, alors que son regard était plongé dans celui de l'homme extraordinaire qui avait changé sa vie avec un baiser au clair de lune.

— Si vous continuez comme cela tous les deux, il sera impossible de garder l'affaire discrète, murmura Matilda en se rapprochant et en donnant un léger coup d'épaule à son frère. Vous rappelez-vous que nous sommes dans un lieu public ?

— Oh, je m'en rappelle, dit Nate avec un long soupir. Mais j'ai du mal à m'en soucier. Tilda, dites bonjour à votre nouvelle future sœur.

Alice sourit tandis que Matilda les regardait tous les deux. La jeune femme poussa un soupir qui venait du fond du cœur et déclara :

— Le ciel soit loué.

Elle poussa un petit cri d'excitation et courut s'agripper au bras d'Alice en ajoutant :

— Je suis si excitée !

Au grand bonheur d'Alice, sa joie était authentique, et semblait venir du cœur. Savoir que Matilda se tiendrait à ses côtés donna du courage à Alice.

— Dites-moi tout, dit Matilda qui bouillonnait d'excitation, et avait autant de mal qu'eux à parler à voix basse. Où et quand aura lieu l'heureux événement ? Nous avons tant de choses à préparer.

Nate rit en regardant tour à tour sa sœur et Alice, et le bonheur que Matilda lut dans les yeux de son frère lui réchauffa au cœur.

Chapitre 17

*Très chère Alice, je suis si excitée de vous voir,
ainsi que le reste de nos Demoiselles
Surprenantes. Héléna s'est surpassée pour ce
bal. Il sera somptueux.*

**— Extrait d'une lettre de Sa Grâce, Prunella
Adolphus, duchesse de Lorny, à miss Alice
Dowding.**

28 juin 1814. Baker Street, Londres.

Alice observa son reflet dans le miroir. Elle se dit qu'elle
paraissait légèrement différente. Oh, elle était toujours
suffisamment petite pour passer inaperçue au milieu des gens, pour
se faire tapoter la tête et recevoir des caresses sous le menton,
comme si elle était une petite fille de douze ans et non pas une
adulte de vingt-deux ans. Mais elle avait une lueur déterminée dans
le regard, elle se tenait plus droite, son menton était relevé d'une
façon plus déterminée. Nathaniel Hunt l'aimait, et lundi matin, elle
quitterait secrètement cet endroit et deviendrait sa femme.

Petite Alice Dowding, qui avait passé toute sa vie à rougir et
bégayer, à ne jamais dépasser la moindre limite, à se montrer
toujours aimable, allait désormais penser à elle. Elle n'épouserait
pas à un homme vil qui la rendrait malheureuse, juste pour
permettre à ses parents de monter d'un cran dans l'échelle sociale.
Elle affronterait leur courroux, les châtiments et les condamnations
qui s'abattraient très probablement sur elle. Alice les regarderait
droit dans les yeux, leur expliquerait les raisons de son choix, et ils
pourraient accepter ces dernières — ainsi que son mari — où ils

pourraient la renier. Ce serait leur choix, tout comme Nate était le sien.

En pivotant devant le miroir, Alice sourit. Elle avait acheté cette robe dans les jours qui avaient suivi le baiser de Nate, poussé à la fois par le désir et par un tout nouvel élan de confiance en elle. En revanche, l'audace de la porter l'avait éludée. Jusqu'à ce soir.

C'était un ouvrage épatant, d'une couleur orange profond, et le lourd satin brillait d'une nuance bronze lorsqu'elle bougeait. Quant à sa coiffure, elle s'était montrée hardie ; elle avait permis à sa bonne de façonner ses cheveux en un ensemble de boucles lâches, et de les relever ici et là avec de petits peignes ornés de pierres. Cela ne lui ressemblait pas du tout, et elle se sentait effrontée en portant une telle coiffure.

Effrontée, visiblement, elle l'*était*.

Alice Dowding avait embrassé un inconnu sur un balcon éclairé de lune. Elle l'avait rencontré en secret, avait capturé son cœur, et bientôt, elle s'enfuirait pour l'épouser contre la volonté de ses parents.

Oui, effrontée.

Un sourire étira lentement ses lèvres, son reflet lui renvoya un regard complice, alors qu'elle faisait glisser sa main sur le satin décadent. La timide, malléable petite Alice était partie, chassée par une femme plus audacieuse et courageuse. Cette Alice-là savait ce qu'elle voulait, se dit-elle en regardant la frêle, mais néanmoins voluptueuse silhouette dans le miroir. *Oui*, pensa-t-elle en souriant. Alice aimait bien cette personne. Elle se dit que peut-être, sa scandaleuse grand-mère, elle aussi, l'aurait aimée.

Dans l'obscurité de la voiture, cachée par une cape ample, Alice conserva le secret de sa nouvelle robe. Sa mère ne l'avait pas vue. Elle n'approuverait *pas*. Elle avait déjà déclaré que sa coiffure était tout sauf respectable. Alice avait pris cette remarque comme un compliment et remercié sa mère, qui avait alors plissé les yeux en braquant son regard sur elle.

— Vous êtes d'une humeur étrange ce soir, déclara-t-elle.

Cette remarque fit réfléchir Alice. Ce n'était pas bon. Il ne fallait pas donner de soupçons à sa mère.

— Pardonnez-moi, maman, s'excusa-t-elle aussitôt d'un air contrit.

Elle fut chagrinée de constater que le mensonge qui suivit ses excuses sorte si naturellement de sa bouche :

— Ma tête me fait souffrir, et toutes ces épingles dans mes cheveux empiraient la douleur. C'était la seule façon supportable de relever mes cheveux, et sinon, je ne serais pas venue du tout.

— Oh, ma chère, s'écria aussitôt sa mère en saisissant son réticule. Vous auriez dû le dire, je vais vous donner mes sels. Vous savez comme j'ai moi-même tendance à souffrir de maux de tête. Vous avez probablement hérité de ma constitution délicate.

Sa mère continua de jacasser sur ses maux divers et variés, ainsi que sur ses nerfs, et Alice soulagée, soupira en voyant que le danger était passé.

Elle se sentit coupable en acceptant les sels, qu'elle s'obligea à respirer aussitôt. Une fille bien élevée n'était peut-être pas censée mentir et dissimuler, mais Alice n'épouserait pas Mr Bindley simplement parce qu'elle était trop polie pour refuser, ou pour déplaire à ses parents. Ces jours-là étaient révolus. C'était mal de sa part de leur mentir ainsi et elle le savait, mais elle n'éprouverait pas de remords.

La magnifique maison londonienne du duc de Lorny, Beverwyck, était éclairée, et parée pour impressionner les invités. Alice n'avait aucun mal à s'imaginer lady Héléna s'occuper de chaque détail de ce magnifique décor. Elle avait passé peu de temps en compagnie de la jeune femme, mais elle semblait rayonner d'énergie et de bonne humeur, c'était le genre de femme à qui il fallait absolument quelque chose à faire, qui possédait une vie dont chaque seconde était bien remplie.

Des fleurs flattaient le regard à chaque coin, dans chaque alcôve : des roses blanches et des pivoines qui présentaient, sur leurs pétales luxuriants, la plus légère nuance de rose. Le parfum était entêtant et emplissait l'air de cette soirée d'été d'une promesse d'amour et de magie.

Un valet de pied prit la cape d'Alice, et les yeux de sa mère s'écarquillèrent de surprise en découvrant la robe de sa fille. Alice fut frappée d'anxiété en réalisant à quel point cette robe détonnait, en comparaison avec les couleurs pastels et les tons sourds qu'elle portait habituellement. Avant, elle aurait tout fait pour choisir une tenue lui permettant de passer inaperçue, d'être invisible.

Avant que sa mère n'ait eu le temps de la prendre à part pour la réprimander, Alice, soulagée, entendit retentir une voix familière.

— Alice !

Elle se retourna, un grand sourire sur le visage, tandis que Prue se dirigeait rapidement vers elle pour la saluer.

— Alice, ma parole, vous êtes… tout simplement magnifique, déclara Prue en secouant la tête, émerveillée. Quelle robe somptueuse !

Miss Prunella Chuffington-Smythe, membre fondateur du Club de Lecture des Demoiselles Surprenantes, s'était récemment — et pour son plus grand bonheur — mariée au duc de Lorny.

— Votre Grâce, souffla sa mère d'un ton velouté, en agrémentant son salut d'une profonde révérence, digne d'une reine.

Prue cligna des yeux, échangea un regard avec Alice et les coins de sa bouche tressaillirent.

— Bonsoir, Mrs Dowding, c'est un plaisir de vous voir ici. J'espère que vous me pardonnerez d'emmener votre fille. Nous avons tant de choses à nous raconter. Lorny veillera sur vous.

Prue lança un regard malicieux à son époux qui la regardait d'un air outré. Il se dépêcha de reprendre une expression normale en se tournant vers une Mrs Dowding extatique.

— Oh, Prue, le pauvre homme, dit Alice, mortifiée, tandis que Prue l'entrainait promptement. Il faut le sauver.

— Balivernes, dit Prue vivement en leur faisant longer un couloir, puis pénétrer dans un parloir privé. Il se débrouillera, et je dois vous parler seule à seule avant que nous ne retournions avec tout le monde.

Alice rit, et prit quelques instants pour observer son amie.

— Dites donc, Prue ! dit-elle avec un soupir émerveillé. Vous avez beaucoup d'allure. Une duchesse de la tête aux pieds.

C'était la vérité. Habillée d'une robe de taffetas prune, avec une parure de diamants et de rubis décorant son cou, son poignet et ses oreilles, Prue était réellement splendide, et remarquablement belle. Et elle semblait nager dans le bonheur.

— Sottises, grogna Prue, ce qui rappela à Alice que son amie avait les pieds sur terre. Un peu de soie et quelques diamants font certes une belle allure, mais je suis toujours la même vieille Prue, je peux vous l'assurer.

— Je suis ravie de l'apprendre, dit Alice en s'approchant de son amie pour l'étreindre spontanément. Oh, Prue, je suis sur le point de commettre un acte désespérément scandaleux. Serez-vous toujours mon amie lorsque la haute société murmurera des choses à mon sujet, à l'heure du déjeuner ? Lorny le permettra-t-il ?

Les yeux de Prue s'écarquillèrent de surprise.

— Eh bien, si l'on prend en compte le fait que c'était lui, le sujet de discussion autour des repas il n'y a pas si longtemps, cela me surprendrait beaucoup qu'il y trouve à redire, dit-elle sans détour, avant de plisser les yeux, inquiète. Mais de quoi parlez-vous ?

Alice se mordit la lèvre.

— Vous ne le répéterez à personne ? demanda-t-elle.

Elle sourit devant le regard offensé de son amie.

— Comme si vous aviez besoin de le préciser, répondit-elle en soufflant.

Alice prit une profonde inspiration et se prépara à dévoiler l'histoire.

— Lundi matin à onze heures, j'épouserai l'homme que j'aime, dit-elle.

Elle se sentit soulagée et heureuse d'avoir partagé ceci avec son amie.

— Nathaniel Hunt, ajouta-t-elle avec une bouffée de fierté. Mes parents l'ignorent, et me renieront probablement, mais ils m'obligeront à épouser Edgar Bindley si je ne le fais pas, et c'est hors de question, Prue. Je ne peux pas.

— Ce n'est guère surprenant, répondit Prue en retroussant son nez dans une expression dégoûtée. Effroyable créature.

Son front se plissa, et elle posa sur Alice un regard inquiet.

— *Le* Nathaniel Hunt ? demanda-t-elle avec un malaise apparent. Le frère de Matilda, le propriétaire du club ?

— Allons, allons, Prue, la gronda Alice. Ne me dites pas que vous faites confiance aux rumeurs.

Les joues de son amie prirent une couleur rouge vif, qui s'accordait plutôt bien avec le ton de sa robe.

— Non, bien entendu, répondit-elle précipitamment, en donnant à Alice un sourire penaud. Parlez-moi de lui alors, car je dois l'admettre, les choses que j'ai pu entendre de la bouche des commères le décrivent comme un libertin et un débauché.

Alice eut un petit rire et hocha la tête.

— Oui, je sais, je pense qu'il y a assez de vérité dans tout cela pour rendre n'importe quelle fille méfiante, mais… oh, Prue, il n'est pas du tout comme cela. C'est grâce à Matilda, voyez-vous. Elle s'est débrouillée pour qu'il m'aide à accomplir mon défi, et il l'a fait, et…

Elle poussa un soupir heureux au souvenir de cette nuit sur ce balcon, et Prue lui sourit.

— Je vois, dit-elle en la regardant d'un air affectueux et compréhensif.

Bien sûr, elle comprenait. Un défi idiot lui avait changé la vie, à elle aussi. Elle se montrerait tolérante.

— Donc, lundi, vous vous mariez sans le consentement de vos parents.

Son expression était grave, et Alice savait ce qu'elle devait penser.

— Oui, je sais que cela risque de causer une blessure qui ne guérira peut-être jamais, mais cela sera leur choix, Prue. Ils doivent décider si oui ou non le bonheur de leur fille est important, si elle peut faire ses propres choix, et dédier sa vie à autre chose que nourrir leurs ambitions d'accéder à une meilleure position dans la société. S'ils ne peuvent pas me pardonner, je ferai le deuil de leur perte, mais je ne regretterai pas ma décision.

Prue hocha la tête en soupirant.

— Eh bien, vous avez réfléchi aux conséquences, et les avez acceptées, donc je ne peux rien faire d'autre que vous souhaiter beaucoup de bonheur.

Elle tendit les mains vers Alice, qui les prit.

Il y a peut-être une chose qui pourrait aider à calmer l'ire de vos parents, dit-elle avec un sourire espiègle. Que diriez-vous d'avoir pour témoins le duc et la duchesse de Lorny ?

28 juin 1814. Bal du duc et de la duchesse de Lorny, Beverwyck, Londres.

Matilda gratifia son frère d'un affectueux soupir exaspéré, et chassa d'une tape la main qui tripotait la cravate.

— Vous êtes très séduisant. Arrêtez de vous tourmenter.

— Je ne me tourmente pas, rétorqua son frère alors qu'ils grimpaient les marches devant l'entrée de la demeure du duc. Je suis Nathaniel Hunt, propriétaire de l'établissement de jeux le plus exclusif de Londres. Je possède des nerfs d'acier et un calme olympien, qui m'ont servi à présider des jeux engageant des sommes d'argent si colossales que vous ne pourriez même pas les imaginer.

Matilda haussa un sourcil dans sa direction, juste un peu, et Nate soupira.

— Bon, d'accord, je me tourmente, marmonna-t-il. Ma cravate est-elle un désastre ?

— Non, répondit Matilda, qui riait à présent. Mais elle le deviendra si vous ne cessez de la tripoter. Honnêtement, Nate. Tout ce que vous avez à faire, c'est de sourire et danser avec quelques autres femmes, et ensuite, tout sera terminé.

— Je ne veux pas danser avec d'autres femmes, dit-il, légèrement irrité. Je veux danser avec Alice.

Matilda leva les yeux au ciel.

— Je suis parfaitement consciente de cela, mais si vous ne voulez pas que le reste des gens ne s'aperçoive que vous êtes sur le point de fuguer avec elle, je vous conseille de garder vos distances.

— Nous n'allons pas fuguer, murmura-t-il sèchement, indigné par cette idée. Se rendre à Covent Garden ne constitue pas une fugue, et je ne peux pas l'éviter toute la soirée.

— Vous comptez aller quelque part pour vous marier en secret, à l'insu et sans l'accord de ses parents, pour moi, cela s'appelle fuguer, et je ne vous ai pas dit que vous deviez l'éviter. Évitez simplement de la regarder avec des yeux de merlan frit toute la soirée, et une seule dance.

Nate se renfrogna.

— Je ne peux pas croire que vous me compariez à un merlan, dit-il, blessé.

Matilda prit son bras en soupirant, ils franchirent la grande entrée et pénétrèrent dans le hall.

— Il n'y a vraiment pas d'autre moyen de le décrire, très cher, dit-elle en appréciant la touche de couleur qui apparaissait sur les joues de son frère.

Taquiner son frère au sujet de son amour naissant était sa nouvelle occupation favorite, ou du moins, cela l'aurait été si elle ne s'était pas sentie si terriblement jalouse.

Elle ne lui en voulait pas d'avoir trouvé le bonheur, loin de là. Elle était enchantée qu'il ait trouvé son propre « ils vécurent heureux pour toujours », et, que ce soit avec Alice… eh bien, c'était formidable. Matilda avait toujours voulu avoir une sœur, et avoir quelqu'un d'aussi gentil qu'Alice pour remplir ce rôle, c'était bien plus que ce qu'elle aurait pu espérer. Mais elle vivait dans la demeure de son frère, et elle comprenait que les jeunes mariés n'apprécieraient pas qu'elle se trouve dans leurs jambes alors qu'ils ne désireraient qu'une chose : être seuls. Il fallait qu'elle réfléchisse à ce qu'elle allait faire.

Apercevant de nombreux visages familiers, elle souhaita une bonne soirée à Nate, ajouta un dernier avertissement sur son attitude, avant de le laisser partir dans la salle de bal.

— Bonsoir, Matilda.

Elle se retourna et aperçut Lucia s'approchant d'elle.

— Ma parole, Lucia, déclara-t-elle, bouche bée. Vous êtes… renversante.

Il n'y avait véritablement pas d'autre moyen de le dire. Lucia était petite et mince, ses cheveux noirs brillaient, et étaient coiffés dans un chignon compliqué, décoré de perles. Sa peau dorée brillait à la lueur des centaines de bougies, et ses yeux sombres, aux cils épais, étaient remplis de mystère. La robe qu'elle portait ce soir-là était d'un rose fuchsia assez choquant, et Matilda se dit qu'aucune autre femme présente dans la salle n'aurait pu la porter. Le décolleté était plutôt osé, et en son centre reposait un pendentif constitué d'une unique et lourde perle qui attirait l'œil. Lucia désirait clairement attirer l'attention ce soir, et elle y parviendrait.

Lucia détailla son amie avec un sourire appréciateur.

— Je dois vous retourner le compliment, dit-elle. Vous attirez le regard de chaque homme ici présent sans avoir besoin de faire quoi que ce soit.

Matilda étouffa l'amertume qu'elle sentait monter en elle.

— Oui, ils se demandent tous combien cela peut coûter, de m'avoir pour maîtresse, répondit-elle, sans avoir complètement réussi à faire disparaître l'émotion de ses mots ni de son cœur.

Les yeux de Lucia s'assombrirent.

— Les hommes sont vils.

Il y avait tant de venin dans sa réponse que Matilda la dévisagea.

— Vous parlez en connaissance de cause.

Lucia ricana en croisant le regard de Matilda.

— Ne sommes-nous pas toutes dans ce cas-là ?

Elle glissa son bras sous celui de Matilda.

— Venez, faisons le tour des pièces et montrons-leur ce qu'ils ne pourront jamais s'offrir.

La lueur de défi qui brillait dans le regard de la magnifique jeune femme était irrésistible. Matilda n'avait pas peur de faire face aux autres ; si cela avait été le cas, elle aurait fui les rumeurs, et serait partie se réfugier à la campagne il y a de cela des années. Pourtant, elle avait cherché la compagnie du groupe de jeunes femmes qui restaient dans le fond, dédaignées de la société, lors des bals — et trouvé sa place parmi elles —, non par peur ou manque de courage, mais parce qu'elles l'avaient accueillie sans la juger. Enfin, sans *trop* la juger. Elle avait mis un certain temps à s'en faire des amies, mais c'était désormais le cas, et maintenant, elle n'était plus seule. Avec Lucia à ses côtés, elle se sentait à présent assez téméraire pour aller plus loin.

Laissons-les regarder.

Laissons-les juger.

Quoi qu'ils en pensent, elle n'avait rien à se reprocher. *La chasseuse*, ils l'appelaient, tout en murmurant des choses sur ses amants. Et pourtant, aucun homme ne l'avait jamais touchée ; elle n'avait même quasiment jamais été embrassée, sauf si l'on comptait un cousin lorsqu'elle avait quinze ans, ce qu'elle ne faisait certainement pas. Une pression de lèvres sèches ne pouvait décemment pas être qualifiée de baiser. Et puis il avait eu lord Dawlish, son premier soupirant, l'homme qu'elle pensait un jour épouser, jusqu'à ce que son père gâche tout. Il l'avait embrassée une ou deux fois : de doux et innocents baisers pleins d'espoirs. Son cœur se serra.

— Je ne suis pas celle pour laquelle ils me prennent, déclara-t-elle, un peu surprise par ses mots, mais contente de les avoir prononcés.

Lucia lui offrit un sourire chaleureux et effectua une pression légère sur son bras.

— Je n'en ai jamais douté, dit-elle.

Un froncement de sourcils plissa son joli front.

— Je ne suis pas sûre de pouvoir dire la même chose. Ils me trouvent bizarre, étrangère à leur monde. Je diffère des autres. Je n'ai pas ma place ici.

— Bien sûr que si, vous avez votre place. Vous êtes entre amis, ici, et nous sommes très heureux de vous compter parmi les nôtres.

— Vous êtes gentille, répondit-elle, mais son ton était mélancolique, et alourdissait les nuages menaçants qui semblaient s'amonceler dans ses yeux noirs. Mais je n'ai ma place nulle part. Je suis entre deux mondes, je possède un peu de chacun, et je n'appartiens à aucun. Je hais cela.

Matilda ressentit un frisson de malaise en percevant la colère de ces derniers mots. La haine semblait être une chose bien connue de Lucia, et en elle brûlait un feu que Matilda reconnaissait.

Celui de la vengeance.

— Lucia, dit-elle en choisissant soigneusement ses mots. Si vous avez un jour besoin d'une amie, d'une confidente, j'emporterai vos secrets dans la tombe donc… venez me voir avant—

— Afin que je ne fasse quelque chose d'irréfléchi ?

Lucia termina sa phrase en croisant le regard inquiet de sa compagne avec une telle intensité, que Matilda sut qu'elle avait raison de s'alarmer.

— C'est trop tard, ajouta-t-elle d'une voix grave, ronronnant presque de plaisir. Bien que cela ne soit absolument pas irréfléchi. Téméraire, peut-être, mais j'ai passé toute ma vie à anticiper ce qui allait venir, et je l'attends. Quoi que cela soit. Quelle que soit la façon dont cela se terminera. Au moins, cela se *terminera*.

— Lucia, commença Matilda, alarmée.

Mais au même moment, un jeune homme s'approcha. Il avait les joues cramoisies, et il bégaya un peu lorsqu'il osa adresser la parole à Lucia.

— S-Señorita de Feria, dit-il en s'inclinant bien bas. Nous nous sommes rencontrés à la garden-party des Faversham.

— Mr Brampton, bien sûr, répondit Lucia, à présent gracieuse, toute trace de colère et de feu évanouis, dissimulés derrière ses insondables yeux noirs. Comment pourrais-je oublier ?

— Puis-je vous demander de me faire l'honneur de m'accorder la prochaine danse ?

— En effet, vous le pouvez.

Elle avait répondu avec un sourire, et l'homme paru à deux doigts de flancher.

— En fait, pourriez-vous me rendre service et m'accompagner pour aller chercher un verre de limonade d'abord ? Il fait une chaleur étouffante ici.

— Cela serait un honneur, señorita de Feria.

Matilda observa la scène, mal à l'aise, non seulement par les mots de Lucia, mais aussi par la facilité avec laquelle elle dissimulait ses vrais sentiments. Que se passait-il derrière ce beau visage ? Quoi que cela soit, Matilda avait un mauvais pressentiment. Pas tant pour Lucia, qui avait semblé presque invincible avec ces flammes dans le regard, mais pour celui qui lui avait fait du mal, et dont elle voulait se venger. Elle avait la nette impression qu'il n'en sortirait peut-être pas vivant.

Elle était là, immobile, au milieu de la salle de bal, tandis que la crème de l'aristocratie, autour d'elle, s'animait, discutait, partageait des ragots, et riait. L'espace d'un instant, elle se sentit désorientée, déconnectée du monde ; elle ne s'était jamais sentie aussi seule. C'est absurde, se gronda-t-elle. Elle avait un frère aimant, elle aurait bientôt une sœur, et elle était entourée de nombreux amis. Elle n'était pas seule, et pourtant, un abîme béant semblait l'isoler des autres.

Elle ressentit un picotement sur la peau, soudainement consciente d'une paire d'yeux posée sur elle, d'être observée. Le contact d'un regard glacial glissa sur sa peau, aussi évidente qu'une caresse. Elle ne tourna pas la tête. Elle n'en avait pas besoin. Matilda savait qui était en train de l'observer.

— Tilda ! Hé ho !

Avant même de se retourner pour répondre à cet appel exubérant, elle sut que c'était Bonnie qui criait à travers la salle comme un charretier. Toutes les vieilles mégères secouèrent la tête avec des murmures désapprobateurs, tandis que Bonnie courait vers elle dans un bruissement de jupon, les cheveux s'échappant de sa coiffure. Matilda sourit. Elle adorait son enthousiasme débridé pour la vie, et son refus de se faire pomponner et d'être transformée en quelque chose qu'elle n'était pas.

— Bonjour, très chère, la salua Matilda avec un plaisir sincère. Trouvez-vous la soirée divertissante ?

Bonnie fit une grimace.

— Pas encore, et vous ? Avez-vous trouvé un partenaire de danse convenable ? Personne ne m'invite jamais.

— Oh, eh bien, il faut remédier à cela ! répondit Matilda avec un claquement de langue désapprobateur. Dites-moi, avec qui aimeriez-vous danser ?

— Oh, Saint-Clair, dit-elle instantanément avec une lueur espiègle dans les yeux. Il est parfait, ne trouvez-vous pas ? Tellement séduisant.

Bonnie mit la main sur le cœur et leva les yeux en faisant semblant de s'évanouir.

Matilda réprima une violente envie d'éclater de rire, et, devant le regard horrifié de la matrone qui avait les yeux braqués sur elles, emmena son amie un peu plus loin. Tout en discutant, elle accompagna Bonnie hors de la piste, tandis que les danseurs se mettaient en position pour les premières danses.

— Eh bien, c'est vrai qu'il est séduisant, admit Matilda. Laissez-moi voir ce que je peux faire.

— Oh, c'est formidable ! s'exclama Bonnie en souriant. Vous êtes incroyable, Matilda, dit-elle, avant d'ajouter avec un soupir :

— J'imagine que vous ne pourriez pas le persuader de me faire sa demande en même temps ?

Matilda se mordit la lèvre.

— Je pense que cela dépasse légèrement mes compétences, admit-elle.

Bonnie fit la moue. Alors qu'elles marchaient, elle fit un tour sur elle-même pour regarder autour d'elle ; gênée par l'énorme plume d'autruche accrochée à la coiffure assez volumineuse d'une douairière, elle l'écarta d'une tape.

— Bonnie ! s'exclama Matilda, avant d'inciter son amie à s'éloigner rapidement avant que la femme ne fasse une scène.

Sans même sourciller, Bonnie la suivit à grands gestes.

— Si je ne reçois pas de demande en mariage bientôt, ou qu'au moins je n'en flaire pas une —

— Gordon Anderson ? devina Matilda avec un sourire compatissant.

Bonnie acquiesça et fit semblant de vomir, réussissant finalement à faire rire Matilda.

— Gordon Anderson, répéta-t-elle avec un lourd soupir. Il empeste l'étable, il a l'énergie d'un furet famélique, et la délicatesse d'un bélier.

Matilda mit les mains sur sa bouche pour s'empêcher de rire. Les descriptions que faisait Bonnie sur Gordon Anderson étaient si outrageantes et affreuses que toutes les Demoiselles Surprenantes désiraient ardemment rencontrer l'individu. Il fallait qu'elles voient de leurs propres yeux un tel monstre de la création humaine.

Bonnie plaça ses poings sur ses hanches, bomba le torse à la manière d'un indomptable habitant des Highlands et prit un fort accent écossais :

— J'm'en vais te rosser les fesses, si tu n'surveilles pas tes manières dans cette tête de linotte que t'as, Bonnie Campbell.

Tout comme une quinzaine de personnes ayant pu admirer sa prestation, Matilda contempla son amie bouche bée. Puis elle rougit, attrapa son poignet et l'entraîna hors de la salle, jusque dans le couloir.

— Bonnie.

Elle était partagée entre la réprimander, ou éclater de rire.

— Il n'a jamais vraiment dit cela, n'est-ce pas ? demanda-t-elle à la place, un peu incrédule.

— Oh que si. Mot pour mot, gronda-t-elle, son propre accent transparaissant sous le coup de l'anxiété.

À l'inverse de Kitty, qui était connue pour exagérer son propre accent irlandais lorsqu'elle se trouvait en bonne compagnie, Bonnie avait beaucoup travaillé pour faire disparaître le sien, afin d'augmenter ses chances de trouver un époux anglais. Même si elle ne s'empêchait pas de dire ce qu'elle pensait et de profiter de la vie, Bonnie avait fait des concessions. Elles en avaient toutes fait.

— C'est un gros lourdaud païen despotique, dit-elle avec un air lugubre qui ne lui ressemblait pas. Je dois trouver un mari avant que Morven ne m'oblige à l'épouser. Ou nous nous entretuerons avant la fin de la lune de miel, ajouta-t-elle sombrement.

— Eh bien, nous ne pouvons pas laisser faire cela, répondit Matilda. Je vais voir qui je peux vous présenter ce soir.

Les deux femmes s'arrêtèrent lorsque Kitty débeula du coin du couloir, rouge et essoufflée, avant de s'immobiliser.

— Oh, dit-elle, surprise. Bonsoir.

— Bonsoir, répondirent à l'unisson Bonnie et Matilda, en échangeant des regards suspicieux.

— Que fabriquez-vous donc ? demanda Bonnie qui examinait Kitty en fronçant le nez. On dirait que vous avez couru plusieurs kilomètres.

— Oh, répéta Kitty en rougissant davantage.

Elle tenta tant bien que mal de mettre de l'ordre dans sa tenue et dans ses cheveux.

— Rien, dit-elle, avant d'ajouter avec une nonchalance exagérée : avez-vous vu un homme passer par ici ? Grand, les cheveux couleur cuivre ?

— Kitty, répondit Matilda en plissant les yeux et en ayant impression d'être une mère poule, que diable fabriquez-vous ?

— Rien, répondit Kitty qui croisa les bras en soupirant. Simplement, j'étais certaine qu'il allait par ici. Ni l'homme ni la direction qu'il a prise ne sont le fruit de mon imagination. J'en suis certaine.

— Eh bien, personne n'est passé par ici, donc il semblerait que si, dit Bonnie qui avança pour prendre le bras de Kitty. Peut-être est-il parti se restaurer. En parlant de cela, je meurs de faim, pas vous ? Je vous propose d'aller vérifier. Venez avec nous, Tilda.

L'estomac de Matilda se révolta lorsqu'elle imagina la nourriture, et le fait de devoir affronter la cohue dans la salle à manger.

— Non merci. Allez-y toutes les deux, et *essayez* de ne pas vous attirer d'ennuis. Je vais retourner dans la salle de bal.

— Oui maman, dit Bonnie d'une voix chantante, avant de faire une petite révérence et de s'enfuir avec Kitty, toutes les deux pouffant de rire.

Attristée, Matilda secoua la tête et se dit qu'elle avait l'impression d'avoir cent ans. À vingt-cinq ans, elle était la plus vieille des Demoiselles Surprenantes. Vieille fille. Un titre qui lui restait en travers de la gorge. Peut-être valait-il mieux être une créature scandaleuse, plutôt que de prendre la poussière et de finir abandonnée au fond d'un placard. Elle entendit le rire des filles résonner dans le hall et sourit. Avait-elle été un jour aussi pleine de rires et de joie ? Elle n'arrivait pas à s'en souvenir.

Elle soupira, et se dépêcha de partir en direction de la salle de bal ; elle n'avait pas envie qu'on la découvre toute seule, et que les langues s'agitent. Elle n'était qu'à quelques centimètres de sa destination, sur le point de franchir le seuil de la porte, quand quelqu'un l'ouvrit de l'autre côté. Le marquis de Montagu apparut.

Bonté divine, elle était maudite.

— Oh ! fit-elle, incapable de cacher son ennui, et énervée par la façon dont son cœur s'emballait. Pourquoi devez-vous toujours réapparaître devant moi, comme une mauvaise herbe ?

Il ferma la porte derrière lui, avec une expression aussi rigide et figée que d'habitude. L'homme aurait aussi bien pu être taillé dans le marbre.

— Vous faites sûrement référence à l'ortie royale ? dit-il d'une voix qui suintait la condescendance.

— Oh, naturellement, se moqua Matilda, les lèvres légèrement retroussées par le dédain.

Elle passa devant lui rapidement et il ne fit rien pour l'arrêter. Elle avait les doigts posés sur le bouton de porte lorsqu'elle réalisa qu'elle devait lui dire quelque chose.

— Malédiction, marmonna-t-elle.

— Vous jurez, à présent ? Ce n'est pas digne d'une lady, observa-t-il.

Elle se retourna pour faire face à ces étranges yeux gris qui la regardaient avec une lueur amusée. Elle frissonna sous leur examen. Ils étaient trop clairs, presque argentés, et bordés de noir ; ils lui donnaient une apparence presque inhumaine.

— Eh bien, grâce à vous, je ne suis pas une lady, répondit-elle avec colère.

Le feu en elle nourrissait son irritation. Elle lui tenait tête et cela provoquait en elle un étrange sentiment d'exaltation. Il pouvait essayer autant de fois qu'il voudrait, cet homme n'arriverait pas à la détruire. Même sa crainte envers lui semblait diminuer à chaque rencontre, bien qu'elle ne sût pas exactement ce qu'elle ressentait.

— Mais, contrairement à d'autres, je n'ai pas oublié mes manières. Je dois vous remercier, il me semble, bien qu'il me coûte de l'admettre, dit-elle avec franchise.

Il la contempla, ne confirmant ni n'infirmant sa déclaration.

— Et donc, vous jurez, dit-il en penchant légèrement la tête. Vous n'appréciez pas de m'être redevable ?

— C'est un euphémisme, je vous le garantis, répondit-elle en autorisant un sourire crispé à s'installer sur ses lèvres.

Elle souhaitait le pousser à bout, ébranler cette façade exquise de maîtrise de soi. Il était toujours si immaculé, en possession de ses moyens. Il la faisait se sentir impulsive, hors de contrôle, comme s'il était une page parfaitement blanche, et elle, une allumette en feu faisant roussir ces coins d'une blancheur parfaite. Elle voulait provoquer un incendie derrière cette apparence froide, et le regarder brûler.

Le regard du marquis se posa sur sa bouche, et il y demeura ; tout à coup, c'était *lui* l'allumette, et elle sentit la flamme la lécher. Elle avait soudainement une conscience bien trop accrue de sa présence, de sa proximité. En dépit de la haine qu'elle vouait à l'homme, elle ne pouvait nier sa beauté, même si elle était dangereuse à regarder, froide et sans pitié, telle une étendue sans fin de glace et de neige, ou comme l'éclat brillant d'une lame que l'on n'a pas vu venir.

— Merci, d'avoir aidé miss Dowding, dit-elle précipitamment, avec l'envie d'en finir au plus vite, et de s'éloigner de lui. Je ne sais pas pourquoi vous l'avez fait — et ce, pour la deuxième fois —, à moins qu'il existe peut-être dans votre âme gelée une once de décence. Peu importe vos raisons, je vous en suis reconnaissante.

Il la contempla un peu plus longtemps, dans une immobilité totale qui était agaçante.

— Je suis navré de devoir briser vos illusions, mais il n'y a pas d'once de décence. Vous en savez quelque chose, ajouta-t-il d'une voix aussi calme et régulière que d'habitude.

Dépourvue d'émotion.

— Vous le savez même *mieux que personne*, continua-t-il, alors que son regard se posait brièvement sur sa bouche. Assez, en tout cas, pour deviner mes motivations, le plaisir que je ressens à vous savoir mon obligée. Il ne vous sied point de prétendre le contraire. Entre nous, il devrait toujours n'y avoir que de l'honnêteté.

Il la regarda dans les yeux pendant un long moment.

— Bonne soirée, miss Hunt.

Matilda reprit son souffle, parcourue de la plus étrange sensation, tandis qu'il faisait volte-face et s'éloignait sans même un regard en arrière.

— Démon, murmura-t-elle en s'apercevant qu'elle tremblait.

Elle se tourna de nouveau vers la porte et se dépêcha de partir.

Chapitre 18

Matilda ! Quelle incroyable nouvelle ! Je suis tellement excitée, vous aussi ?

—Extrait d'une lettre de Sa Grâce, Prunella Adolphus, duchesse de Lorny, à miss Matilda Hunt.

28 juin 1814. Bal du duc et de la duchesse de Lorny, Beverwyck, Londres.

Nate jeta un regard sombre dans la salle et croisa les bras. Alice dansait à nouveau. Bon sang, où était passée cette soi-disant timidité ?

Il se sentait comme un petit garçon qui aurait découvert un trésor enfoui, et, qu'au même moment, des garçons plus grands étaient venus le lui arracher des mains. *Arrête de te comporter comme un imbécile,* marmonna-t-il en tâchant de prendre une expression un peu moins meurtrière. Demain, elle l'épouserait, et ensuite, demain soir…

Il laissa échapper un soupir tremblant.

Il était ridicule qu'un homme de son âge, avec autant d'expérience, se sente aussi affreusement nerveux, pourtant c'était le cas.

Lorsqu'il avait aperçu Alice ce soir, sa poitrine s'était contractée, sa gorge s'était serrée, et il avait été envahi par un tel flot d'émotion qu'il n'avait pas su quoi dire ni faire, en tout cas, pas sans se trahir. Il n'avait jamais rien vu d'aussi magnifique de toute sa vie. Ses cheveux tombaient en une cascade de boucles de feu, et la robe flamboyait comme des braises pendant une nuit d'hiver. Elle rayonnait, semblable à une flamme qui consumait l'oxygène de la pièce et celui de ses poumons ; une flamme qui le brûlait, qui marquait sa chair au fer rouge, même s'ils ne se touchaient pas. Seigneur, il mourrait d'envie de la toucher !

— Rangez votre langue, Hunt, pour l'amour du ciel.

Nate sursauta. Le duc de Lorny se plaça à côté de lui d'un pas nonchalant.

— Lorny, dit-il d'un ton évasif, en se demandant si le duc savait qui il regardait.

— J'ai entendu dire que des félicitations s'imposent.

Nate faillit se disloquer le cou de surprise en entendant cela, terrifié à l'idée que quelqu'un ait découvert leur secret, et son cœur se mit à battre la chamade.

— Comment diable avez-vous pu réussir à me battre aux cartes, l'ami ? dit Lorny en secouant la tête, une expression de pitié sur le visage. Chacune de vos émotions se lit très clairement sur votre visage, et, avant que vous ne me cassiez le nez, rappelez-vous que ma femme est la meilleure amie de votre bien-aimée.

— Oh, répondit Nate, toute sa tension s'envolant aussitôt.

— Tout à fait, répondit le duc.

Il attrapa une coupe de champagne sur le plateau d'un serveur qui passait à côté d'eux, et la tendit à Nate.

— Pour l'amour du ciel, essayez d'être un peu moins intense dans votre expression. J'ai l'impression que vous êtes à deux doigts de vous mettre à écrire de la mauvaise poésie ou une autre absurdité de ce genre.

Nate ouvrit la bouche pour contredire cette assertion absolument grotesque, avant de s'apercevoir qu'il ne pouvait pas. Il passa une main lasse sur son visage en grognant.

— Je deviens fou.

— Je sais, répondit joyeusement Lorny. Cela arrive aux plus honorables d'entre nous, j'en ai bien peur. Puisque l'on parle d'honneur, c'est moi, qui serai votre garçon d'honneur. J'espère que cela ne vous dérange pas ?

Le duc sourit, et Nate cligna des yeux.

— Je vous demande pardon ?

— Ces dames l'ont décrété, dit-il en s'amusant de la confusion de Nate. Pour être honnête, en connaissant un peu Mr et Mrs Dowding, Prue a eu raison. Nous avoir comme témoins devrait les aider à avaler la pilule.

Nate relâcha son souffle.

— C'est très aimable de votre part, Lorny, je… je ne sais pas quoi dire.

— Il n'y a rien à dire, et appelez-moi Robert.

Il ajouta avec un ton moqueur :

— C'est pour vous remercier de toutes les fois où vous m'avez mis dans un fiacre, au lieu de me laisser me ridiculiser au *Hunter's*. Vous auriez pu en profiter pour me plumer davantage.

Nate secoua la tête en éclatant d'un rire bref.

— Vous me faites passer pour quelqu'un de charitable. Je dois vous avouer que j'ai acheté une maison à la campagne uniquement avec l'argent de vos pertes.

Le duc lui offrit un large sourire en n'ayant pas l'air de regretter quoi que ce soit.

— Je suis heureux de l'apprendre, dit-il en tapant dans son dos. Maintenant, si je suis correctement informé, la prochaine danse est une valse, et une certaine jeune demoiselle attend avec impatience que vous la réclamiez.

Pas besoin de lui dire deux fois : Nate se précipita dans le sillage du duc, et tous deux traversèrent la salle à grands pas.

— Alice, regardez-moi, ordonna Prue. Alice !

Alice essaya. Elle y mit vraiment du sien, mais son regard était rivé sur l'homme qui traversait la salle et venait vers elle. Chaque partie féminine de son être frissonnait en le voyant s'approcher, et elle s'agrippa à la manche de Prue, consciente qu'elle rougissait.

— Alice, dit Prue sans plus chercher à dissimuler le rire dans sa voix.

— Ma mère est-elle en train de regarder ? demanda Alice, incapable de détacher son regard de Nate.

— Non, soupira Prue. Héléna est en train de la distraire, ce qui n'est pas plus mal. Juste ciel, le mariage n'arrivera jamais assez tôt pour vous deux. Vous arrivez à me faire rougir, et je suis une femme mariée.

— Je sais, dit Alice en soupirant du fond du cœur, mais regardez-le !

Elle ne savait absolument pas si Prue le regardait — et en fait, elle espérait que Prue garde les yeux posés sur son époux —, parce que tous ses sens étaient concentrés sur Nate.

Grand, blond, élégant, il était resplendissant dans son costume de soirée noir, agrémenté d'une cravate blanche autour du cou : le gentleman dans toute sa splendeur. Et pourtant, il y avait quelque chose de moins sage chez lui, quelque chose qui disait… qu'il n'était pas *tout à fait* un gentleman. Loin de déplaire à Alice, c'était ce côté indompté qui faisait battre son cœur et bouillonner son sang. Elle savait qu'il était bon et gentil, mais il existait un soupçon de sauvagerie dans ces yeux, suffisant pour qu'il décide de l'emmener loin de la salle de bal et anéantisse sa réputation en faisant preuve d'une telle imprudence. Non pas qu'elle regrettât ce qui s'était passé.

Elle ne le regrettait pas une seule seconde.

— Miss Dowding, dit-il.

Il avait un visage sévère, et ne souriait pas, néanmoins cette lueur joueuse et sauvage dansait dans ses yeux.

— Je crois qu'il s'agit de ma danse.

— En effet, Mr Hunt.

Elle fut impressionnée d'avoir su conserver un ton ferme, alors qu'à l'intérieur, elle n'était qu'une bouillie tremblotante.

Elle l'autorisa à l'accompagner sur la piste, et réussit même à continuer de respirer lorsqu'il posa la main sur sa taille. C'est à ce moment que le terrible homme pencha la tête pour lui murmurer à l'oreille :

— Demain soir, à la même heure, vous serez dans mon lit, miss Dowding.

Elle rata le premier pas et lui marcha sur les pieds, et il éclata d'un rire impénitent qui vibra à travers elle.

— Misérable dit-elle en soufflant, tandis que ses joues lui donnaient l'impression d'être restée trop près du feu. Vous l'avez fait exprès.

— C'est vrai, admit-il en lui jetant un coup d'œil. Et c'est vous qui avez commencé.

— De quoi parlez-vous ? demanda-t-elle, perplexe.

Il lui fit exécuter une rotation complexe sur laquelle elle dut se concentrer avant de pouvoir insister :

— Alors ?

— Alors ? répéta-t-il. Pourquoi êtes-vous venue ce soir en ressemblant à une satanée déesse ? Chacun des hommes ici présents vous désire, et vous avez dansé avec la moitié d'entre eux. Je suis bien en peine de discerner celui que je suis censé provoquer en duel en premier, grommela-t-il.

Bien qu'elle sût que c'était une plaisanterie, elle se rendit compte qu'il y avait un fond de vérité.

— Seriez-vous jaloux ? s'exclama-t-elle, surprise.

Elle ne se serait jamais attendue à cela de sa part.

— Bon sang, bien entendu, je suis jaloux, dit-il avec un air boudeur adorable. Matilda me lance des regards assassins si j'ai le malheur de jeter un coup d'œil dans votre direction, et je dois rester assis et souffrir de voir chaque imbécile vous contempler comme si vous étiez la dernière part d'un gâteau. C'est intolérable.

C'était impossible de ne pas lui sourire, et elle croisa les doigts pour qu'Héléna soit toujours en train d'endurer la conversation de sa mère, car elle se doutait que son amour se lisait probablement dans ses yeux. Elle rassembla chaque miette de courage dont elle pouvait disposer, baissa les yeux et déclara à voix basse, avec un ton suave :

— J'ai terriblement hâte d'être dans votre lit, Nate.

Nate trébucha.

Cela ne dura qu'une fraction de seconde, et elle doutait que quelqu'un d'autre ait pu s'en apercevoir, mais elle l'avait vu, et ne put retenir un éclat de rire triomphal. Une touche de couleur apparut sur les joues du jeune homme, et, avec son air embarrassé et ses raclements de gorge gênés, c'était terriblement attendrissant.

— Ça, c'était un coup bas, murmura-t-il.

Alice se mordit la lèvre et se concentra sur sa cravate pour s'empêcher de rire encore.

— Je vous le ferai payer, demain soir, ajouta-t-il.

Quand elle osa à nouveau lever les yeux vers lui, cette lueur espiègle était de retour dans son regard, apportant du relief à sa menace. Elle frissonna dans ses bras, un délicieux frisson d'anticipation qui la fit soupirer.

— Oh, Seigneur, cessez de me regarder comme cela, protesta-t-il en inspirant profondément. Ou je n'arriverai pas à attendre demain. Il faudra que je vous kidnappe, que je vous emmène loin de cette maudite salle de bal, ce sera un mariage sur l'enclume et la fin de votre réputation.

— Cela me semble divin, répondit Alice d'un ton qui laissait transparaître son désir.

— Ayez pitié, mon amour, répliqua Nate avec émotion.

Il se dit qu'il valait mieux l'essouffler pour l'empêcher de parler, et entraîna Alice dans une série compliquée de tourbillons entêtants qui firent l'affaire.

Elle sourit en appréciant simplement la sensation de voler entre ses bras, et en rêvant du lendemain.

Il était bien plus de minuit lorsqu'Alice rejoignit sa mère dans le carrosse qui devait les ramener chez elles.

— Eh bien, vous avez eu beaucoup de succès ce soir, déclara sa mère en la regardant d'un air qui n'était pas tout à fait approbateur. Vous avez bien caché votre jeu. Si vous vous étiez comportée comme cela dès le début, vous auriez très bien pu attraper un titre, savez-vous, ajouta-t-elle avec un petit reniflement frustré. Enfin, ce qui est fait est fait.

— Que voulez-vous dire ? demanda Alice en fronçant légèrement les sourcils.

— Que Mr Bindley vient demain pour vous demander en mariage, bien sûr, dit-elle en jetant un regard irrité à Alice. Nous vous avions dit que c'était imminent.

Alice ravala la boule d'anxiété dans sa gorge et essaya de conserver un ton nonchalant.

— À quelle heure doit-il venir ?

— Il vient dîner avec nous, donc je lui ai dit d'arriver un peu plus tôt. Vous pourrez accepter sa demande, et ensuite nous fêterons cela autour du repas.

— Oh, dit Alice, soulagée.

Elle sentit le regard aiguisé de sa mère fixé sur elle.

— Oh, c'est juste parce que je dois m'absenter dans la matinée. J'ai rendez-vous avec Prunella, ajouta-t-elle en sachant que sa mère ne l'empêcherait jamais d'aller à un entretien avec une duchesse. Lorny sera là aussi.

— Le duc *et* la duchesse, répéta sa mère en se rengorgeant à cette idée. Naturellement, vous ne pouvez pas les décevoir. Faites simplement en sorte de rentrer à temps pour Bindley.

Alice marmonna quelque chose d'incompréhensible, puis fit semblant de somnoler. Mentir à sa mère n'était pas une chose qu'elle appréciait particulièrement… enfin, peut-être juste un peu, admit-elle. En revanche, elle se rendait bien compte que c'était là un moyen misérable et malhonnête de parvenir à ses fins, mais, *il faut marcher quand le diable est aux trousses*, soupira-t-elle, avant de sourire. *Ou quand Mr Bindley vous rend visite.*

— Allons, un dernier verre avant de partir, déclara le duc en conduisant Nate et Matilda dans un salon privé, alors que les derniers invités se dispersaient.

Nate s'assit en soupirant, et Matilda s'installa à côté de Prue.

— Est-ce que tout va bien ? demanda Prue en touchant la joue de Matilda. Vous êtes assez pâle.

Maintenant que Prue le disait, Matilda n'avait effectivement pas l'air dans son assiette. Il avait été si préoccupé par son mariage imminent qu'il n'avait pas beaucoup vu sa sœur.

— Oh, je vais bien, répondit Matilda en affichant un sourire qui n'était pas vraiment convaincant. Je suis juste fatiguée, voilà tout.

— Montagu ne vous a pas ennuyé, si ? demanda Lorny en se tournant vers elle, les sourcils froncés.

Nate se redressa aussitôt, et son angoisse ne fut pas calmée par la teinte rouge que prirent les joues de Matilda. La colère et l'inquiétude lui firent tenir des propos déplacés :

— Que diable faisait ce salaud ici ?

— Nate ! s'exclama Matilda en lui lançant un regard noir. Cela ne vous regarde pas, Sa Grâce décide d'inviter qui elle veut.

Lorny tendit un verre de brandy à Nate avec une expression désolée.

— Je ne l'ai pas invité, dit-il avec un sourire contrit avant de s'asseoir. Et, je vous prie, appelez-moi Robert, dit-il à l'adresse de Matilda. Je ne peux que m'excuser, ajouta-t-il en la regardant. Je ne l'ai pas invité, mais l'on ne peut pas fermer la porte au nez du marquis de Montagu lorsqu'il s'y présente.

— Mais vous êtes un satané duc ! dit Nate, outré. Vous lui êtes supérieur !

— Le rang et le pouvoir sont deux choses différentes, déclara Robert, à présent sérieux. Il ne fait pas bon être l'ennemi de Montagu ; car ces derniers ont une fâcheuse tendance à disparaître. Au-delà de cela, il s'est excusé si platement, qu'il aurait été malvenu de lui refuser l'entrée. Il m'a dit qu'il ne resterait pas plus d'une heure, et qu'il devait simplement…

Il fronça les sourcils en fouillant dans sa mémoire pour se souvenir de la phrase.

— … Rappeler à quelqu'un sa dette.

— Que diable voulait-il dire par cela ? demanda Nate, perplexe, mais Robert haussa les épaules.

— Je ne sais pas, je ne veux pas savoir, mais je plains le pauvre malheureux qui a une dette envers lui.

— Nate, déclara Matilda d'une voix faible et légèrement tremblante. Cela vous dérangerait-il que nous rentrions maintenant ? Je… je ne me sens pas très bien.

Nate posa son verre et bondit sur ses pieds.

— Bien sûr, Tilda. Pourquoi ne l'avez-vous pas dit plus tôt. ? Ma parole, vous n'avez vraiment pas l'air en forme.

Ils s'excusèrent, et Nate emmena Matilda à son carrosse. Elle s'affala sur un coin de la banquette en soupirant.

— Tilda, dit-il une fois que la voiture se mit en mouvement. À propos de Montagu. Il ne vous a pas ennuyé, n'est-ce pas ? Parce que si c'est le cas —

— Non ! répondit-elle sur un ton un peu exaspéré. Non, il ne m'a pas ennuyé. Pourquoi l'aurait-il fait ? Il ne pense pas plus à moi qu'à une fille de cuisine. Je ne suis pas digne de son attention, vous le savez.

— Je le lui ferai payer, vous savez. Tôt ou tard.

Elle se redressa en entendant cela.

— Non, Nate, dit-elle. Vous n'en ferez rien. Vous épouserez Alice demain ; vous aurez une femme, bientôt une maison et une famille, et il vous faudra en prendre soin. Je ne vous ferai pas risquer tout cela. Je suis assez satisfait de ma situation. Ce qui est fait est fait, et vous laisserez Montagu tranquille. Vous avez entendu Lorny : il est dangereux. Si même un duc se doit de prendre des gants avec lui, c'est qu'il vaut mieux éviter de se frotter à cet homme.

Nate fulminait dans l'obscurité, la mâchoire serrée. Il ne dirait rien de plus à ce sujet, pas à sa sœur, mais un jour, il ne savait ni quand ni comment, Montagu le paierait.

Chapitre 19

*Harriet ! Vous ne devinerez jamais ce que j'ai
entendu au sujet d'Alice !*

**—Extrait d'une lettre de miss Kitty Connolly à
miss Harriet Stanhope.**

29 juin 1814. Baker Street, Londres.

— J'ai l'impression d'être diaboliquement effrontée, comme
l'un des personnages de mes romans, déclara Prue avec un large
sourire, tandis que son époux aidait Alice à monter dans la voiture.
C'est très excitant.

Alice, l'estomac noué, n'avait pas fermé l'œil de la nuit et
offrit un faible sourire à son amie.

— J'espère vraiment ne pas apparaître dans votre prochain
roman. Je pense que je ferais une héroïne assez consternante,
soupira-t-elle en s'asseyant aux côtés de Prue.

— Sottises, répliqua Prue avec sa vivacité habituelle. Vous
avez fait le plus dur en sortant de votre maison. Après cela, fini les
mensonges ; tout pourra enfin être révélé au grand jour. Vous vous
sentirez alors beaucoup mieux, croyez-moi sur parole.

Alice s'esclaffa, et son rire était teinté d'une légère nuance
hystérique.

— Mère n'en finissait plus ce matin. Mr Bindley doit venir me
faire sa demande ce soir, et elle m'a posé tout un tas de questions
sur les préparatifs de mariage. Cela m'a mise dans un tel état que
j'ai failli tout avouer.

De nouveau frappée par l'énormité de ce qu'elle s'apprêtait à faire, sa voix chevrota lorsqu'elle reprit :

— Et je vous ai tous les deux attirés dans m-mes ennuis, et je n'ai pas la moindre affaire pour ma nuit de noces, et encore moins de trousseau…

Elle ferma la bouche, refusant de se transformer en arrosoir. Tout le monde penserait qu'elle n'avait pas envie d'épouser Nate, et ce n'était pas cela du tout. Les mensonges et les manigances étaient loin d'être aussi amusants qu'on voulait bien le croire, surtout quand elle allait jusqu'à imaginer la réaction de ses parents lorsqu'ils apprendraient qu'elle avait épousé Nathaniel Hunt.

— Alice, dit Prue d'un ton calme, logique et rassurant. Aimez-vous Mr Hunt ?

Alice prit une profonde inspiration et un sourire se dessina sur son visage.

— Oui.

— Et vous n'avez pas changé d'avis à propos de votre mariage ?

— Non. Pas un seul instant.

Prue laissa échapper un soupir soulagé.

— Bon, eh bien dans ce cas, déclara-t-elle en mettant le bras d'Alice autour du sien, tout est parfait. J'ai pris la liberté de préparer des choses pour vous, aussi votre trousseau ne sera pas un problème, et Robert a accepté d'annoncer la nouvelle à vos parents dans la matinée, une fois que le mariage sera officiel. Il veillera à ce que l'on prépare vos affaires et qu'elles vous soient envoyées dans la foulée.

— Oh ! s'exclama Alice.

Elle tourna la tête vers le duc, les yeux écarquillés. Oh, non ! Je… Non, cela n'ira pas. Je vous en suis très reconnaissante, vraiment, mais il faut que Nate et moi allions nous-mêmes là-bas, pour le leur annoncer ensemble. Si nous ne le faisons pas, alors ils penseront que j'ai honte de lui, de ce que j'ai fait, et ce n'est pas le cas. Absolument pas.

— Eh bien, dit Prue.

Elle lui lança un regard admiratif, et Alice, dont les joues se réchauffèrent, se sentit tout à coup plus sûre d'elle.

— Vous êtes très courageuse Alice, et vous avez raison.

— Dieu merci, dit Robert avec émotion. Je l'aurais fait, Alice, bien entendu, mais je dois avouer que je suis bien moins sûr de moi que vous ne semblez l'être.

Alice s'esclaffa, et le duc lui sourit. Soudainement, elle se sentit aussi brave que Prue semblait le penser. Nate l'attendait, et cette seule pensée était suffisante pour mettre un sourire sur son visage et chasser ses inquiétudes. Dans un peu moins d'une heure, elle serait Mrs Hunt. Elle n'avait jamais ressenti une telle impatience.

Nate faisait les cent pas devant l'autel sous le regard affectueux et indulgent de sa sœur. Il sortit sa montre à gousset de sa poche et la regarda pour la cinquième fois en autant de minutes. Onze heures une. Où était-elle ?

— Nate, il est à peine onze heures. Elle va venir.

Matilda avait parlé d'une voix calme et rassurante, mais elle n'eut aucun effet sur lui. Rien ne le rassurerait, tant qu'il ne la verrait pas arriver.

— Et si elle avait changé d'avis ? demanda-t-il, l'estomac noué à cette idée. Et si elle avait trop peur pour aller jusqu'au bout, ou si sa mère avait découvert ce qu'elle manigançait, ou que Mr Bindley était arrivé et —

— Nate ! s'exclama Matilda en souriant.

Elle pointait du doigt le rayon de soleil qui était soudainement apparu alors que la porte en chêne s'ouvrait, et qui illuminait l'intérieur sombre de l'église.

Il souffla.

Elle était là, baignée d'une lumière dorée. *Comme un ange*, pensa-t-il, trop soulagé pour vomir de sa propre mièvrerie. Seigneur, elle était assez adorable pour avoir des ailes.

Nate fut incapable de faire autre chose que d'afficher un sourire béat en la regardant s'approcher. Son cœur s'envola lorsqu'il lut dans ses yeux le reflet de sa propre joie. Il n'y avait aucun doute dans le bleu de ce ciel d'été, aucune hésitation ni aucun regret, seulement du bonheur.

Elle déclara, avec des mots timides et hésitants :

— Prue a insisté pour que l'on s'arrête afin d'acheter des fleurs.

— Bien sûr, dit-il en remarquant le petit bouquet de pivoines. J'aurais dû y penser. Elle a eu raison.

Alice lui sourit, et il eut l'impression que son cœur allait exploser. Tous les rêves et les espoirs qu'il avait mis de côté pendant tant d'années, en se persuadant qu'il les avait oubliés, le heurtèrent de plein fouet. Il avait passé tellement de temps à essayer de se convaincre qu'il ne désirait plus rien de tout cela, sachant qu'il ne pourrait pas l'obtenir, qu'il avait quasiment fini par le croire. Quasiment. Jusqu'à ce qu'Alice ait besoin d'un baiser au clair de lune pour lui donner du courage. Et en retour, elle lui avait donné le courage de se souvenir.

— Vous êtes sûre ?

Il avait besoin de l'entendre, bien qu'il vît la réponse briller dans ses yeux.

— Oui, répondit-elle.

Ils se tournèrent alors vers l'autel, et prononcèrent leurs vœux.

♜ ♜ ♜

Alice descendit du carrosse, et admira la maison élégante sur Half Moon Street, qui était désormais la sienne.

— Bienvenue chez vous, Mrs Hunt, déclara Nate, sa grande main prenant celle d'Alice.

La respiration tremblante, elle lui sourit.

— Bon, les tourtereaux, c'est ici que je vous laisse, déclara Matilda en sortant la tête par la fenêtre du carrosse. Je vais rester avec Prue et Robert quelques jours, mais ne vous inquiétez pas. Je compte déménager. Vous n'aurez pas votre vieille fille de sœur accrochée aux basques.

— Matilda ! s'exclamèrent en même temps Nate et Alice.

Il fut soulagé de percevoir du désarroi dans la voix d'Alice.

— Comment pouvez-vous penser que nous voulons vous chasser de chez vous ? demanda Nate, horrifié à l'idée que sa sœur puisse imaginer qu'elle n'était pas la bienvenue.

— Bien sûr que non, s'exclama-t-elle en riant. En réalité, vous êtes tous deux si gentils que je sais que vous insisterez pour que je reste, mais je vous assure que cela ne marchera pas. Si vous pensez que je vais passer le restant de mes jours à vous regarder roucouler ensemble, c'est que vous avez beaucoup plus de foi que moi en ma capacité à supporter les scènes écœurantes de mièvrerie.

— Oh, mais Tilda, déclara Alice, sincèrement déçue. Nous sommes sœurs à présent, et je ne vous chasserais de votre maison pour rien au monde.

— Allons, allons, la rassura Matilda d'un ton calme en souriant. Ne vous inquiétez pas, vous me verrez très souvent. Tellement que nous nous chamaillerons comme de vraies sœurs sous peu, j'en suis sûre. Nate, je pensais acquérir cette jolie petite maison sur South Audley Street, si cela ne vous dérange pas ? Elle est vide depuis que nous nous sommes installés ici, et elle sera parfaite pour moi.

— Matilda, dit-il, la gorge serrée. Je —

— Arrêtez ! dit-elle d'une voix sévère. Vous savez très bien que j'ai adoré vivre ici.

Nate se rapprocha du carrosse pour lui prendre la main. Il avait mal au cœur. Matilda méritait ce genre de bonheur, bien plus que lui.

— Tout va bien, Nate, soupira-t-elle en lui serrant les doigts. Vraiment. Je suis tellement heureuse pour vous deux, et j'ai hâte d'avoir ma propre maison. Il était grand temps que cela arrive, et, avec votre générosité, je pourrai vivre comme une duchesse. À présent, filez les enfants, dit-elle en agitant les mains, sourire aux lèvres. Allez vivre votre fin de conte de fées.

Avec une boule dans la gorge, Nate ferma la porte du carrosse, et regarda sa sœur sourire et lui faire signe alors que la voiture l'emmenait de plus en plus loin, puis elle disparut.

Alice glissa la main dans la sienne.

— Nous réussirons à la faire revenir, Nate.

Il baissa les yeux vers elle et vit son regard sincère.

— Et ensuite, nous lui trouverons un homme bien, pour qu'elle soit aussi heureuse que nous le sommes.

Nate porta la main de sa femme à ses lèvres et embrassa ses doigts. L'avenir de Matilda lui importait toujours énormément, mais pour l'heure, il avait d'autres affaires à régler, une autre vie à protéger, un autre cœur à chérir. Il jura qu'à partir de maintenant, il ferait beaucoup mieux pour prendre soin des deux femmes qui partageaient sa vie.

— Venez, Mrs Hunt, dit-il.

Il se demandait si cette nouvelle appellation aurait un jour un autre effet sur lui que de le faire sourire et s'émerveiller de sa chance incroyable.

— Nous avons une nuit de noces à célébrer.

— Il n'est même pas tout à fait deux heures de l'après-midi, répondit Alice en rougissant légèrement.

Nate ricana en la soulevant dans ses bras d'un seul geste.

— Ma petite chérie, si vous pensez que je vais attendre la tombée de la nuit pour rendre ce mariage officiel, c'est que vous en avez bien peu appris à mon sujet depuis ce baiser au clair de lune.

— Oh, dit Alice avec un soupir heureux. Comme c'est charmant.

Alice rit devant l'insistance de Nate à la porter, non pas uniquement pour franchir le seuil de la porte d'entrée, mais jusqu'à sa chambre.

— Vous allez vous faire mal, protesta-t-elle tandis qu'il ouvrait la porte d'un coup de pied, puis la refermait.

À présent, ils étaient seuls.

— Si vous croyez que le fait de soulever un poids plume tel que vous risque de me blesser, alors je redoute vos attentes quant à cette nuit de noces, déclara-t-il, un brin indigné.

— Après-midi de noces, le corrigea-t-elle pendant qu'il la posait par terre.

Elle voulut garder les bras autour de son cou, et dut se mettre sur la pointe des pieds.

— Après-midi *et* nuit, dit-il d'un ton ferme, avant de froncer les sourcils en regardant autour de lui. Où est-il ? murmura-t-il. Oh, le voilà.

Avec un sourire ingénu, il enleva les mains d'Alice de son cou et traversa la pièce. Alice admira la vue quand il se pencha. Il se releva en brandissant un tabouret à l'air solide au-dessus de sa tête.

— J'en ai fait mettre un dans chaque pièce, avoua-t-il.

— Oh, Nate, rit Alice tandis qu'il plaçait le tabouret devant elle et lui offrait sa main.

Elle la saisit et monta sur le support, puis soupira de plaisir en constatant que les yeux de son séduisant mari se trouvaient au même niveau que les siens.

— Je vous aime, dit-elle.

Il lui était de plus en plus facile de prononcer ces mots. Nate soupira en fermant les yeux, puis posa son front contre le sien en glissant ses bras autour de sa taille, puis la serra contre lui.

— Je vous aime aussi.

Ils restèrent dans cette position un long moment, puis il rouvrit les yeux, dans lesquels une lueur malicieuse brillait ostensiblement.

— N'allez-vous point embrasser votre époux, Mrs Hunt ?

Alice réprima un sourire.

— N'êtes-vous pas censé prendre les devants ? dit-elle en faisant mine d'avoir l'air chagrinée. Pourquoi dois-je toujours faire tout le travail ?

— Parce que vous êtes bien plus audacieuse que moi, mon amour, dit-il d'une voix basse et intime qui la fit frissonner de désir. Et aussi, parce que vous êtes très douée.

— Hmm, répondit Alice en se demandant pourquoi elle n'était pas plus effrayée par ce qui allait suivre, ou pourquoi elle n'était pas en train de mourir de timidité ou d'être en proie à une crise de nerfs. Pour embrasser, peut-être. J'ai pu m'entraîner un peu à cela. Voyez-vous, un inconnu séduisant m'a enseigné cet art sur un balcon, sous le clair de lune.

— Un inconnu ? dit-il d'un ton scandalisé. Quel genre de créature diabolique et dévergondée ai-je donc épousé, pour l'amour du ciel ?

— Ce genre-là, répondit Alice en pressant ses lèvres sur les siennes.

Il soupira contre sa bouche, et la laissa mener la danse, mordiller, goûter et jouer avec ses lèvres, l'aguicher du bout de sa langue tandis qu'il la serrait plus fort.

— Quel satané chanceux je fais, murmura-t-il.

Cela fit glousser Alice qui l'embrassa plus passionnément.

— Rappelez-moi de remercier ce séduisant inconnu si nous croisons un jour sa route.

À son grand soulagement, il prit la suite des choses en main. Elle avait beau être remplie d'une confiance et d'une audace toute nouvelle, elle ne savait pas vraiment ce qui allait suivre. Prue lui avait murmuré quelques mots rassurants, mais il n'y avait pas eu assez de temps pour qu'elles puissent partager des confidences ou des révélations.

Les mains de Nate se dirigèrent vers ses boutons, et, fébrile, il eut un peu de mal à les enlever, ce qui était à la fois amusant et rassurant. Au moins, ce mari sophistiqué n'était pas indifférent à la situation. Elle frémit d'impatience lorsque sa robe tomba sur le sol, suivie de ses jupons et de son corset, et qu'il ne resta plus qu'une fine robe de coton. Alice frissonna, elle s'attendait à ce déshabillage final ; elle ne sut pas si elle ressentit du soulagement ou de la déception lorsqu'il revint se placer devant elle, un sourire apparaissant brièvement sur son visage.

— À vous, déclara-t-il en lui montrant ses boutons lorsqu'elle le regarda sans comprendre.

— Oh, dit-elle, un peu surprise, mais heureuse de participer.

Cela faisait longtemps qu'elle mourrait d'envie de savoir ce qui se cachait derrière ces couches immaculées de coton amidonné, de lin, et de soie luxueuse. Depuis ce jour où elle était allée au *Hunter's* et l'avait aperçu débraillé, les manches roulées sur ses bras musclés, elle avait voulu en voir plus. À présent, son désir devenait réalité, et elle s'empressa de faire glisser la veste cintrée de ses épaules, et de déboutonner son gilet. Avec plus d'enthousiasme que de délicatesse, elle tira la chemise hors de son pantalon, et il s'esclaffa.

— Tant d'impatience, rit-il pendant qu'elle poussait un soupir de frustration.

— Je vous l'ai déjà dit, vous portez trop de vêtements.

— Une erreur que je m'efforcerais de rectifier chaque fois que l'occasion se présentera, dit-il avec sérieux, avant d'attraper sa chemise, de la faire passer par-dessus sa tête, et de la laisser tomber.

Alice le contempla, le souffle coupé. Des épaules larges, et un torse sec et musclé remplissaient son champ de vision. Des poils couleur sable lui recouvraient la poitrine, et se réduisaient en une ligne qui descendait de façon intrigante sous sa ceinture.

— Pitié, mon amour, dit-il.

Elle se rendit compte qu'il respirait plus fort, le mouvement rapide de sa cage thoracique illustrait son impatience. En guise d'explication, il ajouta avec un ton qui frôlait le désespoir :

— Touchez-moi.

Eh bien, elle n'aurait aucun problème à satisfaire sa demande. Ses doigts en brûlaient justement d'envie. Elle leva la main droite et la posa timidement sur sa poitrine. Elle sentit le martèlement de son cœur. Elle jeta un coup d'œil vers son visage et vit que son regard était intense ; le feu brûlant dans ces profondeurs obscures lui donnait l'impression qu'il se retenait intensément de réagir pour lui permettre de poursuivre son exploration.

Alice se dit qu'il fallait récompenser tant de patience et posa son autre main à côté de la première. Lentement, elle fit glisser ses mains sur sa peau, mémorisant les contours de son corps, la forme de ses muscles, la sensation satinée de sa peau et celle, plus rêche, de ses poils. Elle sentait que sa propre respiration devenait erratique. Alice fit descendre ses mains le long de ses flancs, charmée de provoquer un léger frissonnement chez Nate. Ses doigts suivirent le contour de la ceinture et s'arrêtèrent là où se trouvaient les boutons. Elle les défit un par un tandis que Nate se penchait pour nicher son visage au creux de son cou.

Sa respiration, rude contre la peau d'Alice, était semblable à la sienne. Elle fit glisser le pantalon et les sous-vêtements de ses hanches étroites.

— Mon Dieu, dit-elle sans s'en rendre compte.

Nate poussa un petit éclat de rire.

Enhardie par son regard de braise, elle fit glisser son doigt sur ses poils rugueux, le caressant de haut en bas, tandis que Nate frémissait à ce contact. La main d'Alice descendit un peu plus.

— Est-ce que je peux vous… vous toucher ? demanda-t-elle.

Elle était incertaine de ce qu'il attendait d'elle. Était-ce étrange qu'elle se montre si intriguée ?

— Bien sûr, dit-il d'une voix que le désir rendait rauque. Je veux que vous me touchiez, partout, comme il vous plaira. Je veux faire la même chose.

Il l'observa avec un regard interrogateur et elle acquiesça en souriant.

— Oui.

Un soupir tremblant s'échappa des lèvres de Nate.

— Je ne vous ferai jamais de mal, mais —

— Je sais, répondit-elle aussitôt, ne voulant pas trop y réfléchir. Prue m'a un peu expliqué. Je vous fais confiance.

Une large paume entoura sa joue et elle enfouit son visage à l'intérieur en fermant les yeux.

— Vous pouvez me dire non, Alice, dit-il en lui caressant doucement le menton de son pouce. Ne craignez jamais de le faire, et ne craignez pas non plus de me dire oui, ajouta-t-il avec une lueur malicieuse dans les yeux en se penchant pour lui mordiller l'oreille. Ou plus fort, plus vite, *encore*...

Alice eut le souffle coupé rien qu'en imaginant la possibilité qu'elle ose dire un jour quelque chose de la sorte, bien que cette idée soit moins déstabilisante que les baisers que Nate déposait le long de son cou : sa peau semblait s'embraser à chaque contact de ses lèvres.

— Ou, je vous en prie, Nate, n'arrêtez pas, continua-t-il.

Il ronronna presque de satisfaction en entendant la respiration d'Alice devenir erratique.

— J'aimerais beaucoup entendre celle-là, ajouta-t-il.

— Je vous en prie, Nate, chuchota-t-elle, mais il rit, et recula.

Je vous ai interrompue, dit-il, une lueur de défi brillant à présent dans ses yeux. Vous étiez en pleine exploration.

Il lui prit la main, la fit descendre le long de son torse et la déposa au milieu des poils dorés au-dessus de son aine. Son excitation était évidente.

— Ne vous arrêtez pas, ajouta-t-il.

Alice le prit au mot, et, le souffle coupé, laissa glisser ses doigts sur lui. Elle se délecta de sa peau si fine, plus douce encore que la sienne. Elle enroula les doigts autour de son membre, en évalua le poids, surprise par la raideur qui se cachait derrière la soie.

Elle jeta un coup d'œil à Nate. Il avait fermé les yeux, et sa respiration était profonde et régulière, comme s'il tâchait de la contrôler avec le plus grand soin.

Alice s'aventura un peu plus loin, fascinée par la chaleur de son corps, par la courbe agréable de son sexe, et par la sensation délicate de ses testicules lorsqu'elle les posa dans le creux de sa main.

— Alice.

Il avait prononcé son nom en gémissant, et elle leva de nouveau les yeux vers lui.

— Montrez-moi comment, lui dit-elle, désireuse d'apprendre.

Ses paupières s'ouvrirent, et dévoilèrent ses yeux noirs de désir.

— Enlevez-moi d'abord ses satanées bottes, dit-il, l'air plutôt agité. J'ai besoin de vous, dans mon lit, maintenant.

Tout en se disant que pour une virginale épouse, elle faisait preuve d'un enthousiasme que l'on aurait sûrement trouvé inapproprié, Alice sauta du tabouret, tira sur ses bottes et les jeta négligemment sur le sol. Ensuite, elle enleva son culottes et son caleçon long en essayant de ne pas trop fixer du regard le membre très viril qui était impossible à rater sous cet angle.

À genoux devant lui, elle se pencha en arrière en contemplant avec émerveillement l'œuvre impressionnante qu'était son corps. Nate la regarda aussi, un émerveillement semblable dans les yeux, un petit sourire aux lèvres.

Plus tard, elle se demanderait d'où lui était venue cette audace, quelle était la chose qui alors avait pris possession d'elle, mais à ce moment-là, cela lui semblait être la chose la plus naturelle au monde pour lui faire plaisir, l'embrasser, alors elle se pencha, et pressa les lèvres sur la peau douce du haut de sa cuisse.

Elle entendit sa respiration s'arrêter, un son agréable qu'elle souhaitait entendre encore, alors elle s'approcha de nouveau, respirant les effluves de musc, de savon, et de peau masculine. Alice tourna la tête pour regarder le visage de Nate, et vit qu'il la fixait des yeux. Elle eut l'impression qu'il retenait sa respiration lorsqu'elle l'embrassa là où sa peau était la plus douce. À ce contact, son membre en érection eut un soubresaut, et il marmonna un juron.

— Assez ! s'exclama-t-il d'une voix tremblante.

Il se baissa, la saisit par les bras, et la tira vers lui. Elle se sentit soulevée, puis il la posa sur le bord du lit, où il entreprit de lui retirer frénétiquement sa robe. Pendant un instant, il la contempla, le souffle court.

— Allongez-vous.

Il avait à peine murmuré ces mots, mais elle se sentit submergée par eux. Elle fit ce qu'il lui demandait, consciente du regard ardent qu'il posait sur elle, insatiable, avide des endroits secrets dont il semblait, de par son regard expert, avoir une meilleure connaissance qu'elle-même. Il s'allongea à ses côtés, s'appuya sur son coude.

— J'ai tellement désiré vous toucher ainsi, dit-il en posant cérémonieusement une main sur sa hanche.

Il la fit glisser sur sa peau, sur sa taille.

— Cette première nuit sur le balcon, vous m'avez transformé. Je vous ai appartenu dès l'instant où mes lèvres ont touché les vôtres, et même avant cela. À partir du moment où vous m'avez demandé de vous embrasser, en promettant de ne répéter à personne que c'était moi, qui vous avais embrassé le premier, j'ai désiré m'enfuir avec vous. Je voulais vous emmener loin de ce stupide bal, vous ramener ici et vous garder pour moi tout seul.

— Je suis à vous, désormais, murmura-t-elle, frémissante de désir en sentant sa main chaude enrober son sein.

— C'est vrai, admit-il en souriant, les yeux plongés dans les siens. C'est vrai, répéta-t-il avant de descendre la bouche pour s'emparer de son mamelon.

Alice poussa une exclamation de surprise et lui saisit la tête, enfonça les doigts dans ses épais cheveux blonds en gémissant. Il fit des cercles autour de son téton avec la langue, le mordilla gentiment, lécha et suça un sein, puis l'autre, tandis qu'elle s'agitait, parcourue par les vagues de plaisir.

Il poussa un petit grognement amusé, et elle le sentit résonner à travers son corps, remuer quelque chose au plus profond de son être. Son corps en voulait plus, des parties d'elle auxquelles elle n'avait jusqu'alors jamais vraiment prêté attention, se réveillaient et exigeaient ses attentions. *Enfin*, semblaient — elles crier, *oh, oui, enfin.*

Nate leva la tête.

— Je veux goûter chaque partie de votre corps, déclara-t-il d'une voix grave qui fit bouillonner son être.

— Ch-Chaque partie ?

— Mm-hmm, murmura-t-il. Surtout aux endroits où vous en avez le plus besoin. Dites-moi, quelle partie de votre corps me réclame ?

Alice le dévisagea en clignant des yeux.

— J-Je, balbutia-t-elle.

C'était sûrement une question rhétorique, non ?

— Je… ne sais pas.

Il claqua la langue d'un air désapprobateur en secouant la tête.

— Non ? demanda-t-elle en sentant ses joues s'enflammer.

— Non, petite menteuse, répondit-il avec un éclair amusé — pas moqueur — dans les yeux.

Ce qu'elle partageait en cet instant avec lui, l'emplissait de chaleur, elle se sentait en sécurité, envoûtée, cela provoquait en elle des envies d'intimité, et demandait à ce qu'elle lui accorde sa confiance.

— Votre corps se languit-il de moi, Alice ? Frémit-il d'envie, crie-t-il son désir que je le touche ?

— Oui, admit-elle en se demandant si le feu qui cuisait ses joues brûlerait les draps.

— Dites-moi où, la cajola-t-il.

Il se pencha pour l'embrasser.

— Dites-le-moi et vous vous sentirez mieux. Tellement mieux.

Alice gémit en secouant la tête, mortifiée de se sentir incapable d'accéder à sa requête, mais il se contenta de sourire et de l'embrasser à nouveau.

— Alors, montrez-moi, dit-il d'une voix douce.

Il recula, regarda Alice déglutir, lever la main. Il fallait au moins qu'elle fasse cela ; elle ne laisserait pas sa propre stupide timidité l'empêcher d'apprécier son lit de noces. Cela l'avait déjà empêché de profiter de tant de choses dans la vie, il fallait que cela cesse maintenant.

Lentement, en osant à peine respirer, elle fit descendre sa main le long de son corps, entre ses seins, sur son ventre. La lueur dans les yeux de Nate la rassura sur le fait que c'était bien ce qu'il attendait d'elle.

— Oh, Seigneur, oui, murmura-t-il d'un ton dur et saccadé en fixant la main d'Alice descendre encore. Alice, chuchota-t-il, si doux et si passionné que la confiance de la jeune femme s'accrut. Montrez-moi.

Déchirée entre la gêne et un violent désir, Alice posa la main sur le petit triangle de boucles ardentes entre ses cuisses.

— Encore, grogna-t-il en se déplaçant au bout du lit. Montrez-moi.

Le souffle bloqué dans sa gorge, Alice écarta les cuisses, captivée par l'expression dans les yeux de son époux, par le besoin flagrant qu'elle y lisait.

— Est-ce là, que vous me voulez ? demanda-t-il en effleurant ses boucles du bout de l'index. Je vous en prie, dites-moi que c'est le cas, la supplia-t-il.

— Oui, réussit-elle à dire.

Elle gémit en sentant sa bouche se poser sur sa peau, embrasser l'intérieur de sa cuisse, se rapprocher tandis qu'elle continuait de retenir sa respiration, en se sentant étourdie, dévergondée, et folle de désir.

Il écarta ses boucles délicatement, posa de nouveau la bouche sur sa peau, et toute pensée cohérente s'envola.

Plus rien n'existait en dehors de cette pièce, de ce lit, de la chaleur humide de la bouche de son mari sur son endroit le plus intime. Son monde se rétrécit, se liquéfia et tout se réduit à ce plaisir scintillant qui se répandait sous sa peau, à cet endroit qu'il caressait, titillait et suçait jusqu'à ce qu'elle ne soit qu'un amas frémissant de nerfs et de sensations.

Alice chercha quelque chose pour se raccrocher à la réalité qui semblait lui échapper. Elle avait l'impression de basculer dans un état étrange, presque onirique. Les draps se froissaient sous ses doigts qui s'y agrippaient, tandis qu'elle se cambrait avec abandon sous la bouche de Nate. Emportée par le désir, elle se mit à gémir et à crier sans la moindre gêne, puis, elle cria son prénom, comme il l'avait voulu, lorsque des flashs étincelèrent sous ses paupières et que le plaisir explosa en elle en se répandant comme un feu d'artifice dans son sang.

— Alice, Alice, oh, mon amour.

Elle n'était qu'à moitié consciente de sa voix, de ses caresses et des baisers dont il la couvrait tout en remontant à son niveau, jusqu'à ce que son corps se presse contre le sien. Elle sortit alors de cet état onirique dans lequel il l'avait plongée. Sa peau, si chaude, brûlait la sienne, et le poids de son corps, qui l'entourait, l'enrobait, était exaltant. Elle s'agrippa à ses épaules et plaça ses jambes autour de lui. Elle gémit en sentant son érection logée contre sa chair, encore douloureuse de plaisir, et trempée de désir.

— Je ferai attention, promit-il en la pénétrant légèrement. Dites-moi si je vous fais mal.

Alice acquiesça, encore un peu sonnée, et heureuse de l'être ; elle avait l'impression que ses membres étaient lourds et complètement détendus. Cette impression de lourdeur s'évapora lorsqu'elle sentit le corps de Nate entrer en elle. C'était une sensation si étrange, et en même temps, pas tant que cela, se dit-elle en le serrant contre elle. Il bougea lentement, unissant leurs deux corps avec autant de tendresse et d'attention qu'il l'avait promis.

Le gémissement de plaisir de Nate attisa les braises chaudes qui rougeoyaient encore dans le sang d'Alice, faisant naître une nouvelle vague brûlante de désir. Il se souleva et prit appui sur ses bras. Il la regarda en la pénétrant. Il entra complètement en elle, et elle haleta en s'accrochant à lui, alors que surprise, plaisir et douleur se mélangeaient.

— Alice ? dit-il, d'une voix aussi tremblante que sa respiration.

— Je vais bien, dit-elle en relâchant son souffle.

Elle eut un petit rire surpris en réalisant qu'ils étaient à présent aussi proches qu'il était possible de l'être.

— Ne vous arrêtez pas.

— Dieu merci, répondit-il.

La ferveur avec laquelle il prononça ces mots la fit rire à nouveau.

Il était si beau, se dit-elle en se demandant combien de couples scandaleux étaient en train de faire l'amour dans la lumière de cet après-midi d'été. Bien que les rideaux fussent partiellement fermés, un peu de soleil pénétrait la pièce, faisait briller ses cheveux et colorait sa peau. Les mains d'Alice parcouraient son corps, incapable de s'arrêter de le toucher, d'explorer son mari, alors qu'elle était de nouveau emportée par cet état surréel. Elle ferma les yeux en savourant cette sensation qui la titillait, en l'invitant à prendre une nouvelle fois possession de son être, tandis que le corps de Nate se mouvait en elle.

Elle se cambra et bougea instinctivement en rythme avec lui, le laissant mener la danse ; elle lui faisait confiance pour lui montrer le chemin. Mais ce point culminant qui scintillait demeurait toujours hors de sa portée, peu importe ses efforts pour l'atteindre.

— Nate, le supplia-t-elle, lançant un appel à l'aide, Nate, ne vous arrêtez pas, s'il vous plaît… s'il vous plaît… je ne peux pas.

— Je sais, répondit-il en mettant une main entre ses cuisses, à la recherche de la source de son plaisir, pour la guider vers cette frontière. Il effectua avec son pouce la plus légère des caresses, mais c'était tout ce dont Alice avait besoin : elle s'accrocha à lui, aveuglée par cette explosion une nouvelle fois.

— Oui, s'exclama-t-il, et cette exclamation joyeuse et triomphante remplit les sens d'Alice. Dans un cri, il rejoignit la même extase en frissonnant ; il fut lui-même emporté par cette vague, remplissant Alice de son plaisir, de son corps, de son amour. Entrelacés, essoufflés, ils rirent dans les bras l'un de l'autre, submergés par l'intensité de leurs émotions.

Chapitre 20

Mon Dieu, Prue !

Mon Dieu !

**—Extrait d'une lettre de Mrs Alice Hunt à sa
Grâce, Prunella Adolphus, duchesse de Lorny.**

Le 29 juin 1814. Half Moon Street. Londres.

— Quelle heure est-il ? demanda Alice, la tête posée sur la poitrine de Nate.

— Pourquoi ? demanda-t-il d'une voix paresseuse et satisfaite. Vous allez quelque part ?

Elle gloussa et secoua la tête, puis se tourna pour planter un baiser sur sa peau, en se sentant toujours un peu étonnée de pouvoir faire une telle chose.

— Ne dites pas de bêtise. Simplement…

Nate remua, posa la tête sur son bras en se mettant sur le côté pour pouvoir la regarder.

— Simplement ?

— Simplement, Prue a dit qu'elle enverrait la lettre à mes parents à cinq heures et demie, pour leur laisser le temps de décommander Mrs Bindley. Je ne veux pas leur causer plus d'embarras que nécessaire.

Nate poussa un grognement qui suggérait qu'il souciait peu de l'embarras de Mr Bindley ou de ses parents, mais il tint sa langue.

— Pensez-vous qu'ils viendront ici ? demanda-t-elle alors que des images inquiétantes de son père tambourinant à la porte d'entrée de Nate envahissaient son esprit et provoquaient des nœuds dans son estomac.

— Non, répondit-il en lui embrassant le nez. Le mal est fait, et il me semble que vous leur avez dit que nous passerions les voir demain. De plus, j'ai donné l'ordre au personnel de répondre à quiconque aurait l'audace de demander, que Mr et Mrs Hunt n'étaient pas en ville, et ne seraient pas de retour avant demain après-midi. Dans tous les cas, ils ne passeront pas Jenkins, c'est le majordome le plus terrifiant de tout Londres. Même moi, j'en ai peur.

Alice sourit d'un air indulgent.

— Mr et Mrs Hunt, répéta-t-elle en souriant. J'adore entendre ceci.

— Moi aussi, dit Nate.

Il tendit la main et joua avec l'une de ses boucles brillantes. Avec un air sérieux, il déclara :

— Mais il y a beaucoup monde à qui cela risque de déplaire, mon amour. Je ne fais pas partie de la bonne aristocratie, comprenez-vous cela ?

Elle poussa une petite exclamation moqueuse en levant les yeux au ciel.

— Cela m'est bien égal. De plus, vous êtes invité dans les meilleurs endroits. Matilda aussi.

— C'est parce que pas mal d'individus très puissants me doivent de grosses sommes d'argent. Me déplaire, c'est risquer de ne plus pouvoir demander de crédit, ou même de devoir rembourser leurs dettes. Cela ne veut pas dire que ma présence est la bienvenue. Ils nous tolèrent Matilda et moi parce qu'ils n'ont pas vraiment le choix.

— Mais Matilda m'a dit que votre mère était la fille d'un vicomte, répondit-elle en fronçant les sourcils. Je ne peux pas en dire autant.

— Oui, et le grand-oncle de mon père était un comte, ajouta-t-il en haussant les épaules. Et mon père a créé un scandale lorsqu'il a perdu tout notre argent et qu'il est mort dans la misère, en laissant ses deux enfants dans le caniveau, à jouer avec les rats. J'ai récupéré notre fortune à force de travail ; et en devenant propriétaire d'un établissement tout sauf respectable.

— Mais le *Hunter's* est le club le plus exclusif de Londres, protesta Alice.

— *Aujourd'hui*, oui, précisa Nate. Au départ, il ne l'était pas et j'ai dû travailler sur beaucoup d'aspects, y compris me débarrasser des voyous, et casser des nez lorsque cela s'est avéré nécessaire. Les préjugés ont la vie dure, Alice.

Il y avait un soupçon d'anxiété dans sa voix à présent, et quand il leva la tête, Alice put la remarquer dans ses yeux aussi ; il y avait quelque chose de vulnérable, d'un peu incertain.

— Vous auriez pu trouver mieux que moi, dit-il.

Alice le contempla quelques instants.

— Vous savez, dit-elle, en tendant la main et en traçant du bout des doigts le contour de sa mâchoire ; elle pouvait sentir les infimes poils râpeux de sa moustache naissante, et appréciait cette sensation rêche sous ses doigts. Avant de vous rencontrer, continua-t-elle, j'ai dit à Prue que je souhaitais qu'elle soit capable d'inventer un héros pour moi et de le faire apparaître pour de bon. Savez-vous quel genre de héros je lui ai demandé ?

Nate secoua la tête, le regard curieux.

— Un prince séduisant ? Un duc ?

— Non, s'esclaffa-t-elle. C'est une idée ridicule, comme si j'allais demander une chose pareille. J'ai souhaité un homme qui ne me traiterait jamais comme une enfant.

Ses doigts suivirent la courbe de ses lèvres.

— Un homme avec un sourire diabolique, murmura-t-elle en s'approchant pour déposer un baiser sur ses lèvres. Un homme avec un petit côté mauvais garçon.

Il ferma les yeux, soupira, accueillit son baiser.

— Je pense connaître quelqu'un qui entre dans cette catégorie, dit-il contre sa bouche.

Elle pouvait entendre qu'il était amusé.

— Moi aussi, répondit-elle. C'est encore cet étranger au clair de lune.

— Hmm, dit-il avant de lui mordiller l'oreille.

Elle se tortilla.

— Eh bien, vous devrez composer avec moi jusqu'à ce que vous le rencontriez à nouveau.

Alice rit lorsqu'il la fit rouler sur le dos et s'installa dans le creux de ses cuisses. Elle déclara :

— Je peux faire cela.

Matilda essuya ses yeux et se moucha vigoureusement.

— Arrêtez donc, espèce de stupide créature, se murmura-t-elle. Vous ne vous transformerez pas en arrosoir. Vous valez mieux que cela.

Elle demanda au conducteur de ne pas s'arrêter, et de les emmener, là où bon lui semblerait, car elle savait qu'elle avait besoin d'un peu de temps pour se reprendre. Prue et Robert rendaient visite à des amis cet après-midi-là, elle devait les rejoindre pour le dîner. Ils lui avaient demandé de l'accompagner, en affirmant que leurs amis n'y verraient aucun inconvénient, mais Matilda avait refusé. Elle en avait assez de tenir la chandelle. C'était merveilleux de voir Nate et Alice si heureux ensemble, et pourtant, elle se sentait malheureuse. Comment osait-elle se montrer si jalouse de leur bonheur ? Ce n'était pas gentil de sa part. Elle ne leur souhaitait aucun malheur, bien sûr, loin de là. Elle était sincèrement heureuse pour eux, mais…

mais.

C'était hors de question qu'elle aille vivre dans une maison où résidaient de jeunes mariés, cela serait comme frotter du sel sur la plaie, elle finirait par dire quelque chose de méchant, et s'en voudrait pour cela. Non. Il fallait qu'elle parte, et qu'elle s'installe ailleurs. Il faudrait qu'elle se trouve un compagnon. Sans aucun doute une créature sans humour, un fossile desséché. Elle fut choquée en réalisant de quelle façon injuste et horrible elle pensait aux autres femmes qui n'étaient pas mariées. Elle était elle-même dangereusement proche d'être considérée comme une vieille fille, et elle ne pouvait même pas se targuer d'avoir une réputation sans tache. Comment osait-elle émettre de tels jugements sur des demoiselles se trouvant dans la même condition que la sienne, sans même qu'elles en soient responsables ?

Accablée par une vague de dégoût de soi, de remords, et d'une bonne dose de mélancolie, elle fut assaillie par une nouvelle série de sanglots. Elle avait inondé deux mouchoirs en dentelle lorsqu'elle se reprit.

— Vraiment, Matilda, se réprimanda-t-elle, dégoûtée par un tel étalage de pleurnicheries. Reprenez-vous.

Elle avait bien fait de ne pas accompagner Prue et Robert, se dit-elle en reniflant tristement.

Elle remarqua un éclat de verdure à travers la fenêtre de la voiture. Elle attira l'attention du conducteur et lui demanda de s'arrêter. Elle se sentait asphyxiée à l'intérieur du carrosse, et, plus que tout, souhaitait partir de Londres. Des souvenirs d'étés passés à la campagne lorsqu'elle était enfant envahirent son esprit, et la rendirent nostalgique d'un temps où sa vie avait été insouciante et rassurante. Un temps où elle possédait tout ce dont elle avait toujours rêvé. Elle voulait être entourée d'arbres, d'herbe et de chants d'oiseaux, loin de la cruauté et de la beauté miroitante de la ville. L'enclos de verdure entourée d'arbres était loin de ressembler au paysage idyllique qu'elle recherchait, mais cela lui paraissait être une petite oasis de calme qui pourrait aider son cœur abîmé à se remettre quelque peu de ses émotions.

Alors que l'un des postillons l'aidait à descendre, elle comprit qu'ils étaient à St James' Square. Le jardin appartenait à l'une des maisons les plus grandes et des plus convoitées de la ville, et Matilda se mit à rire. Fichtre, ce n'était pas exactement le paysage rural dont elle rêvait. Néanmoins, elle se sentit attirée par la fraîcheur du vert au-delà de la canopée, qui semblait lui lancer un appel irrésistible dans la chaleur grandissante de cet après-midi-là.

— Je n'en aurai pas pour très longtemps, assura-t-elle au cocher.

— Voudriez-vous que Charles vous accompagne, miss Hunt ? demanda-t-il en désignant l'homme qui l'avait aidée à descendre.

— Oh, non, répondit-elle.

Elle ne voulait pas de témoin si jamais elle était sujette à une nouvelle crise de larmes.

— Ce n'est pas nécessaire. Je n'irai pas au-delà de la place.

Au-delà des barrières, le chemin menait au centre, où un large bassin peu profond miroitait dans le soleil de l'après-midi. Au milieu de l'eau, sur un socle imposant, se dressait une statue de Guillaume III à cheval. Matilda soupira et essaya de détendre ses poumons suffisamment pour accueillir une grande inspiration, tandis qu'elle marchait autour du bassin. Ce serait tellement charmant de pouvoir enlever ses chaussures et de patauger dans l'eau fraîche. Elle sourit en imaginant la réaction des illustres résidents de St James' Square si elle faisait cela. Faire preuve d'une telle audace, c'était risquer de s'attirer des ennuis avec l'autorité. D'humeur un peu téméraire, Matilda regarda autour d'elle pour s'assurer qu'elle était seule, avant de se pencher et de caresser l'eau du bout des doigts.

Elle était délicieusement fraîche. Elle soupira de plaisir et tamponna ses doigts humides sur ses joues encore un peu rouges de ses pleurs dans le carrosse. Matilda soupira et laissa quelques gouttes rouler sur son cou. Elle frissonna un peu lorsque l'une d'entre elles se glissa dans son décolleté.

— Miss Hunt. J'aimerais dire que c'est une surprise de vous trouver ici toute seule, mais… cela semble être notre destinée, n'est-il point ?

Matilda se retourna si vite qu'elle trébucha. Une main puissante saisit sa taille et l'aida à garder l'équilibre. Horrifiée, elle se retrouva face à face avec le marquis de Montagu.

Oh, grand Dieu.

Il ne manquait plus que cela.

Elle sentait la chaleur intense de sa main à travers la mousseline fine de sa robe d'été la brûler au fer rouge. Son cœur eut un raté et elle hoqueta de surprise. Avant qu'elle ne puisse dire quoi que ce soit ou reculer, il retira sa main qui retourna sur le lourd pommeau d'argent de la canne qu'il transportait.

— Que faites-vous ici ? demanda-t-elle, frustrée de se découvrir une voix chevrotante.

Un sourcil blond pâle s'éleva juste un petit peu.

— J'habite ici, répondit-il avec une expression quelque peu sarcastique sur les lèvres. Puis-je vous retourner la question ? demanda-t-il d'un air interrogateur, mais il y avait une lueur calculatrice dérangeante dans son regard.

Son attention se porta sur le cou de la jeune femme, et sur les quelques gouttes d'eau qui roulaient sur sa peau. Matilda rougit, consciente de la teneur de son regard tandis qu'il suivait des yeux le chemin qu'avait tracé une gouttelette le long de sa gorge.

— Je…

Elle s'interrompit. Vraiment, elle aurait dû avoir quelque remarque désobligeante pour l'homme, une insulte ou une répartie qui lui rappellerait l'animosité qu'elle éprouvait à son égard, mais elle était trop fatiguée. Le chagrin et ses craintes pour l'avenir avaient grignoté le courage qui faisait sa fierté.

— J'ai vu la verdure, dit-elle, légèrement surprise d'entendre à quel point sa voix paraissait fatiguée, et je… je voulais simplement…

Elle secoua la tête en émettant un rire inégal. Seigneur, mais à quoi pensait-elle donc ? Peut-être qu'ensuite, elle se mettrait à pleurer sur son épaule.

— Cela n'a pas d'importance, dit-elle en se rappelant à qui elle s'adressait. Pardonnez mon intrusion. Je m'en serais très certainement abstenue si j'avais su que vous viviez ici.

Elle constata avec soulagement que les mots étaient sortis de la manière aussi froide et indifférente qu'ils étaient censés être, mais, avant qu'elle ne puisse partir, le marquis lui attrapa le bras et l'immobilisa.

Elle poussa une exclamation de surprise en baissant les yeux vers la main élégamment gantée située au-dessus de son poignet. Il déclara :

— C'est un lieu public, tout le monde peut s'y promener.

Il la contempla quelques instants de plus.

— Vous avez pleuré, dit-il.

Il n'y avait aucune sympathie ni satisfaction dans le ton de sa voix, c'était une simple observation.

Qu'il aille au diable. Elle ne lui dévoilerait pas ses vrais sentiments ni ses faiblesses.

Pas à lui.

— Les mariages me font toujours pleurer, dit-elle vivement.

Nate voudrait que la nouvelle de leur mariage se répande ; autant qu'elle donne un coup de pouce à son désir.

— Mon frère, ajouta-t-elle avant qu'il n'ait le temps de lui poser la question. Il a épousé miss Dowding ce matin. C'était très romantique.

Montagu ne répondit rien, il continua simplement de l'observer de ces étranges yeux gris, si intenses qu'elle avait l'impression qu'ils pouvaient lire en elle, que le marquis pouvait se frayer un chemin à l'intérieur de ses pensées et découvrir chaque secret, chaque faiblesse qu'elle possédait, absolument tout.

Sa main demeurait sur son poignet, mais elle n'avait fait aucun mouvement pour s'en défaire. Sa peau, bien que séparée de celle du marquis par la manche de son spencer et des gants, brûlait au contact de ses longs doigts. Son bras semblait en feu.

— Tant mieux pour elle, dit-il après un long moment. Qu'en est-il de vous ?

Matilda se raidit. Elle ne voulait pas avoir cette conversation avec qui que ce soit alors qu'elle se sentait encore à fleur de peau, et surtout pas avec lui.

— Que voulez-vous dire ?

— Vous savez exactement ce que je veux dire, dit-il en détachant ces mots, l'air un peu ennuyé par sa tentative délibérée de tergiverser. Où allez-vous vivre ? Vous n'allez pas vouloir demeurer avec un couple heureux.

— Pour l'amour du ciel, non, dit-elle en essayant de conserver un ton léger et amusé, alors que tout ce qu'elle désirait, c'était se rouler en boule et sangloter. Mais j'ai les choses bien en main, je vous assure. Ne vous inquiétez pas pour moi, je vous prie.

Elle réussit à être sarcastique, sachant pertinemment qu'il se souciait comme d'une guigne de ses problèmes.

— Je pourrais vous aider, dit-il d'une voix plus basse à présent, avec un regard qui fit réagir son cœur, impatient d'entendre la suite. Je pourrais vous donner tout ce que vous avez jamais désiré.

Elle sut tout de suite ce qu'il voulait dire par là, tout comme il sut qu'elle avait compris.

Il voulait faire d'elle sa maîtresse.

La rage provoqua un incendie en elle.

À son plus grand soulagement, la colère balaya sa tristesse et ses larmoiements, et elle accueillit la chaleur familière de la rage que cet homme avait toujours provoquée en elle. Étrange, de penser que cet homme si froid puisse la faire s'enflammer ainsi. Elle voulait ébranler la façade de ce parfait gentleman. Montagu était connu pour ne jamais, *jamais* perdre son sang-froid. Il n'élevait jamais la voix, ne montrait jamais d'émotion. L'on chuchotait d'une voix impressionnée que c'était un salaud froid.

L'envie de le forcer à réagir était irrésistible.

Matilda se rapprocha d'un pas. Elle était à présent si proche de lui que leurs corps étaient presque en contact, elle aurait presque pu l'embrasser si elle l'avait voulu. À la place, elle plongea son regard dans le sien. Elle était calme à présent, la colère l'avait aidée à se ressaisir.

— Je suis en train de réfléchir à toutes les situations que je trouve préférables à celle de me donner à vous, dit-elle à mi-voix d'une façon calme. Laissez-moi voir… mourir vieille fille, oh oui, c'en est une. Vivre dans le caniveau, cela fait deux. M'offrir à presque n'importe qui d'autre au monde, peu importe son rang de naissance…

Elle lui lança un petit sourire coquet avant d'ajouter :

— Vous savez, je pourrais faire cela toute la journée. C'est assez amusant.

Il ne réagit pas, ne dévoila pas la moindre indication qu'il eût entendu les insultes. En sachant à quel point il se rengorgeait de son nom et de son impeccable lignée, c'était probablement la pire série d'offenses qu'elle aurait pu trouver à lui lancer. Il ne cligna même pas des yeux. La main de son poignet la tenait toujours, mais elle n'exerçait aucune pression. Elle aurait pu s'en débarrasser, mais cela aurait pu être vu comme une preuve de faiblesse, et elle ne ferait montre d'aucune faiblesse devant lui.

— C'est pourquoi, lorsqu'il tendit sa main libre pour lui toucher la joue, elle s'en voulut d'avoir la respiration irrégulière. C'était un contact délicat, il l'effleura simplement du bout des doigts, comme s'il osait à peine toucher quelque chose de défendu et d'exquis, mais elle le ressentit jusque dans ses orteils.

La respiration de Matilda devint de plus en plus erratique. Quelque chose de chaud et de désagréable se libéra en elle, une chaleur liquide qui sembla tendre sa peau et la rendre extrêmement sensible au toucher. Cela n'avait aucun sens, cette réaction. Puisqu'elle était tombée en disgrâce par sa faute, elle avait pris l'habitude de rejeter les avances des hommes qui osaient prendre des libertés avec elle. Elle n'éprouvait aucun scrupule à gifler ces individus, ni alors asséner un coup de pied dans le tibia lorsque les circonstances l'exigeaient.

C'était l'occasion parfaite de frapper *son* maudit visage, mais elle resta figée, immobile, néanmoins brûlée vive par les sensations qui l'assaillaient, sans comprendre pourquoi.

Juste au moment où la confusion qui bouillonnait en elle, provoquée par le silence et la tendresse de sa main contre sa joue, devenait intolérable, il s'exprima.

— Il y a quelque chose entre nous.

Il semblait aussi médusé qu'elle à cette idée.

— J'aimerais bien découvrir ce dont il s'agit.

Matilda se força à soutenir son regard et ressentit une onde de quelque chose passer entre eux, comme pour illustrer ses propos.

Ses joues s'empourprèrent. Elle dégagea son poignet de sa main d'un coup sec.

— Il n'y a rien entre nous, déclara-t-elle en ressentant un étrange frémissement d'incertitude dans la poitrine lorsque les mots sortirent de sa bouche. Rien d'autre que du mépris et de la haine.

— Vous me décevez, dit-il d'une voix plus douce que d'habitude. C'est lâche de votre part de nier l'évidence. J'ai toujours admiré votre courage. Vous ne vous êtes jamais défilée devant moi, vous n'avez jamais plié l'échine. Vous avez plus de cran que la plupart des hommes de ma connaissance…

Ses lèvres tressaillirent légèrement.

— … Et je connais des gens assez terrifiants.

Matilda le contempla. Elle ne savait pas comment réagir à un tel commentaire. Son instinct lui dictait de continuer à déverser sa rage sur lui, mais une chose perverse en elle ronronna de plaisir à ces mots.

Elle avait perdu l'esprit. Il n'y avait pas d'autre explication. Il fallait que son esprit soit embrouillé pour qu'elle éprouve le moindre désir de lui plaire, qu'elle soit folle pour reconnaître le plaisir qu'elle ressentait d'avoir son approbation.

— Je n'ai que faire de votre admiration, et je me fiche bien que vous soyez déçu.

Il y avait une lueur amusée dans ses yeux à présent, comme s'il savait qu'elle mentait, comme s'il savait tout ce qu'elle venait de ressentir : toute l'incertitude, la confusion, et la chaleur, et elle eut vraiment envie de le gifler. Au lieu de quoi, elle le regarda dans les yeux.

— Simplement pour qu'il n'y ait aucun malentendu entre nous, dit-elle en contraignant sa voix à rester ferme, je me laisserai mourir de faim dans la rue avant de vous laisser me toucher. Je préférerais coucher avec une vipère.

— Un peu trop mélodramatique, miss Hunt, murmura-t-il en penchant un peu la tête, comme s'il parlait à un comédien de rue. Mais enrichissant, et très vivide en terme d'images.

Matilda rougit, et serra les poings. Voilà ce qu'elle gagnait à taper sur les barreaux de la cage du marquis ; la seule personne à s'énerver, c'était elle.

— Allez au diable, dit-elle avant de tourner les talons et de s'éloigner.

Elle se méprisait de s'être laissé atteindre, alors qu'elle avait cherché à faire la même chose sur lui.

Un jour, se promit-elle, un jour elle fissurait le flegme prétentieux qu'il arborait, et ensuite… ensuite, ce serait elle, qui rirait.

Matilda était presque de retour au carrosse, quand elle entendit son nom retentir à travers la place.

— Miss Hunt. Matilda !

— Lucia, s'exclama-t-elle, plus que soulagée de voir un visage amical, surtout un visage auprès duquel elle pouvait impunément vilipender tous les hommes de la planète.

Elle salua la jeune femme, qui semblait devenir plus jolie à chaque fois que Matilda la voyait. Aujourd'hui, elle portait une robe enchanteresse, et un spencer vert émeraude assorti, bordé de satin blanc. Un bonnet de satin vert et blanc trônait sur les boucles noires qui entouraient son visage.

— Oh, je suis contente de vous voir, dit Matilda avec une émotion réelle en saisissant le bras de la jeune femme.

Derrière Lucia, un peu en retrait, se tenait un valet de pied qui était chargé de paquets.

— Des emplettes ? demanda-t-elle en riant de voir le pauvre homme jongler avec la pile de boîtes qui menaçait de s'écrouler.

La plus petite boîte, au sommet de la tour, glissa et Lucia la rattrapa adroitement d'une main gantée, et sourit.

— Pauvre John, dit-elle au valet qui devint cramoisi. Je suis monstrueuse, parfois. En parlant de cela, vous ai-je bien vu discuter avec Montagu ?

Matilda essaya de ne pas rougir et grimaça.

— En effet.

— Oh, donc il y a des nouvelles, n'est-ce pas, demanda Lucia, les yeux brillants de malice. Venez prendre le thé chez moi. Vous pourrez me raconter tout cela. Je ne vis qu'à quelques minutes d'ici.

Matilda hésita.

— Oh, acceptez mon invitation, la supplia Lucia.

Elle avait l'air si sincère que Matilda ne put s'empêcher de sourire.

— Je dois vous prévenir qu'il y a un bazar terrible. Il y a eu une confusion effroyable avec le bail, et l'on nous a mis à la porte. Pouvez-vous le croire ? Il y a des paquets partout. Assez pour me donner envie de hurler. Il faut que nous trouvions quelque chose avant la fin de la semaine, sinon nous serons à la rue.

— Quelle coïncidence, dit tristement Matilda. Je dois moi-même partir. En fait —

Elle se sentit libérée en réalisant que ce serait le parfait arrangement. Lucia serait l'antidote parfait pour vaincre le sentiment de solitude qu'elle ressentait en quittant son frère, et la compagne parfaite pour les moments où elle aurait envie de déverser la rage qu'elle ressentait envers le monde, surtout la partie masculine qui le composait.

— En fait… que diriez-vous de venir vivre avec moi

Chapitre 21

Enfin, la chance me sourit. Je remercie le ciel pour Matilda Hunt. Elle nous a sauvés. Je me sens bénie d'avoir une telle amie, même si les coups du sort semblent pleuvoir sur moi. Seigneur, je suis si fatiguée de porter ce masque, de prétendre être quelque chose que je ne suis pas.

Mais… je ne sais pas ce que je suis vraiment, ni qui je suis vraiment.

Je suppose que je ne le saurai jamais.

— Extrait du journal de señorita Lucia de Feria.

29 juin 1814. Baker Street, Londres.

— Prête ?

Nate regarda sa femme et posa la main sur la sienne, agrippée à sa manche.

— Vous êtes en train de froisser un vêtement d'excellente facture, mon amour, dit-il en lui souriant pour tâcher de l'apaiser.

— Quoi ? *Oh*, dit-elle, déconfite, en fixant l'endroit où ses doigts avaient agrippé le tissu.

— Je vous demande pardon, s'excusa-t-elle.

Il constata l'effort qu'elle dut faire pour déplier ses doigts et l'arrêta.

— Agrippez-vous tout votre content, dit-il en se penchant pour l'embrasser, bien qu'ils fussent au milieu de la rue, à la vue de tous. Je suis là. Je reste à vos côtés. Vous n'êtes pas seule. Vous ne le serez plus jamais.

Elle soupira, et il vit un peu de tension quitter ses épaules.

— Vous savez toujours ce qu'il faut dire, dit-elle en s'appuyant sur lui.

— Êtes-vous sûre de vouloir faire cela, Alice ? Je peux tout aussi bien y aller seul —

— Non ! s'exclama-t-elle en secouant vigoureusement la tête. Non, allons. Je ne suis pas une créature faible au point de vous laisser affronter mes parents tout seul. Je… je n-ne suis tout simplement pas impatiente d'y être, voilà tout.

— Voudriez-vous attendre un peu, dans ce cas ? Revenir plus tard, proposa-t-il, tout en sachant qu'Alice n'accepterait pas.

Elle était bien plus courageuse qu'elle ne le pensait.

Comme prévu, elle secoua la tête, faisant danser ses boucles rousses.

— Non. Certainement pas. Nous y sommes, donc… finissons-en.

Elle prit une grande inspiration, lui lança un sourire un peu anxieux qui emplit son cœur de fierté, et ils franchirent les derniers mètres qui les séparaient de la porte d'entrée de la maison de ses parents et grimpèrent les marches. Nate devait admettre qu'il était lui-même un peu inquiet. On lui avait déjà attribué le rôle du méchant auparavant, à tort ou à raison, mais il n'avait jamais provoqué la disgrâce de quiconque, *ni* épousé personne, deux choses qui, dans le cas d'Alice, reviendraient probablement au même aux yeux des gens — pour ses parents, par exemple. Pourtant, il n'arrivait pas à éprouver le moindre regret. Certainement pas en ce qui le concernait, en tout cas. C'était un salaud égoïste, voilà tout. Elle était sienne, à présent, il ne la laisserait jamais lui échapper.

Tandis qu'on les conduisait dans un hall élégant et richement meublé, il devint évident que les domestiques avaient compris ce qu'il se passait. Le majordome pinçait les lèvres, désapprobateur, et deux bonnes avaient traversé le hall au même moment, les yeux écarquillés de curiosité.

— Vous osez venir ici ?

Nate serra la main d'Alice alors que son père apparaissait dans le hall, venant d'une des pièces de devant. Il n'était pas très grand, mais il était large, avec un double menton, un cou épais, et une taille encore plus épaisse… et son visage était à présent rouge de colère. Comment la charmante, délicate Alice avait pu venir d'un bonhomme aussi écarlate et hargneux, Nate ne pouvait pas se l'expliquer .

— Mr Dowding, dit Nate en essayant de se souvenir qu'il avait volé la fille de cet homme, et qu'il avait donc tout à fait le droit de vouloir le pendre par la virilité.

Il ferait de son mieux pour que la conversation garde un ton courtois, pour le bien d'Alice.

— Je comprends que vous puissiez être contrarié —

— Contrarié ! rugit l'homme, le menton tremblotant d'indignation. Ce n'est pas le quart de la moitié de ce que je ressens, monsieur, et à présent… *à présent* vous avez le culot de venir ici et —

— Je l'aime, papa, déclara Alice en lâchant la main de Nate et en se plaçant entre les deux hommes. Je n'ai que du mépris pour Mr Bindley. J'ai essayé de vous expliquer à quel point il était horrible, mais vous n'avez pas voulu écouter. Donc j'ai fait mon propre choix. Je suis désolée si vous ne l'aimez pas, mais c'est trop tard. Nate est l'homme que j'ai choisi. Il est bon, et gentil. Il est aussi incroyablement riche, ajouta-t-elle.

Nate savait qu'elle n'avait fait ce commentaire que pour apaiser son père.

— Il est propriétaire du *Hunter's*, vous savez.

— Bien sûr que je le sais ! rétorqua-t-il en devenant plus rouge de minute en minute. Ce petit gredin m'a refusé l'adhésion au club ces deux dernières années.

— Eh bien, répondit Nate avec un petit sourire. Je peux difficilement refuser l'adhésion de mon beau-père à présent, n'est-ce pas ?

Il y eut un instant de calme, durant lequel Nate crut discerner une lueur d'espoir, qui partit aux oubliettes lorsque Mrs Dowding fit son entrée.

Elle apparut en haut de l'escalier, comme l'actrice d'un mélodrame surjoué. Elle se pâma.

— Mère ! s'écria Alice en se précipitant dans les escaliers.

La femme s'écroula sur la dernière marche, sans tomber plus bas, ce qui, devant l'œil cynique de Nate, relevait plus du calcul que de la chance.

— Alice, gémit faiblement sa mère lorsque sa fille lui fit sentir les sels de pâmoison. Oh, mon bébé… ma pauvre fille tombée en disgrâce…

— Je ne suis pas tombée en disgrâce le moins du monde, répondit Alice d'une voix acide. Je suis mariée.

— À lui ! se lamenta -t-elle dans un gémissement théâtral tout en pointant un doigt accusateur vers le rez-de-chaussée. Ce… ce *forban.*

— Oh, pour l'amour du ciel, vous exagérez, rétorqua Alice, remarquablement impassible face aux simagrées de sa mère. Nate n'est pas un forban, loin de là. Donc vous n'avez pas besoin de transformer cela en tragédie de Cheltenham.

Nate lança un regard rempli de fierté à sa femme. Mon Dieu, elle était magnifique.

Elle aida sa mère à se relever et à descendre les escaliers.

— À présent, déclara Alice d'une voix sévère, nous allons tous nous installer dans le parloir, et discuter comme des gens raisonnables.

Des coups frappés à la porte donnèrent une excuse au majordome pour entrer une nouvelle fois dans la mêlée, en regardant de haut toute la famille cette fois. Alors que Nate pensait que cette farce ne pouvait pas devenir plus grotesque, entre le père rougeaud furieux et la mère hystérique qui se pâmait, Mr Bindley entra.

Ah, l'amoureux éconduit. Il ne manquait plus que cela.

L'idiot avait un bouquet de roses entre les mains, et une expression inquiète sur le visage.

— Je suis juste p-passé voir si miss Dowding se sentait un p-peu mieux aujourd'hui, déclara-t-il, incarnation de la sollicitude même, jusqu'à ce qu'il regarde autour de lui et prenne conscience de la tension grandissante qui régnait dans la pièce.

— Oh, mon pauvre garçon… gémit Mrs Dowding.

Elle s'avança pour étreindre Edgar, un geste qui l'horrifia tout autant qu'il amusa Nate.

Il ressentit presque un élan de compassion. Presque.

— Mrs Dowding, s'exclama le jeune homme, figé sur place pendant que la mère d'Alice écrasait ses roses en sanglotant.

— J'ai bien peur que vous arriviez trop tard, mon vieux, dit Nate, qui s'amusait beaucoup à présent. Alice m'a épousé hier matin.

Mrs Dowding émit un nouveau cri de désespoir, pendant que Mr Dowding essayait de la décrocher de Mr Bindley. Alice demeura en retrait, en observant les événements avec une expression légèrement écœurée, jusqu'à ce qu'elle croise le regard de Nate. Les lèvres de la jeune femme tressaillirent.

Cependant, au même moment, Mrs Dowding relâcha Bindley, et le Roméo éconduit balança furieusement ses roses, avant de se jeter sur Nate.

— Espèce de canaille ! rugit-il, enragé.

Son élan lui avait donné plus de puissance qu'il n'en avait naturellement, et lorsqu'il percuta Nate, tous deux tombèrent sur le sol. Bindley, furieux comme un pou, agitait les poings et arrosait Nate de coups plus théâtraux que réellement efficaces.

— Oh, s'exclama Alice avec colère.

Elle se précipita pour apporter son aide, et essaya de séparer Mr Bindley de Nate. Nate, qui n'osait pas frapper Bindley de peur que ce dernier soit projeté sur Alice et ne la blesse, se sentait un peu coincé.

— Alice, reculez, mon amour, souffla-t-il.

Il ne savait pas s'il devait rire, ou se mettre réellement en colère, jusqu'à ce que Bindley parvienne finalement, grâce à un coup de chance, à lui heurter le menton.

— Bon, sale petite fouine, c'est assez.

D'un geste vif, il remonta le genou et percuta Bindley qui hurla comme un chat échaudé, et tomba sur le sol, recroquevillé sur lui-même.

— Un… gentleman… ne frapperait jamais… haleta Bindley en agrippant son entrejambe alors que ses yeux s'emplissaient de larmes.

— Nous avons déjà décrété que je n'en étais plus un, rétorqua Nate en se relevant.

Il regarda Bindley d'un air furieux.

— Vous devriez garder cela à l'esprit la prochaine fois que vous vous approchez de ma femme, ou qu'il vous prend l'idée de prononcer son nom. Je vous promets que vous le regretterez.

— Vous pouvez garder votre petite catin frigide, grogna Bindley.

Chancelant, il se mit à genoux avec difficulté et agrippa une petite console dorée pour l'aider à se relever.

— Je n'y aurais même pas accordé un coup d'œil si elle n'était pas riche. Elle sent la goton et le désespoir.

Un cri horrifié sortit de la bouche de Mrs Dowding, qui se rendait compte que Mr Bindley n'était pas le gentil jeune homme qu'elle s'était imaginé. Mais Nate, pour sa part, était fou de rage. Il lui balança son poing en plein visage, et Bindley s'effondra pour la deuxième fois, le nez probablement cassé.

Il hurla et s'écroula sur la console qui s'effondra en projetant des éclats de bois dans toutes les directions, pendant qu'un vase en porcelaine basculait et se fracassait au sol.

— Vous, gronda Nate à l'adresse du majordome à l'air outré, avec tant de férocité que l'homme bondit aussitôt en avant pour accéder à sa requête. Aidez-moi à renvoyer cette créature pernicieuse du caniveau d'où elle vient.

Les deux hommes trainèrent un Mr Bindley gémissant à la porte. Nate héla un fiacre et le poussa à l'intérieur. Bien qu'il n'éprouvât aucun scrupule à l'idée d'abandonner cet homme pitoyable dans la rue, ils n'avaient pas besoin d'un scandale supplémentaire.

À présent profondément irrité, Nate retourna à grands pas à l'intérieur de la maison. Il ramassa son chapeau, et se tourna vers ses beaux-parents.

— Bien, dit-il brusquement. Je suis votre nouveau gendre. C'est fait, et il n'y a rien que vous puissiez changer à ce sujet. Je suis désolé que les choses se soient passées ainsi, et je m'excuse de la nature clandestine de notre mariage. Ce n'était pas très honnête, et nous n'avons pas fait les choses de la bonne manière, et vous avez tout à fait le droit d'être contrariés, mais nous nous étions sentis acculés.

Il s'interrompit, prit une profonde inspiration, et tâcha de tempérer ses émotions et de parler de façon calme et raisonnable. Enfin, calme, au moins. Il poursuivit :

— C'est la dernière fois que je m'excuse pour ce que j'ai fait ou ce que je suis. J'aime votre fille et je ferai tout ce qui est en mon pouvoir pour la rendre heureuse. Et si cela ne vous suffit pas, eh bien, dommage, mais gardez bien à l'esprit que je ne vous permettrai pas de faire souffrir Alice pour le choix qu'elle a fait.

Les sous-entendus étaient clairs, et il lança un regard d'avertissement à Mr Dowding en particulier.

Mrs Dowding émit un petit reniflement, et prit la main d'Alice.

— Comment Mr Bindley a-t-il pu oser dire de telles choses à votre égard ? Je ne me suis jamais sentie aussi insultée.

Alice sourit en tapotant la main de sa mère.

Ne vous en faites pas, maman. J'ai essayé de vous dire que ce n'était vraiment pas un homme très gentil.

La femme consentit à l'admettre d'un hochement de tête, ce qui était tout à son honneur, mais n'ajouta rien.

Nate regarda Mr Dowding, dont le visage était encore rouge d'indignation, bien que Nate ne soit plus très sûr d'en être la cible. Le bonhomme lâcha un profond soupir.

— Je pense que nous avons tous les deux besoin d'un verre, dit-il, légèrement irrité, et Nate saisit l'occasion que l'homme tentait manifestement de lui présenter.

— J'aimerais beaucoup cela, monsieur.

Mr Dowding poussa un grognement et fit signe à Nate de le suivre dans son bureau.

— Allez prendre une tasse de thé dans le parloir, toutes les deux, lança-t-il à sa femme et sa fille par-dessus son épaule. Je dois m'entretenir en privé avec mon gendre.

Les mots avaient été prononcés avec une légère réticence, mais Nate jeta un coup d'œil à Alice et lui fit un clin d'œil. C'était un début.

— À présent, déclara Mr Dowding en fermant la porte de son bureau. Au sujet de mon adhésion…

Chapitre 22

Chère Harriet,

Saviez-vous que Lucia va habiter avec Matilda ? Pouvez-vous imaginer deux créatures aussi belles vivant sous le même toit ? Les hommes vont probablement casser la porte à force d'y tambouriner !

Je me demande à quoi cela ressemblerait si nous vivions ensemble ? Il n'y aurait pas de prétendants en extase, j'en ai bien peur. Pourrais-je apporter mon chat ? Il a affreusement mauvais caractère, en fait, nous sommes tous deux épouvantables le matin. Je vous laisse trois jours avant que vous ne me tuiez dans mon sommeil.

—Extrait d'une lettre de miss Kitty Connolly à miss Harriet Stanhope.

1er juillet, 1814. Upper Walpole Street, Londres.

Alice sourit lorsque les filles saluèrent son entrée par des cris et des applaudissements. Ruth lui jeta des grains de riz qui rebondirent sur le plancher poli, et Kitty glissa presque tout de suite dessus. Elle tomba sur les fesses en poussant un « Wouuf ! » qui manquait de classe, puis éclata de rire, et l'allégresse générale repartit de plus belle.

— Venez là, espèce d'affreuse créature, dit Harriet en l'aidant à se relever tout en émettant un « t-t-t » désapprobateur, mais l'affection dans sa voix était immanquable.

— Ce n'est pas de ma faute, se défendit Kitty en manquant de tomber à nouveau et d'entraîner Harriet avec elle cette fois. Ruth m'a tendu un piège.

— Je vous demande pardon, Kitty, déclara Ruth, partagée entre le rire et la peine.

Heureusement, Kitty semblait accepter l'affront avec légèreté et n'était pas le moins du monde offensée.

— Alors, à quoi ressemble la vie d'une femme mariée ? demanda Bonnie en tirant Alice vers un canapé, puis en l'asseyant dessus. Dites-nous tout !

Alice devint écarlate et croisa le regard de Prue.

— Je ne p-peux pas, c'est impossible, balbutia-t-elle en riant et en secouant la tête. Et puis, je ne veux pas vous gâcher la surprise.

Bonnie fit un petit bruit écœuré.

— Je ne veux recevoir aucune surprise de Gordon Anderson, merci bien, dit-elle d'un air sombre en croisant les bras. Et au vu de la tournure que prend cette saison, je ne pourrais pas y échapper.

— Oh, votre gardien vous accordera sûrement un délai, Bonnie ? demanda Ruth avec inquiétude. Vous n'avez que vingt-deux ans, il vous reste du temps.

— Je ne sais pas, répondit Bonnie d'un ton lugubre. Mais je vais avoir un mal de chien à le persuader de payer les dépenses d'une autre saison, alors que le bon vieux Gordy patiente en coulisses.

Ruth se pencha et lui serra la main avec sympathie.

— Est-il si terrible que cela ?

— Pire, murmura Bonnie.

— Oh, ma chérie.

Ruth se mordit la lèvre, anxieuse.

— Eh bien, peut-être que la saison est presque finie, mais il y aura plein de fêtes et d'événements au cours de l'été.

Elle saisit un large plateau de petits pains nappés d'un glaçage au sucre et le tendit à Bonnie.

— Donc cela ne veut pas dire que vous êtes condamnée.

La jeune fille prit un petit pain et le contempla tristement.

— Sauf si je dois retourner en Écosse.

Les femmes échangèrent des regards, avant de reporter leur attention sur Bonnie. Épouser un homme que l'on n'appréciait pas, sans même parler d'amour romantique, était loin d'être une chose inhabituelle, mais c'était un destin que toutes redoutaient. Alice n'avait aucun mal à compatir à son sort.

— Eh bien, dans ce cas, vous devez rester avec moi, déclara soudainement Ruth d'un air décidé. Nous irons à la campagne. Papa a acheté une nouvelle maison, ajouta-t-elle en rougissant et en évitant les regards des autres.

Alice dissimula un sourire de sympathie. Le père de Ruth était un homme extrêmement riche, mais aucune somme d'argent ne pouvait acheter la noblesse, et les aristocrates n'étaient pas tendres avec ceux qui ne faisaient pas partie de leurs rangs. La haute société voyait l'homme comme un vulgaire arriviste, un Cit, un champignon[2], et la façon dont il collectait les œuvres d'art, les bijoux et les maisons ajoutait au mépris qu'il leur inspirait.

— Nous irons très certainement chez Saint-Clair pour le bal de l'été, ajouta-t-elle en ayant l'air excitée à cette idée. Donc, nous y

---

[2] En anglais, « mushroom » : terme désignant une personne qui devient soudainement riche. C'est une allusion aux champignons qui poussent en une seule nuit.

verrons Kitty et Harriet, et… oh, une foule de bons partis. Et après cela, il y aura des garden-parties, des dîners et toutes sortes d'événements mondains. Vous voyez. Il vous reste plein de temps.

Bonnie poussa un soupir et se pencha pour embrasser la joue de Ruth.

— Merci, dit-elle avec un air si sincère que Ruth rayonna de joie.

— De rien. Honnêtement, je serai enchantée de profiter de votre compagnie.

— Tout ceci est bien beau, mais je n'ai toujours pas fumé de cigare, ni bu de cognac, remarqua Lucia.

Elle lissait ses jupons, une petite moue de mécontente affichée sur son splendide visage, et, comme elle l'espérait sans doute, tout le monde éclata de rire.

— Quand prévoyez-vous de le faire, Lucia ? demanda Alice en se souvenant de l'émoi et de la panique pure qui l'avait assaillie à l'idée d'embrasser un étranger sur un balcon.

— J'ai pensé au bal du comte d'Ulceby, dit-elle avec un petit sourire.

— Oh, dit Alice, surprise.

Un petit frisson d'inquiétude remonta le long de sa colonne vertébrale. Sans Nate, l'homme aurait pu devenir son beau-père.

— Vous y allez ?

— Cela vous ennuie-t-il beaucoup, Alice ? demanda Lucia, un air compatissant apparaissant soudainement dans son regard.

— Oh, non, dit précipitamment Alice en secouant la tête. Pas le moins du monde, seulement, lord Ulceby n'est pas un homme bien, et… faites attention à son fils, Edgar Bindley. C'est un détestable goujat.

— Au nez cassé, murmura Matilda avant de prendre une gorgée de thé.

Alice lui jeta un coup d'œil et sourit.

— Je sais, répondit Lucia avec une lueur mystérieuse dans les yeux qui était peut-être de l'impatience. C'est pour cela que je les ai choisis. Je n'aimerais pas voler quoi que ce soit, même un simple cigare et un verre d'alcool, à un homme que je respecte.

— Y a-t-il donc un homme qui a votre respect ? demanda Matilda.

La question était directe, et plutôt choquante : tout le monde se figea. Mais Lucia ne sembla pas contrariée, et se contenta de réfléchir à la question.

— Non, répondit-elle simplement.

Les filles éclatèrent de rire en pensant qu'elle essayait à nouveau d'être comique, mais il y avait une lueur étrange dans ses yeux, qui disait à Alice que Lucia ne mentait pas. Il y avait un petit quelque chose à propos d'elle qui l'intriguait. Elle était belle et gracieuse, mais ne semblait jamais à l'aise. Quelque chose de brut et de sauvage vivait en elle ; elle était comme une créature indomptée qui s'immobilise entièrement avant de bondir sur sa proie. Alice frissonna à cette idée, et se tourna vers Matilda.

— Irez-vous au bal d'Ulceby ?

— Oui, j'imagine, pour tenir compagnie à Lucia et l'empêcher de s'attirer trop d'ennuis, entre autres, dit-elle avec un sourire malicieux. J'imagine qu'ils ne me refuseront pas l'entrée, puisque je suis la sœur de Nate, et que le comte lui doit beaucoup trop d'argent.

— Le comte doit de l'argent à tout le monde, répondit Alice à mi-voix. Je ne comprends même pas comment il arrive à organiser un bal aussi somptueux. Père a eu une discussion assez franche avec lui lorsqu'il était question que j'épouse son fils, et il a avoué qu'ils étaient au bord de la ruine.

Matilda hocha la tête.

Je sais. J'ai plus ou moins entendu dire la même chose, et cela fait plus d'un an que Nate refuse de lui faire crédit, mais un homme comme lui a sa fierté. Il préférerait mourir, plutôt que le monde sache qu'il n'a plus les moyens de vivre comme il le souhaite.

— Mais ce n'est que de la poudre aux yeux, dit Alice sans comprendre comment un homme pouvait ainsi ruiner sa famille, gaspiller leur argent, et gâcher leur avenir.

— Je pense que c'est une maladie, dit Matilda d'une voix douce. J'en ai voulu très longtemps à mon père, mais… mais il était tellement désolé de ce qu'il avait fait. Il avait tellement de remords. Il a dit que des démons avaient pris possession de lui, et… je peux presque le croire.

Alice fronça les sourcils. Elle ne croyait pas en l'existence des démons, et pensait uniquement qu'un homme qui pouvait ruiner sa famille de la sorte était faible ; mais elle ne pouvait pas prétendre comprendre, donc peut-être était-elle trop sévère.

— C'est une maladie pour certains, déclara Lucia.

Cette déclaration les fit toutes les deux sursauter, car elles ne s'étaient pas rendu compte que Lucia avait suivi la conversation. Sa voix semblait froide, dure, impitoyable. Elle reprit :

— Mais pas pour lord Ulceby. C'est un homme avide et cruel, et un jour, il en paiera le prix.

Alice regarda Lucia, vit la lueur déterminée dans les yeux de la jeune femme, et une fois de plus, un frisson remonta le long de sa colonne vertébrale. Il y avait un sous-entendu dans ces mots, qui laissait à penser que Lucia parlait d'un événement bien particulier dont elle avait connaissance. Elle jeta un coup d'œil à Matilda qui tenait son verre figé en l'air, et dont l'expression interdite indiquait que son amie aussi, avait entendu la menace.

— Eh bien, déclara Ruth en brisant l'atmosphère étrange de son ton joyeux et direct. Ces gâteaux ne vont pas se manger eux-mêmes. Pour l'amour du ciel, servez-vous, mesdames.

Des « oooh » de plaisir parcoururent le groupe alors que divers plateaux de délicates pâtisseries circulaient entre elles.

— Vous savez, dit Prue en jetant un coup d'œil malicieux en direction de Lucia et Kitty. Alice et moi avons trouvé des époux grâce à nos défis. Donc je pense que vous devriez vous préparer, toutes les deux.

Toutes les jeunes femmes rirent en poussant des exclamations d'encouragement, sauf les demoiselles en question. Kitty avait l'air d'être sur le point de pleurer, et Lucia croisa les bras, la mine renfrognée.

— Je ne donnerai jamais à un homme un tel pouvoir sur moi. Je ne me marierai jamais. Jamais.

Kitty, en revanche, cligna plusieurs fois des yeux en se levant d'un bond.

— Voulez-vous… voulez-vous bien m'excuser ? dit-elle avant de se précipiter hors de la pièce.

— Qu'ai-je dit ? demanda Prue, perplexe. Je sais que je ne suis pas la dernière à faire des gaffes, mais —

— Je vais aller la voir, déclara Harriet en posant son assiette et en partant à la suite de Kitty.

— Je suppose que nous avons toutes nos secrets, dit doucement Matilda.

Après la réunion, Alice et Matilda dirent au revoir à Ruth, et retrouvèrent Nate qui les attendait près du carrosse.

— Et comment se portaient les Demoiselles Surprenantes aujourd'hui ? demanda-t-il d'un air amusé.

— Très bien, je vous remercie, répondit Matilda.

Elle avait répondu en lançant à son frère un regard d'avertissement, mais Alice savait que Nate l'ignorerait.

— Et quel livre a fait l'objet de la discussion aujourd'hui ? demanda-t-il d'un air inquisiteur.

Alice et Matilda échangèrent un regard avant d'éclater de rire.

— Quoi ? demanda-t-il en les regardant toutes les deux avec un air mécontent. C'est un club de lecture, non ?

Alice prit son bras.

— Oui, très cher, dit-elle d'une voix apaisante. En quelque sorte.

— Que diable cela veut-il dire ? demanda-t-il, soupçonneux. Que faites-vous donc, si vous ne parlez pas de livres ? Non ! dit-il soudainement en levant la main avant que l'une d'entre elles n'ait eu le temps de lui répondre. À bien y réfléchir, il est plus sage que je l'ignore.

— Vous voyez ?

Matilda sourit à Alice et continua :

— Il est capable d'apprendre.

Nate jeta un regard sombre à sa sœur, et il avait l'air à deux doigts de rétorquer un commentaire épicé quand Alice et lui virent l'expression de Matilda se figer. Bien qu'Alice n'eût pas cru cela possible, elle blanchit et rougit en même temps. Toute couleur disparut de sa peau, il ne resta que deux taches écarlates qui flambaient sur ses joues.

Alice et Nate se retournèrent pour regarder dans la même direction que Matilda, et Alice hoqueta de surprise en remarquant le marquis de Montagu, plus loin dans la rue. Matilda et lui se regardaient, comme contraints par quelque mystérieuse force, incapables de détourner les yeux l'un de l'autre.

Nate saisit le bras de sa sœur.

— Venez, Tilda, dit-il d'une voix douce, mais ferme, en l'accompagnant vers le carrosse et en l'aidant à y monter.

Lorsque tout le monde fut installé, Nate toqua sur le plafond, et la voiture s'ébranla. Matilda paraissait suffisamment calme à présent, mais Alice ne put s'empêcher de constater que son regard se dirigeait vers la vitre ; il y demeura lorsqu'ils passèrent à côté du marquis de Montagu, toujours dans la rue.

— Maintenant que nous ne sommes plus dans la partie, déclara Alice en prenant le bras de Nate et en échangeant un regard anxieux avec lui, nous allons pouvoir nous concentrer sur vous, et vous trouver un mari convenable.

Matilda leva la tête, un éclair de ce qui semblait être de l'inquiétude dans les yeux.

— Quoi ? s'exclama-t-elle. Oh, grand Dieu, non. Merci. Si une chasse au mari doit être faite, je préfère la faire moi-même. Ils ne m'appellent pas *La Chasseuse* pour rien, vous savez, plaisanta-t-elle en leur adressant un sourire en coin.

— Ne dites pas cela, déclara Nate.

Il arborait une telle expression de tendresse qu'Alice fut émue.

— Vous valez mieux que tout le monde, Tilda, mais quelque part, c'est certain, il existe un homme digne de vous, et vous le trouverez. Je vous le promets.

— Oui, ajouta Alice qui se déplaça près d'elle et saisit son bras. Et vous serez aussi heureuse que nous le sommes.

Matilda ricana en lançant à Alice un regard faussement offensé.

— Pas si vous me trouvez un mari comme celui-là, c'est certain, dit-elle avec toute l'indignation d'une sœur outrée.

— Eh bien, merci beaucoup ! rétorqua Nate en croisant les bras. Je vous informe que je suis un excellent mari.

Alice s'esclaffa et repartit s'asseoir à ses côtés, incapable de contredire cette déclaration. Elle s'appuya contre lui et posa la tête sur son épaule.

— Oui, vous l'êtes, chantonna-t-elle, comme si elle essayait de calmer un enfant colérique. Un mari vraiment incroyable.

Nate grommela et fit une grimace à sa sœur, qui éclata de rire.

— Oh, très bien, déclara Matilda, amusée, en levant les yeux au ciel. Je l'admets. Vous êtes un incroyable mari et vous êtes tous deux follement heureux, et je ne pourrais pas en être plus enchantée. À présent, pour l'amour du ciel, ramenez-moi chez moi avant que je ne doive endurer une minute de plus de ceci, ou je ne serai pas responsable des conséquences.

Une fois Matilda raccompagnée chez elle, Alice se blottit dans les bras de son mari.

— Tout ira bien pour elle, n'est-ce pas ? demanda-t-elle, toujours inquiète à cause de la scène étrange avec le marquis.

Nate hocha la tête.

— Nous nous en assurerons, répondit-il en lui souriant. Demain, j'étudierai la liste de tous mes clients, et je sélectionnerai les bons partis. Ensuite, ma chérie, nous organiserons des événements. Si nous faisons assez de dîners et de fêtes, nous pourrons sûrement mettre la main sur au moins *un* homme convenable ?

— C'est une merveilleuse idée, déclara Alice avec soulagement. Vous êtes un formidable frère aussi, vous savez.

— Vous allez me faire rougir, dit doucement Nate en se déplaçant légèrement pour pouvoir la regarder. Ses yeux s'assombrirent d'une manière similaire à ceux d'Alice. Elle ne fut pas complètement surprise lorsqu'il tira les rubans de satin de son chapeau, et le jeta à côté d'eux.

— À présent, déclara-t-il de sa voix envoûtante qui eut l'effet escompté sur Alice et la transforma en épave frissonnante.

— Voyons voir à quel point je peux être un formidable époux.

Alice soupira lorsqu'il la tira près de lui et l'embrassa. Ses mains se baladèrent sur son corps, la caressant d'une façon très osée ; elle aurait dû protester, mais elle n'en avait pas la moindre intention.

Après tout, à quoi bon souhaiter un homme avec un petit côté mauvais garçon, si ce n'était pas pour en profiter ?

Pressé(e) de découvrir ce qui arrive à la prochaine Demoiselle Surprenante ? Alors… continuez la lecture pour en avoir un aperçu !

En chaque jeune fille timide et isolée bat le cœur d'une lionne, d'une femme passionnée prête à tout pour atteindre ses rêves, à condition de trouver en elle le courage de se lancer. Lorsque ces filles auxquelles personne ne prête attention décident de conclure un pacte qui changera leur vie, tout devient possible…

Dix filles — Dix défis à accomplir. Qui aura l'audace de tout risquer ?

Découvrez le prochain tome des Audacieuses…

Enfreindre les Règles

Les Audacieuses - Livre 3

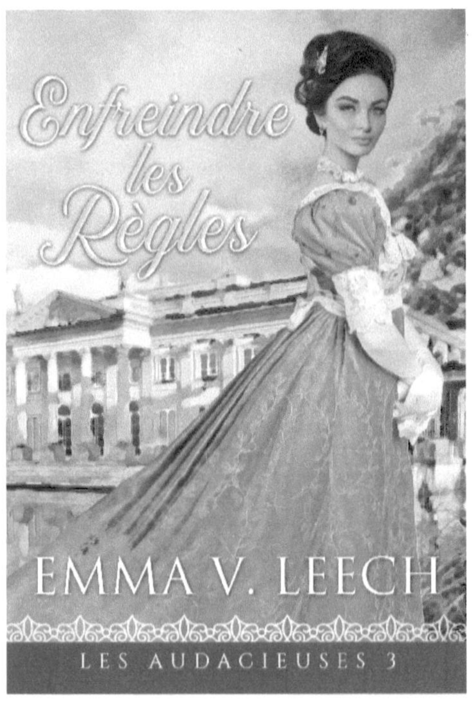

Une énigme irrésistible…

Il est possible que señorita Lucia de Feria soit la plus belle femme du monde, en tout cas, il ne fait aucun doute que c'est la plus belle que le vicomte Cavendish ait jamais vue.

Mais cette beauté mystérieuse manigance quelque chose, et Cavendish doute de la pureté de ses intentions.

Cela suffit au vicomte pour avoir envie de passer du temps en sa charmante compagnie, mais désir et complot sont source de tentations impies.

Une dangereuse conquête…

Les apparences sont parfois trompeuses.

Lucia a des secrets… des secrets pour lesquels un homme serait prêt à la tuer.

Le cœur empli de vengeance et la fortune en péril, Lucia va bientôt triompher ou y laisser la vie.

Mais elle tombe sans cesse sur le vicomte Cavendish, avec son sourire de pirate et ces yeux bleus malicieux.

Un cercle d'amies pleines d'audace…

Quand un club de lecture un peu particulier fait entrer les Demoiselles Surprenantes dans sa vie, Lucia, charmée, se sent pour la première fois à sa place quelque part. Entre ses nouvelles amies, et un homme qui risque de faire chavirer son cœur, tous ses plans dérapent.

La magnifique señorita a passé toute son existence à vouloir se venger, et elle ne s'attendait pas à trouver quelque chose de plus important en chemin.

Lucia ne peut pas se permettre les distractions, les amis ou la présence d'un gentilhomme suspicieux à ses côtés. Mais soudainement, les trois apparaissent dans sa vie.

Peut-être est-il temps pour elle d'enfreindre ses propres règles.

Chapitre 1

Suis-je insensée de vouloir la revanche à ce point-là ? De mettre en péril tout ce que possède, pour avoir une chance de me venger ? Peut-être bien, mais tout ce que je possède est un mensonge, et tôt ou tard, la vérité me rattrapera. Au moins, lorsque l'inévitable arrivera, j'aurais la satisfaction de l'avoir fait payer. Ce sera mon héritage.
— Extrait du journal de señorita Lucia de Feria.

1er juillet 1814. Upper Walpole Street. Londres.

Lucia, amusée, regarda les Demoiselles Surprenantes s'enthousiasmer au sujet d'une Alice rougissante. Quelques jours plus tôt, la jeune femme était allée à l'encontre des souhaits de ses parents, et avait épousé Nathaniel Hunt, propriétaire du notoire et exclusif *Hunter's*, établissement de jeux fréquenté par les plus riches aristocrates.

Qu'Alice, d'entre toutes, ose s'opposer à ses parents pour exprimer ses envies était une chose surprenante, car elle était la membre la plus timide du groupe. Lucia ne pouvait pas critiquer son choix : Nate était riche et séduisant, et visiblement fou amoureux de sa nouvelle épouse. Entre lui et l'*honorable* Edgar Bindley, le choix n'avait pas été difficile. Honorable était une notion complètement étrangère à Edgar et à son vil père.

Le comte d'Ulceby, Lionel Bindley, était un homme avare et égoïste qui ne se souciait de rien ni personne. Lucia le savait bien.

Ses amis n'avaient pas la moindre idée de son lien avec Ulceby. En fait, l'homme lui-même ne la reconnaîtrait pas s'il la croisait dans la rue. Elle, en revanche, le connaissait. La position de Lucia, aux limites de la bonne société, était pour le moins précaire. Tous ses fonds avaient été utilisés pour lui permettre de s'établir pour la saison, pour faire d'elle un personnage connu dont on ne pourrait pas se débarrasser facilement lorsque la vérité éclaterait. Elle ne vivait pas dans l'illusion qu'on l'accepterait après cela, quelle que soit sa situation financière. Les gens qui étaient ses amis ne voudraient plus recevoir, et tous les jours, elle se rappelait de garder ses distances avec eux.

Tous les matins, elle contemplait le reflet d'une femme qui n'avait pas sa place dans le monde, et se souvenait de ses objectifs, de ce qu'elle cherchait à accomplir. Les amis ne faisaient pas partie de cette équation. Elle ne vivait que pour une chose.

La vengeance.

Elle s'était fixé des règles : rencontrer le plus de monde possible au sein de l'aristocratie, mais ne laisser personne s'approcher.

Aujourd'hui, les Demoiselles Surprenantes s'étaient rassemblées dans la maison luxueuse de miss Ruth Stone, dont le père faisait partie de la classe marchande. L'homme, si riche que c'en était presque vulgaire, cherchait à se faire accepter au sein de l'aristocratie, mais ne trouvait que porte close. Les gens de la haute société ne pouvaient peut-être pas ignorer sa fortune, mais ils n'oublieraient jamais que sa lignée n'était pas noble. À présent que sa fille était en âge d'être mariée, il avait espéré qu'elle attire dans ses filets un aristocrate ruiné.

Ruth ignorait que son père avait été l'un des hommes les plus tenaces auprès de Lucia, tant il était désireux de faire d'elle sa maîtresse. Peu importe le nombre de fois où Lucia s'était refusée à lui, l'homme continuait à insister, donc la jeune femme avait changé de tactique, et était devenue l'amie de sa fille.

Ruth n'était pas une idiote, c'était elle qui gérait la maisonnée, son écervelée de mère n'ayant pas d'autre idée en tête que de dépenser l'argent de son mari. Comme Lucia l'avait espéré, être l'invitée de Ruth pendant quelques jours avait suffi à refroidir les ardeurs de son père. En dépit du mépris qu'elle éprouvait pour cet homme manipulateur, elle en avait vu assez pour comprendre qu'il respectait et aimait sa fille, et ne voulait pas s'en attirer les foudres. Un mot de Lucia pouvait lui rendre la vie familiale très désagréable.

C'était comme cela que les hommes étaient, comme cela qu'ils fonctionnaient. Ils voyaient quelque chose qui leur plaisait, et faisaient tout ce qu'ils jugeaient nécessaire pour l'obtenir, sans se préoccuper de ceux qui pouvaient se dresser sur leur chemin. Il n'y avait qu'un seul homme qui s'était soucié de Lucia, et même lui, n'avait pas pu la protéger lorsqu'elle en avait eu besoin.

Les hommes étaient des créatures répugnantes et égoïstes. Au mieux, ils étaient indignes de confiance.

Au pire… ils étaient mortels.

Les hommes flirtaient avec elle et Lucia les laissait faire ; elle les attirait dans son cercle et leur donnait l'espoir qu'ils pouvaient peut-être avoir une chance, mais elle ne les laissait jamais dépasser la limite. L'on murmurait des rumeurs sur ses origines où qu'elle aille — que sa mère espagnole avait été une courtisane — et la plupart des gens s'attendaient à ce qu'elle suive ses traces. En réalité, la femme en question avait été portugaise et non espagnole, mais les hommes anglais étaient ignorants et négligents ; mais c'était là le plus petit des détails sur elle ne correspondant pas aux apparences.

Les offres que lui faisaient les hommes devenaient de plus en plus mirobolantes, tellement que cela en devenait ridicule, et elle faisait attention de ne blesser l'ego de personne lorsqu'elle refusait gentiment leurs avances. C'était peut-être la chose la plus difficile à faire, quand elle voulait simplement leur cracher au visage et leur dire d'aller au diable. Mais cela n'avait fait qu'accroître son exclusivité et leur désir de la posséder. Ils l'appelaient *señorita Ciudadela*, ou miss Citadelle, et faisaient des paris ; ce serait à celui qui arriverait le premier à percer ses défenses.

Cela la répugnait, mais Lucia jouait à son propre jeu, et bientôt, elle rirait lorsqu'ils découvriraient sur qui ils avaient jeté leur dévolu et leurs richesses avec un tel abandon.

Avec difficulté, Lucia chassa ces pensées obscures, et s'intéressa aux demoiselles qui l'entouraient. Ruth avait invité Bonnie à l'accompagner au bal de l'été du comte de Saint-Clair, et le visage de Bonnie rayonnait de plaisir devant cette invitation. La tristesse s'éveilla dans la poitrine de Lucia, tandis qu'elle les regardait rire et bavarder ensemble. Elle avait vu les amitiés grandir entre les filles, avait été témoin des histoires d'amour de Prue et d'Alice, qui avaient surmonté les épreuves et les difficultés de leur romance avec le soutien des femmes qui les entouraient. Elle désirait tellement avoir cela, avoir le soutien d'une amitié inébranlable, mais la vraie amitié ne pouvait pas naître à partir de mensonges, et la vérité n'était pas une chose que Lucia pouvait donner. Elle n'était qu'une montagne de mensonges et de demi-vérités ; bientôt, tout ceci prendrait fin, et elle n'était pas assez naïve pour penser que la vérité lui apporterait des amis.

— Tout ceci est bien beau, déclara-t-elle en entrant finalement dans la conversation, mais je n'ai toujours pas fumé de cigare, ni bu de cognac.

Elle lissa ostensiblement ses jupons en affichant une moue mécontente pour amuser les filles.

— Quand prévoyez-vous de le faire, Lucia ? lui demanda Alice avec un regard amical et compatissant.

— J'ai pensé au bal du comte d'Ulceby, répondit Lucia.

Elle savait qu'Alice s'inquiéterait pour elle. C'était une gentille fille, et son expérience limitée avec les hommes de cette famille lui avait donné de bonnes raisons de les craindre.

— Oh, répondit Alice, aussi inquiète et étonnée que Lucia l'avait prévu. Vous y allez ?

— Cela vous ennuie-t-il beaucoup, Alice ? demanda-t-elle.

Elle aurait souhaité que la jeune femme ne s'approche jamais d'Edgar Bindley. Matilda lui avait confié qu'Alice avait failli se faire violer par Edgar lors d'une visite aux jardins du Vauxhall. Sans l'intervention du marquis de Montagu, les choses auraient pu très mal tourner. Mr Bindley s'était également intéressé à Lucia ces dernières semaines, et elle ne ressentait pour lui que du dégoût. Elle avait fait attention de ne jamais se retrouver seule avec lui, bien qu'il ne soit qu'une pâle imitation de son père.

— Oh, non, dit précipitamment Alice en secouant la tête. Pas le moins du monde, seulement, lord Ulceby n'est pas un homme bien, et… faites attention à son fils, Edgar Bindley. C'est un détestable goujat.

— Au nez cassé, murmura Matilda avant de prendre une gorgée de thé.

Alice lui jeta un coup d'œil et sourit.

— Je sais, répondit Lucia.

Elle n'avait été que trop contente de découvrir que Mr Hunt avait cassé le nez d'Edgar. Sa propre vengeance serait moins sanglante, mais beaucoup plus dévastatrice.

— C'est pour cela que je les ai choisis. Je n'aimerais pas voler quoi que ce soit, même un simple cigare et un verre d'alcool, à un homme que je respecte.

— Y a-t-il donc un homme qui a votre respect ? demanda Matilda.

La question était directe et plutôt choquante : tout le monde se figea. Lucia réfléchit à sa réponse. Elle n'était pas choquée par la question franche de Matilda, c'était une qualité qu'elle appréciait beaucoup chez cette femme, chez qui elle louait ses appartements.

— Non, répondit-elle.

Les filles éclatèrent de rire en pensant qu'elle essayait à nouveau d'être comique, mais Lucia ne trouvait rien de drôle à cela. Les hommes n'auraient aucun scrupule à se servir d'elle si elle leur en laissait l'opportunité, alors elle se servirait d'eux avant qu'ils n'en aient l'occasion.

Alice, visiblement ébranlée par la réponse de Lucia, demanda à Matilda :

— Irez-vous au bal d'Ulceby ?

— Oui, j'imagine, pour tenir compagnie à Lucia et l'empêcher de s'attirer trop d'ennuis, entre autres, répondit-elle avec un sourire malicieux. J'imagine qu'ils ne me refuseront pas l'entrée, puisque je suis la sœur de Nate, et que le comte lui doit beaucoup trop d'argent.

Les oreilles de Lucia se dressèrent en entendant Alice baisser la voix. La jeune femme n'était pas consciente que Lucia écoutait encore la conversation lorsqu'elle déclara :

— Le comte doit de l'argent à tout le monde. Je ne comprends même pas comment il arrive à organiser un bal aussi somptueux. Père a eu une discussion assez franche avec lui lorsqu'il était question que j'épouse son fils, et il a avoué qu'ils étaient au bord de la ruine.

Matilda hocha la tête.

— Je sais. J'ai plus ou moins entendu dire la même chose, et cela fait plus d'un an que Nate refuse de lui faire crédit, mais un homme comme lui a sa fierté. Il préférerait mourir, plutôt que le monde sache qu'il n'a plus les moyens de vivre comme il le souhaite.

— Mais ce n'est que de la poudre aux yeux, rétorqua Alice.

— Je pense que c'est une maladie, dit Matilda d'une voix douce. J'en ai voulu très longtemps à mon père, mais… mais il était tellement désolé de ce qu'il avait fait. Il avait tellement de remords. Il a dit que des démons avaient pris possession de lui, et… je peux presque le croire.

— C'est une maladie pour certains, déclara Lucia en regardant les jeunes femmes sursauter, car elles ne s'étaient pas rendu compte qu'elle avait suivi la conversation. Mais pas pour lord Ulceby. C'est un homme avide et cruel, et un jour, il en paiera le prix.

Attention à ce que vous dites, malheureuse !

— Eh bien, déclara Ruth en brisant l'atmosphère étrange de son ton joyeux et direct. Ces gâteaux ne vont pas se manger eux-mêmes. Pour l'amour du ciel, servez-vous, mesdames.

Des « oooh » de plaisir parcoururent le groupe alors que divers plateaux de délicates pâtisseries circulaient entre elles.

— Vous savez, dit Prue en jetant un coup d'œil malicieux en direction de Lucia et Kitty. Alice et moi avons trouvé des époux grâce à nos défis. Donc je pense que vous devriez vous préparer, toutes les deux.

Toutes les jeunes femmes rirent en poussant des exclamations d'encouragement, mais Lucia croisa les bras en se renfrognant.

— Je ne donnerai jamais à un homme un tel pouvoir sur moi, dit-elle en ignorant son propre conseil de faire attention à ses paroles. Je ne me marierai jamais. *Jamais.*

Kitty, l'autre jeune femme ayant un défi à relever, cligna des yeux plusieurs fois et bondit sur ses pieds.

— Voulez-vous… voulez-vous bien m'excuser ? dit-elle, avant de se précipiter hors de la pièce.

— Qu'ai-je dit ? demanda Prue, perplexe. Je sais que je ne suis pas la dernière à faire des gaffes, mais —

— Je vais aller la voir, déclara Harriet en posant son assiette et en partant à la suite de Kitty.

— Je suppose que nous avons toutes nos secrets, dit doucement Matilda en se tournant pour regarder Lucia avec un léger sourire.

Lucia déglutit et se força à sourire, en se disant, une fois encore, qu'elle ferait mieux de garder la bouche fermée.

Fred Davis soupira et se frotta la nuque en bougeant la tête d'avant en arrière pour apaiser la douleur. Cela faisait un sacré bout de temps qu'il se tenait au même endroit, à l'extérieur d'un certain club pour hommes, mais il préférait aller au diable plutôt que d'abandonner. Silas Anson était un casse-pieds, mais Fred avait travaillé pour son père, le vieux vicomte, depuis qu'il était enfant. À présent, le vieil homme était mort, et son sens du devoir ne lui permettrait pas de laisser tomber le fils.

Que cela plaise ou non à cet homme insensé.

D'après ce qu'il connaissait au sujet de Silas, il n'existait aucun homme qui ait plus besoin d'un valet compétent, et en même temps, il n'existait pas d'homme qui soit le moins susceptible d'en engager un. Alors que Fred se redressait et regardait une fois de plus la route, cette réflexion fut si bien illustrée qu'il grimaça de désespoir.

L'allure du nouveau vicomte Cavendish était désastreuse.

Grand et large d'épaules, Silas Anson avait une silhouette plus adaptée aux champs de bataille et aux héroïques combats à l'épée. Il n'était pas à sa place parmi les gens bien élevés — malgré sa lignée impeccable —, et ne faisait aucun effort pour s'y intégrer. En dehors du fait qu'il méprisait l'aristocratie encore plus qu'elle ne le méprisait, il ne serait probablement bien accueilli nulle part. Mais son attitude cavalière faisait de lui un personnage intrigant, et les femmes semblaient lui tourner autour comme des chats devant une soucoupe de crème. Bizarrement, Silas ne semblait pas non plus se soucier de leurs attentions, et son nom n'avait jamais été associé à celui d'une femme, respectable ou non. Il était une vraie énigme.

Mais une énigme débraillée.

Son manteau était froissé, sa chemise était loin d'avoir la couleur immaculée qu'elle aurait dû arborer, et l'état de sa cravate donnait envie à Fred de se tordre les mains et de sangloter. Quant à ses bottes, elles représentaient une telle offense que Fred ne pouvait tout simplement pas les regarder.

— Lord Cavendish.

Silas tourna brusquement la tête, une lueur mécontente dans le regard, et fixa le bleu étonnant de ses yeux, portés par des générations de Cavendish, sur Fred. Le valet se dit que Silas n'avait probablement pas l'habitude de ce nouveau titre, l'herbe n'ayant même pas encore eu le temps de pousser sur la tombe de son père. La dernière fois que père et fils s'étaient entretenus, Silas n'était qu'un enfant.

Les yeux bleus se plissèrent, avant de s'écarquiller lorsqu'ils le reconnurent.

— Davis ?

— Oui monsieur, répondit Fred,.

Il fut soulagé que Silas se souvienne de lui, cela devait bien faire quinze ans qu'ils ne s'étaient pas vus.

— Mon Dieu.

Silas le dévisagea quelques instants, apparemment déstabilisé. Puis à la surprise de Fred, il lui tendit la main.

— C'est bon de vous voir.

Fred regarda la main qu'il lui offrait, un peu décontenancé. L'aristocratie ne serrait *pas* la main des domestiques, mais Silas n'avait jamais fait grand cas des règles.

— Toujours autant à cheval sur l'étiquette, apparemment, déclara Silas qui garda la main tendue avec une lueur un peu moqueuse dans les yeux.

Il y avait une aura de défi dans son attitude, et Fred savait qu'il valait mieux ne pas le tester. Il saisit la main du vicomte et la lui serra.

— Qu'est-ce qui vous amène dans cette partie de la ville ? demanda Silas, une lueur de soupçon dans le bleu de ses yeux.

Fred prit une inspiration. Il savait que Silas lutterait jusqu'au bout contre cette idée.

— Je suis venu vous voir, monsieur.

— Oh ?

Son regard devint encore plus soupçonneux, et il croisa les bras.

— Cela fait trente ans que je suis le valet du vicomte Cavendish, monsieur. Je connais tous les secrets de famille, même ceux qui sont enterrés si profondément que même votre père ne s'en souvenait pas..

— Avez-vous… avez-vous l'intention de me faire chanter ? s'exclama Silas, avec une expression à la fois outrée et ravie.

Fred soupira en levant les yeux au ciel.

— Non, monsieur, dit-il de la façon la plus digne qui soit. J'ai l'intention de travailler pour vous.

Silas le dévisagea d'un air ébahi.

— En tant que quoi ?

La question déconcerta tellement Fred, qu'il le dévisagea, bouche ouverte, pendant un bon moment avant de réussir à lui répondre.

— En tant que valet, bien sûr.

— Mon valet ?

Silas hurla de rire et tous les passants se retournèrent pour les dévisager. Fred gigota, mal à l'aise d'être au centre de l'attention.

— Mon Dieu, elle est bien bonne ! Je ne suis pas une précieuse petite tulipe ! Je n'ai pas de satané valet.

— Non, monsieur, répondit Fred d'un ton aussi sec que le sable. Cela saute aux yeux.

Silas cessa de rire et le regarda d'un peu plus près.

— Vous faites un bonhomme bien effronté.

— Je dis ce que je vois, monsieur, répondit Fred en croisant les bras pour imiter le vicomte. Vous êtes une honte. Si ses bottes ont vu l'ombre d'une goutte de cirage au cours du mois, je mange mon chapeau.

— Je vais probablement vous le faire avaler de toute façon, rétorqua Silas, clairement énervé par ses commentaires. Je n'ai jamais vu une telle impertinence.

— Je vous connais depuis le jour où vous êtes venu au monde, monsieur. Je ne vous en ai jamais voulu de vous être enfui, et j'ai été sacrément fier de tout ce que vous avez accompli, mais vous êtes un Cavendish à présent, vous ne pouvez plus fuir cela, et je pense qu'il est grand temps que quelqu'un vous remonte les bretelles.

Fred lui tint tête, il connaissait trop bien le tempérament des Cavendish après des décennies à côtoyer le père irascible de Silas. Ils méprisaient le moindre signe de faiblesse, la seule façon de négocier avec eux était de ne pas flancher.

— Le fait est que nous avons besoin l'un de l'autre, ajouta-t-il.

Il fut satisfait devant le regard déconcerté de Silas, qui demanda :

— Que diable voulez-vous dire par là ?

— Je veux dire, monsieur, que vous n'avez pas la moindre idée des exigences qu'implique votre nouveau statut, étant donné que votre père et vous ne vous êtes pas parlé ces quinze dernières années ; et je suis trop vieux à présent, j'ai des habitudes trop ancrées pour partir m'installer au service de quelqu'un d'autre. Je fais partie de votre héritage au même titre que la demeure Cavendish, et que le diable m'emporte si je vous laisse jeter aux orties toutes mes années de loyauté.

— À votre façon de présenter les choses, on a l'impression que je vous jette à la rue, rétorqua Silas d'un ton où l'on commençait à percevoir de la colère. Si je me souviens bien, je vous ai offert une somme très généreuse pour votre retraite, en remerciement de ces années de loyaux services auprès de mon père.

— En effet, monsieur, répondit Fred dont le ton s'adoucit un peu au souvenir de la somme faramineuse qu'il avait perçue.

Il ne se serait jamais attendu à recevoir autant d'argent.

— Mais le fait est, monsieur, que mon travail, est ma vie. Je ne me suis jamais marié, je n'ai pas de famille. Que pourrais-je bien faire ?

Bien malgré Fred, une note de détresse résonna dans sa demande, et Silas la perçut aussi bien que lui. Une ride inquiète apparut entre les sourcils du vicomte.

— Je comprends, répondit-il d'un ton bourru, mal à l'aise.

Un autre trait des Cavendish était qu'ils préféraient mourir plutôt que d'aborder quelque chose qui s'approche de près ou de loin aux sentiments ou aux émotions.

— Il est vrai que je… je vous suis redevable, Davis, déclara Silas d'une voix de plus en plus bizarre.

C'était autour de Fred, à présent, de froncer les sourcils.

— Pour quelle raison ?

La bouche de Silas tressaillit, il eut un petit rire, et déclara :

— Pour des milliers de petites attentions lorsque j'étais enfant. Pour ne pas m'avoir laissé mourir de faim lorsque cet homme me bannissait dans ma chambre, pour avoir pris le temps de faire attention à un petit morveux lorsque vous auriez pu m'ignorer, et très certainement, pour avoir porté le chapeau quand ce satané vase s'est fracassé, bon sang, l'homme aurait pu vous virer pour cela.

Fred ne se souvenait plus de la dernière fois qu'il avait rougi. Écarlate, il bredouilla en secouant la tête.

— Je n'ai jamais sous-entendu que vous me deviez quoi que ce soit. Ce n'est pas la raison de ma présence.

Fred, déconcerté, regarda Silas lui sourire et dévoiler des dents blanches et régulières au milieu d'un visage qui était en grande partie intransigeant et dur.

— Je le sais, et rien que pour cela, je suppose que je ferais mieux de vous laisser faire. Mais je vous préviens tout de suite : pas question que j'accepte de me faire pomponner, et pas de fanfreluches. Je ne suis pas une poupée que l'on habille et que l'on exhibe.

— C'est ce que j'ai cru deviner, dit Fred en riant et en remuant la tête de gauche à droite, consterné.

Silas laissa échapper un petit rire en secouant la tête.

— Oh, au diable tout cela. Venez donc, il semblerait que vous ayez décroché un travail.

Fred soupira du fond du cœur, soulagé.

— Merci, monsieur, dit-il avec sincérité. Je vous promets que je ne vous donnerai pas de raisons de le regretter.

— Hmmm, répondit Silas, mais son regard brillait d'amusement. Nous verrons.

Fred emboita le pas de son nouveau maître. Il fut incapable d'empêcher son regard de se fixer sur ses bottes de Hesse.

— J'accepte votre offre à une condition, déclara-t-il, n'arrivant pas à se retenir, en dépit de sa chance. Pour l'amour de tout ce qui est saint, laissez-moi cirer vos bottes.

— Sacrebleu, je croyais que vous aviez dit que je ne le regretterais pas ?

Silas lui jeta un regard accusateur en secouant la tête.

— Quel mal peut-il y avoir à porter des bottes propres ?

— Beaucoup de mal, répondit Silas, parfaitement sérieux. Les gens pourraient penser que j'en ai quelque chose à faire.

Bientôt disponible sur Amazon et en libre accès avec l'abonnement Kindle.

Plus d'Emma ?

Si vous avez aimé ce livre, n'hésitez pas à soutenir son auteure indépendante en écrivant un commentaire. *Merci !*

Pour rester informé des promotions, et des cadeaux (que je fais régulièrement), suivez-moi sur :
https://www.bookbub.com/authors/emma-v-leech

Pour en savoir plus, avoir des informations et des aperçus de mes prochains livres, rendez-vous sur mon site internet et inscrivez-vous à la newsletter.

http://www.emmavleech.com/

Suivez-moi ici…

http://viewauthor.at/EmmaVLeechAmazon

Quelques mots sur moi !

J'ai commencé cette aventure incroyable en 2010 avec "The Key to Erebus", mais il m'a fallu deux ans pour rassembler le courage nécessaire pour le publier. Pour ceux qui l'ont déjà fait, vous savez que publier votre premier livre est une expérience affreusement effrayante ! J'ai toujours des papillons dans le ventre le matin de la sortie d'un nouveau titre, mais la terreur s'est finalement atténuée. Maintenant, je vis juste dans la crainte du jour où mes filles seront assez grandes pour lire mes livres.

L'horreur ! (pour elles comme pour moi je pense)

2017 est l'année de mes débuts dans le domaine de la romance historique et le monde de la Régence, et waouh, quelle année ! J'ai été ravie de constater l'engouement qu'ont eu ces livres, et j'ai hâte d'y ajouter de nouveaux titres. Que les lecteurs de romance paranormale se rassurent, il y a encore beaucoup de choses prévues de ce côté-là également. L'écriture est devenue une addiction pour moi, et dès que je termine un livre, je commence le suivant avec beaucoup d'enthousiasme, donc vous pouvez vous attendre à beaucoup de nouveaux romans !

Comme on peut le voir dans bon nombre de mes œuvres, je suis très influencée par la campagne française dans laquelle je vis.

Je suis installée dans le sud-ouest de ce pays depuis 1998. Je suis née et j'ai grandi en Angleterre. Mes trois superbes filles sont bilingues et mon mari Pat, moi-même ainsi que nos quatre chats sommes très heureux et conscients de la chance que nous avons de vivre dans un endroit si charmant.

CONTINUEZ LA LECTURE POUR DÉCOUVRIR MES AUTRES LIVRES DISPONIBLES EN FRANÇAIS !

Œuvres d'Emma V. Leech disponibles en français

Histoire indépendante

L'Amant Sous La Plume

Les séries

Les Audacieuses

Douze livres à découvrir sans plus attendre !

Défier un Duc

Voler un Baiser

Enfreindre les Règles (prochainement)

Suivre son Cœur (prochainement)

…Ainsi que huit autres romans, bientôt disponibles en français !

Les Polars de la Régence Anglaise

Mourir Pour un Duc (disponible en 2022)

Envie de lire une histoire d'amour surprenante qui se déroule pendant la Régence ?

Mourir pour un Duc

Les Polars de la Régence Anglaise, Tome 1

Impérieux, guindé et moralement rigide, Bénédict Rutland – le beau et ténébreux comte de Rothay – a hérité de son titre trop jeune. Responsable d'une famille nombreuse que la frivolité de ses parents avait conduite à la ruine, il a passé sa jeunesse à rétablir la fortune familiale.

C'est aujourd'hui un homme dans la fleur de l'âge et aux finances solides, fiancé à une femme sévère, raisonnable et imperturbable qui jamais ne perturbera l'équilibre de sa vie, ou ne troublera ses émotions…

Mais c'est alors qu'arrive miss Skeffington-Fox.

Élevée uniquement par son libertin de beau-père, la demoiselle pimpante scandalise Bénédict en tous points.

Mais quand les membres de la famille devant hériter du duché commencent à mourir un à un à une vitesse alarmante, tous les doigts pointent vers Bénédict, et miss Skeffington-Fox pourrait bien être la seule en mesure de le sauver.

Comme si être accusé de meurtre n'était pas suffisant, miss Skeffington-Fox va complètement faire basculer le petit monde soigneusement ordonné de Lord Rothay. Bénédict doit à présent laver son nom, et résister à la tentation d'une demoiselle scandaleuse.

Remerciements

Je remercie, bien sûr, ma formidable éditrice Kezia Cole.

À Victoria Cooper pour ton dur labeur, tes œuvres magnifiques, et, par-dessus tout, ta patience infinie !!! Merci beaucoup. Tu es incroyable !

À ma BFF, mon assistante personnelle, qui m'encourage et m'apporte du chocolat, Varsi Appel : pour ton soutien moral, pour m'avoir aidé à avoir confiance en moi, et pour avoir lu mes œuvres plus de fois que moi-même. Je t'aime fort !

Un grand merci à tous les membres du groupe « Emma's Book Club » ! Vous êtes les meilleurs !

Cela me fait toujours très plaisir de vous parler, donc n'hésitez pas à me contacter par mail ou par message :)

emmavleech@orange.fr

À mon mari Pat, et à ma famille… Pour s'être toujours montrés fiers de moi.

www.ingramcontent.com/pod-product-compliance
Lightning Source LLC
LaVergne TN
LVHW091657190726
843493LV00001B/47